北欧
文学译丛

国家出版基金项目
NATIONAL PUBLICATION FOUNDATION

最后的旅程

芬兰短篇小说选集

Aleksis Kivi
Minna Canth

[芬兰] 阿历克西斯·基维
明娜·康特 等著

余志远 译

中国国际广播出版社

"北欧文学译丛"
编委会

绚丽多姿的"北极光"

——为"北欧文学译丛"作的序言

石琴娥

　　2017 年的春天来得特别地早，刚进入 3 月没有几天，楼下院子里的白玉兰已经怒放，樱花树也已经含苞待放了。就在这样春光明媚、怡人的日子里，我收到中国国际广播出版社文史编辑部主任张娟平女士打来的电话，想让我来主编一套当代北欧五国的文学丛书，拟以长篇小说为主，兼选一些少量有代表性的短篇小说、诗歌等，篇目为 50—80 部左右。不久之后，中国国际广播出版社的王钦仁总编辑和张娟平主任又郑重其事地来到寒舍，对我说，他们想做一套有规模、有品位的北欧文学丛书，希望能得到我的支持，帮助他们挑选书目、遴选译者，并担任该丛书的主编。

　　大家知道，随着电子阅读器和智能手机的普及，越来越多的人通过电子设备来阅读书籍。在目前的网络和数码时代，出现了网络文学、有声书和电子书，甚至还出现了人工智能创作的作品，纸质书籍受到极大冲击，出版纸质书籍遇到了很大困难。有的出版社也让我推荐过北欧作品，但大都是一本或两本而已，还有的出版社希望我推荐已经过版权期的作品，以此来节省一些成本。而中国国际广播出版社却希望出版以当代为主的作品，规模又如此之大，而且总编辑又亲临寒舍来说明他们的出版计划和缘由，我被他们的执着精神和认真态度所感动，更被他们追求精神品位的人文热情所感动。我佩服出版社的魄力和勇气。面对他们的热情和宝贵的执着精神，我怎能拒绝，当然应该义不容辞地和他们一起合作，高质量、高品位地出好这套丛书。

大家也许都注意到，在近二三十年世界各国现代化状况的各类排行榜上，无论是幸福指数，还是GDP或者是人均总收入，还是环境保护或者宜居程度，从受教育程度和质量、医疗保障到养老、失业等社会保障，还有从男女平等到无种族歧视，等等，北欧五国莫不居于世界最前列，或者轮流坐庄拿冠夺魁，或是统统包圆儿前三名，可以无须夸张地说，北欧五国在许多方面实际上超过了当今世界霸主美国，而居于当今世界发达国家最前列，成为世界现代化发展中的又一类模式。

大家一般喜欢把世界文学比作一座大花园，各个时期涌现出来的不同流派中的众多作家和作品犹如奇花异葩、争妍斗艳。北欧文学是这座大花园里的一部分，国际文学中，特别是西欧文学中的流派稍迟一些都会在北欧出现。北欧的大自然，由于地理位置、自然环境和气候条件，没有小桥流水般的婀娜多姿，而另有一种胜景情致，那就是挺拔参天、枝叶茂盛的大树，树木草地之间还有斑斓似锦的各色野花和大片鲜灵欲滴的浆果莓类。放眼望去，自有一股气魄粗犷、豪放、狂野、雄壮的美。北欧的文学大花园正如自然界的大花园一样，具有一股阳刚的气概、粗豪的风度。它的美在于刚直挺立、气势崴嵬。它并不以琴瑟和鸣般珠圆玉润和撩拨心弦的柔美乐声取胜，却是以黄钟大吕般雄浑洪亮而高亢激昂的震颤强音见长。前者婉转优雅、流畅明快，后者豪迈恢宏、气壮山河。如果说欧洲其余部分的文学是前者的话，那么北欧文学就是后者。正如鲁迅所说，北欧文学"刚健质朴"，它为欧洲文学大花园平添了苍劲挺拔的气魄。以笔者愚见，这就是北欧五国文学的出众特色，也是它们的长处所在。

文学反映社会现实。它对社会的发展其功虽不是急火猛药，其利却深广莫测。它对社会起着虽非立竿见影却又无处不在的潜移默化作用。那么，北欧各国的当代文学作品是如何反映北欧当代社会的呢？它对北欧各国的现代化发展是不是起了推动促进作用了呢？也许我们能从这套丛书中看到一些端倪。

北欧五国除了丹麦以外，都有国土位于北极圈或接近北极圈。北极光是那里特有的景象。尤其到了冬天夜晚，常常能见到北极光在空中闪烁。最常见的是白色。当然有时也能见到五彩缤纷、绚丽多姿的北极光。北欧五国的文学流派众多，题材多样，写作手法奇异多姿，犹如缤纷绚丽的北极光在世界文坛上发光闪烁。

北欧包括 5 个国家：丹麦、芬兰、冰岛、挪威和瑞典。讲起当代的北欧文学，北欧文学史上一般是从丹麦文学评论家和文学史家勃朗兑斯（Georg Brandes，1842—1927）于1871 年末在丹麦哥本哈根大学所作的《十九世纪文学主流》算起，被称为"现代突破"。从 19 世纪的 1871 年末到目前21 世纪的 2018 年近 150 年的时间里，一大批有才华的作家活跃在北欧文坛上。在群英荟萃之中，出现了几位旷世文豪，如挪威的"现代戏剧之父"亨利克·易卜生，瑞典文学巨匠——小说家、戏剧家斯特林堡和荣获诺贝尔文学奖的第一位女作家、新浪漫主义文学代表塞尔玛·拉格洛夫，丹麦 1944 年诺贝尔文学奖获得者约翰纳斯·维尔海姆·延森和芬兰的批判现实主义作家约翰·阿霍等。"北欧文学译丛"拟以长篇小说为主，间选少量短篇作品，所以除了易卜生，因其作品主要是戏剧外，其他几位大家的作品我们都选编进了本系列。这些巨匠有的是当代北欧文学的开创者，有的是北欧当代文学中各种流派的代表和领军人物，都是北欧当代文学中的重要作家，他们的作品经历了时间考验。

在北欧文坛中，拥有众多有成就有影响的工人作家是其一大特色。有的还获得了诺贝尔文学奖，成为世界级的大文豪。这些工人作家大多自身是农村雇工或工人，有过失业、饥饿或其他痛苦的经历，经过自学成为作家。他们用笔描写自己切身的悲惨遭遇，对地主、资产阶级剥削和压榨写得既具体细腻，又深刻生动。正是他们构成了北欧 20 世纪以来现实主义文学的主流。在这些工人作家中最突出的有丹麦的马丁·安德逊·尼克索和瑞典的伊瓦尔·洛-约翰松等。对这些在北欧文坛上占有重要地位的工人作家的作品，我们当然是不能忽略的，把他们的代表作选进了这套丛书之中。

除了以上这些久享盛誉的作家外，我们也选了新近崛起的、出生于 1970 和 1980 年代的作家，如出生于 1980 年的瑞典作家乔安娜·瑟戴尔和出生于 1981 年的挪威作家拉斯·彼得·斯维恩等。他们的作品在北欧受到很大欢迎，有的被拍成电影，有的被搬上舞台。这些作品，虽然没有经历过时间的考验，但却真实地反映了目前北欧的现状，值得收进本丛书之中。

从流派来看，我们既选了现实主义作品，也不忽略浪漫主义、超现实主义和意识流的作品，力求使读者对北欧当代文学有个较为全面的印象。从作家本人的情况看，我们既选了大家公认的声誉卓越的作家的作品，也选了个别有争议作家的作品，如挪威作家克努特·汉姆生，他是现代挪威、北欧和世界文坛上最受争议的文学家。他从流浪打工开始，1920年成为诺贝尔文学奖得主，晚年沦为纳粹主义的应声虫和德国法西斯占领当局的支持者，从受人欢呼的云端跌入遭国人唾骂的泥潭，而他毕竟是现代主义文学和心理派小说的开创者和宗师，在20世纪现代文学中扮演了承上启下的转型角色。我们把他的"心理文学"代表作《神秘》收进本丛书。这部作品突破传统小说的诸多常规要素，着力于通过无目的、无意识的内心独白，以及运用思想流、意识流的手法来揭示个性心理活动，并探索一些更深层次的人生哲理。1978年诺贝尔文学奖得主、美国作家艾萨克·辛格说："在我们这个世纪里，整个现代文学都能够追溯到汉姆生，因为从任何意义上他都是现代文学之父……20世纪所有现代小说均源出汉姆生。"我们把这个有争议作家的作品选入我们的丛书，一方面是对北欧和世界文学在我国的译介起到补苴罅漏的作用，另一方面也可进一步了解现代文学的来龙去脉，以资参考借鉴。

总之，我们选材的宗旨是：把北欧各国文学史中在各个时期占有重要地位作家的代表作收进本丛书。虽然本丛书将有50—80部之多，但是同150年的时间长河和各时期各流派的代表作家和作品之多比起来，这些作品还是不能把所有重要作家的作品全部收入进来。譬如瑞典作家扬·米尔达尔（Jan Myrdal，1927— ）是20世纪60年代中期出现的一种新兴文学——报道文学的代表人物之一，他的《来自中国农村的报告》（1963）成为当时许多国家研究中国问题的必读参考材料，被译成十几种文字多次出版。尽管他的这本书因材料详尽、内容真实、记载细腻而风靡一时，但在这套丛书中，不得不割爱，而是选了其他在国际上更为著名的瑞典作家作品。

本丛书中的所有作品，除了极个别以外，基本都是直接从原文翻译，我们的目的是想让读者能够阅读到原汁原味的当代北欧文学。同英语、俄语、法语等大语种翻译比起来，我们直接从北欧语言翻译到中文的历史不长，译者亦不多，水平不高，经验也不足，译文中一定存在不少毛病和欠缺之处，望读者多多包涵，也请读者给我们提出宝贵的建议和意见，便于我们改进。

本丛书能够付梓问世，首先要感谢中国国际广播出版社社长张宇清先生和总编辑王钦仁先生，没有他们坚挺经典文化的执着精神和开拓进取的勇气，这部丛书是不可能跟读者见面的。我还要感谢本书所有的编委，是他们在成书过程中做了大量工作，从选材、物色译者到联系有关国家文化官员和机构，都付出了辛勤的劳动。不仅如此，他们还亲自翻译作品。没有他们的默默奉献和通力合作，这部丛书是难以完成的。在编选过程中，承蒙北欧五国对外文化委员会给予大力帮助和提供宝贵的意见，北欧五国驻华使馆的文化官员们也给予了热情关怀，谨向他们致以衷心的感谢。对编选工作中存在的疏漏和不足，还望读者们不吝指正。

2018 年 6 月
于北京潘家园寓所

石琴娥，1936 年生于上海。中国社会科学院外国文学研究所北欧文学专家。曾任中国－北欧文学会副会长。长期在我国驻瑞典和冰岛使馆工作。曾是瑞典斯德哥尔摩大学、丹麦哥本哈根大学和挪威奥斯陆大学访问学者和教授。主编《北欧当代短篇小说》、冰岛《萨迦选集》等，为《中国大百科全书》及多种词典撰写北欧文学、历史、戏剧等词条。著有《北欧文学史》、《欧洲文学史》（北欧五国部分）、"九五"重大项目《20 世纪外国文学史》（北欧五国部分）等。主要译著有《埃达》《萨迦》《尼尔斯骑鹅旅行记》《安徒生童话与故事全集》等。曾获瑞典作家基金奖、2001 年和 2003 年国家图书奖提名奖、第五届（2001）和第六届（2003）全国优秀外国文学图书奖一等奖、安徒生国际大奖（2006）。荣获中国翻译家协会资深荣誉证书（2007）、丹麦国旗骑士勋章（2010）、瑞典皇家北极星勋章（2017）等。

译　序

在芬兰文学中，短篇小说是一个很重要的组成部分。一开始有芬兰文学就有芬兰短篇小说。如芬兰文学奠基人阿历克西斯·基维，他不但写长篇小说、诗歌和戏剧，也写短篇小说；明娜·康特和尤哈尼·阿霍也都是短篇小说家。通过短篇小说，我们可以很好地了解芬兰文学的发展及其特点，同时也可以生动具体地了解芬兰社会的发展过程。芬兰文学的发展历程虽然不长，但在短短的150年内却取得了杰出的成就，涌现出一批"世界级"的文学大师，如阿历克西斯·基维、尤哈尼·阿霍、弗兰斯·埃米尔·西伦佩、米卡·瓦尔塔里、凡依诺·林纳等。其中，弗兰斯·埃米尔·西伦佩还曾获得1939年诺贝尔文学奖。我们学习、研究外国文学，对芬兰文学包括它的短篇小说不能不有所涉及。

《最后的旅程——芬兰短篇小说选集》（简称《选集》）所选的作家以及他们的作品时间跨度很大，从芬兰民族文学产生之日起直至21世纪初，即1860年至2012年。在这期间，芬兰在文学方面从浪漫主义发展到现实主义和自然主义，又从现实主义发展到当代的现代主义。近几年来，芬兰又出现了以罗萨·列克逊姆为代表的后现代主义作家和以贝特利·塔米宁为代表的极简主义作家。芬兰文学一直在与时俱进，一直在不断发展和创新。

如果要简短地概括芬兰短篇小说的特点，那么可以说其特点是以普通人的视角来观察生活。芬兰短篇小说中没有英雄故事。短篇小说中的人物一般都是自身具有弱点的小人物。短篇小说呈献给读者的是生活中出现的危机和重大的转折，或者描述人们平时的日常生活。读者通过短篇小说可以看一看他们的生活，跟他们一起体验他们的生活，向他们表示同情，同时读者也可以在阅读过程中为自己吸取力量和勇气来应付自己日常生活中所遇到的抉择。

这部《选集》恰如其分地反映了上述的特点。《选集》介绍了从 19 世纪中期至当代（1860—2012）芬兰优秀的短篇小说。它们给我们展示了人们在不同时期和不同生活环境中的日常生活。读者很容易跟故事中的人物等同从而走进芬兰普通人的世界。

《选集》收集了芬兰众多著名作家的作品，第一位就是芬兰民族作家阿历克西斯·基维（1834—1872）。基维时期，现代芬兰书面语言正在形成之中，在这个过程中基维做出了很重要的贡献。可以明确地说，基维是芬兰文学的奠基人。芬兰后来的文学都从他的作品中得到了启发，吸取了力量。基维的主要作品《七兄弟》是第一部芬兰语小说，发表于 1870 年。很多人认为，这也是芬兰文学中最重要的作品，每个芬兰人仍然能从中找到可与自己性格相比较的人物。基维也是芬兰戏剧文学的创始人和卓越的抒情诗人。

芬兰书面语言是比较年轻的。芬兰语早在基维前 300 年就已经形成，即公元 16 世纪，但芬兰语文学到 19 世纪才开始真正地发展起来，因为那时芬兰社会真的感到有这个需要。在这之前，芬兰人当然也读文学作品，但都是瑞典语的，因为那时候瑞典语是芬兰官方语言。

尽管如此，芬兰语文学的根基在历史上还是很深的，那时还没有书面语言。芬兰民族有着丰富的民间诗歌的传统，在历史的长河中靠口头进行传播。19世纪初，随着芬兰民族觉醒运动的发展，芬兰人民开始寻找自己的民族特性，民间诗歌的搜集和研究引起了学者们的重视。1835年埃利阿斯·伦洛特编纂出版了以芬兰民间诗歌为基础的作品，这就是举世闻名的芬兰民族史诗《卡勒瓦拉》。这部史诗对芬兰民族意识的形成产生了不可估量的影响。芬兰人在社会上和日常生活中发展自己的语言，要求把芬兰语变成官方语言。在这样的背景下，芬兰人对用自己的语言创作的文学很自然地表现出了极大的兴趣。如果芬兰要成为一个国家，它就必须要有自己的文学。

这部选集中有两篇阿历克西斯·基维早期的短篇小说，它们在风格上代表浪漫主义。它们的绝对优势就在于作者对芬兰美丽的大自然所进行的理想化的描绘。作品中的人物与自然和谐相处，从中获得了他们生命的力量和道德上的支持。

基维时期后19世纪末，芬兰文学进入了现实主义和自然主义时期。这个时期的代表人物是明娜·康特（1844—1897）、尤哈尼·阿霍（1861—1921）和德乌伏·巴卡拉（1862—1925）。从此而开始的芬兰文学的主流，一直延续到了20世纪末期。

随着时代的发展，芬兰文学也在与时俱进地发展，不断完善，反映了芬兰人民的物质和精神文明。虽然芬兰文学是多样化的，但学者们还是从芬兰文学中找出了一些典型的特点，这些特点给芬兰文学打上了烙印。芬兰文学研究专家卡·拉伊蒂宁提出这样几点：他说在芬兰文学中，第一，有着大量的对大自然的描写；第二，农村常常在作品中占有中心地位；第三，产生于19世纪的现实主义也深深地影响了后来的芬兰文学。现实主义原则经过修正后，文学力图精确地刻画细节，在叙述中要尽可能如实地反映现实。

大自然对芬兰人来说是一切的一切。它既是朋友，也是敌人。当严寒侵入住家和霜寒造成歉收时，它就是敌人；在给孤独者带来宁静和慰藉，给相爱的人送去美好的祝福时，它就是朋友。人们非常重视芬兰文学中对自然的描写。对芬兰人来说，美丽的大自然就好像其自身的一部分。芬兰人的心脏是通过自然而跳动的。

现在芬兰在世界上是以高科技而著称的国家，但从历史上看，芬兰曾长期是一个以农业为主的国家。概而言之，芬兰大部分国土是森林和湖泊，因此传统上这也是芬兰小说中典型的景色。在芬兰，文明和文化已经存在了好几百年，但文学主要描写的依然是农村、农民生活和农村的贫苦大众。当谋生方式改变时，芬兰文学却依然以农村为中心。移居到城市的芬兰人好像通过文学找到了自己的根。描写大自然就是返璞归真，这方面在阿历克西斯·基维的作品中得到了淋漓尽致的表现。

芬兰现实主义的代表中，明娜·康特是最杰出的女作家，她在作品中揭露芬兰社会的弊端和贫困，并且为争取妇女权利而积极地斗争。她自己的生活就是一个很好的例子：丈夫去世后她要孑然一身养活一大家子人。康特常常在她的作品中涉及妇女在社会上的艰苦境况。比如《幸福在哪里》，描述的就是一个女人如何解决经济困难的故事。

尤哈尼·阿霍是芬兰现实主义另一个领头人物。他的作品范围很广，题材多样。通过这部选集可以看出阿霍是一位描写芬兰农村的作家，他是"芬兰人民形象"的塑造者。阿霍为芬兰文学创造了一种新的表现形式，称为"刨花"。刨花指的是那些对大自然和作者童年的短篇描述，阿霍通过这些描述来抒发他的感情。阿霍本人就是在农村长大的。大自然是他一生中创作的源泉，他擅长于精确细腻地刻画自然景色。

德乌伏·巴卡拉是擅长描写儿童心理的作家。他常常从儿童视角来描述情节的发展。与主流不同，他叙述的故事发生在小城市。除了明娜·康特外，他是心理现实主义的杰出代表。

约埃尔·莱赫托宁（1881—1934），无论在题材还是表现手法方面，他在芬兰文学史上都是一个非常独特的作家。在早期，他在两年内写了四部新浪漫主义的作品，引起了轰动，特别是《玛特列娜》中《故土的颂歌》一节是接近散文诗的佳作。不过他很快就放弃了新浪漫主义，开始采用现实主义的讽刺笔法。他周游意大利、法国和北非，写了不少游记，同时他也开始用小说和诗歌的形式描述芬兰的农村，塑造普通老百姓的形象。小说《有一年夏天》对自然的描写十分新颖，有油画般的美。他的作品很多，主要作品是《布特基诺特果》（*Putkinotko*），这部小说由《布特基诺特果林中居民》和《布特基诺特果的乡绅们》组成。小说讲述的是尤特斯·盖克利宁农家四月一天的活动和生活情况，充满了诙谐和幽默。《战争中的阿贝利·穆地宁》选自莱赫托宁的短篇小说集《死掉的苹果树》。它讲的是芬兰1917年独立后的一场内战。主人公穆地宁是人道主义者和怀疑论者，他从农场主的视角来看待芬兰1918年初的内战。他畏首畏尾，胆小怕事，但他反对暴力，主张正义。

自从 20 世纪以来，人们的生活圈子多样化了，科学技术的发展及城市人口的增长为人们带来了新的动力。世界的外貌发生了变化，但在人们的心中，旧的生活方式继续存在着。

　　在芬兰文学中，弗兰斯·埃米尔·西伦佩（1888—1964）的作品可以算是芬兰文学的一个巅峰。西伦佩是农村孩子。他是在 20 世纪的氛围中进行创作的。他首先是以芬兰农村描绘家而著称。西伦佩的创作深深扎根于芬兰大地，他谙熟民族的历史、祖国的山川、家乡的风俗，特别是贫苦农民的生活和心态。他的作品大多取材于他的家乡，着重表现的是农民的生活，有着强烈的民族特色，散发出浓郁的乡土气息。正是由于这一点，1939 年西伦佩获得了诺贝尔文学奖。

　　芬兰学者巴努·拉亚拉认为西伦佩更加深入地剖析了人与自然的关系。在基维和阿霍笔下，大自然是与人的活动结合在一起的。阿霍对自然的描写当然要更深刻一些，他试图通过描写自然提高读者的民族感情和爱国情怀。对西伦佩来说，大自然还有更深层次的意义。自然本身就是主位，而人类深深地扎根在自然之中。在西伦佩的作品中，他所刻画的人物与周围环境融为一体，人物是不能从自然中分离出来的。自然是通过人物在呼吸、在活动、在感受一切。

　　在《女雇工》中，作者一开始就把一个年轻女佣的生活圈子展现在读者的面前，小说的结尾一点儿也不落俗套。西伦佩并不仅仅满足于对外部世界进行细致的描绘，而是深入刻画人物的内心世界及其情感。他大胆地打开了一个年轻女子内心深处的私生活，究竟是怎么一回事，作者让读者自己去揣摩。

玛丽亚·约图尼（1880—1943）是明娜·康特后第二位在作品中涉及妇女地位的女作家。她在作品中塑造了许多不同类型妇女的形象，其中有年轻的女子，也有丧偶的寡妇，剖析与探讨她们与外部世界的关系。约图尼是一位著名的印象派幽默作家。《玫瑰园里的姑娘》是约图尼的代表作。小说中充满了幽默，作者把姐妹俩对待爱情和生活的态度表现得淋漓尽致，但同时也流露出她对人生的悲观情绪。

　　20世纪初，随着芬兰工人运动的发展，开始产生了工人阶级文学。托依伏·佩卡宁（1902—1957）是芬兰工人阶级文学的主要代表之一。他本人是工厂工人，未受过学校正规教育，自学成才，最后成了芬兰科学院院士。他写了一部描写一个青年成长过程的带有自传性质的小说《在工厂的阴影下》，这使他一下子成了工人作家，拥有广泛的读者。《修桥的故事》生动地讲述了桥梁工人的生活。

　　彭蒂·韩培（1905—1955）也是芬兰著名的工人作家。他写了许多短篇小说，具有表现主义色彩。作品内容多是对社会进行剖析和批判，是一位十分出色的讽刺作家和幽默作家。《最后的旅程》描绘了在极端恶劣的环境下劳动的穷苦林木工人，同时也展现了大自然那严酷的一面。作为一名优秀的作家，韩培善于使对自然的描写具有讽刺的色彩。《酗酒》中的主人公军士布克苏是个酒鬼，他把酗酒当作摆脱他生活中所陷入的死胡同的出路，然而沉迷于酗酒带给他的解脱和快感不过是自欺欺人。小说结束时，妻子对丈夫的粗鲁话所做的反驳和布克苏的自问，意味着主人公已在思考自己生命的价值和应该怎样活下去的问题。

　　埃尔薇·西奈尔沃是以感人的诗歌和从多方面描绘工

人阶级生活而著称。《痛苦的夏天》充满了诗情画意，并且恰如其分地刻画了一个青春期少女的心理状态。《两个伊尔玛》描写了一个善良的妇女，当她发现已故丈夫另有外遇后，最终还是冲破精神上的枷锁而重新走向新的生活。

从 20 世纪 80 年代开始，芬兰短篇小说发生了新的变化，也可以说出现了新的发展。

玛丽特·凡洛宁（1965—　　）是芬兰 21 世纪新一代的作家。凡洛宁曾两次（1993，1995）被提名为芬兰地亚国家文学奖的候选人，获得过多种文学奖：1992 年卡列维·耶蒂奖，1996 年奥维基金会文学奖，2005 年年轻阿历克西斯奖和 2011 年天文学家奖。她作品中的人物往往活动在神话世界之中，现实与幻想交界的地方。她是一位魔幻现实主义作家，在她叙述的故事中，她依然相信人的真善美。

贝特利·塔米宁（1966—　　）也是芬兰 21 世纪新一代的作家。1985 年他在大学时就开始文学创作。1995 年他在坦佩雷大学获得社会科学硕士学位。1995—1997 年他担任记者。现在塔米宁在坦佩雷大学讲授文学创作。他的写作风格是简练，他是后现代主义中的所谓极简主义作家，擅长采用简短的主句及多次重复的句子结构。除了短篇小说外他还写了很多短篇散文。他发表了 4 部小说：《错误的立场》《舅舅的教导》《什么是幸福》《侦探小说》。2006 年《舅舅的教导》获得了芬兰地亚国家文学奖。

《最后的旅程——芬兰短篇小说选集》为中国读者提供了一个通向芬兰人民内心世界和芬兰文学的阶梯。在阅读这部选集的时候，读者会不由得感到，芬兰 150 多年来的变化是多么巨大，从中也会发现芬兰文学的变化。可以肯定地说，随着时代的发展，新的优秀的芬兰文学作品将会不断地呈献给读者。

在编译这部选集的过程中，我们得到了芬兰专家 Risto Koivisto 和 Pirkko Luoma 的大力帮助。

余志远

2018 年 5 月于北京

余志远，1935 年生，浙江省鄞县人，毕业于北京外国语大学英语系。1958 年作为我国第一批赴芬兰留学生在赫尔辛基大学学习芬兰语言与文化。后任教于北京外国语大学，并从事芬兰文学翻译。主要译作有《明娜·康特作品选》《兔年》《神圣的贫困》《铁路》《尤哈》《荒原上的鞋匠》《库勒尔伏》等。2014 年《神圣的贫困》被评为第六届鲁迅文学奖文学翻译提名作品，2018 年《尤哈》被评为第七届鲁迅文学奖文学翻译提名作品。

目 录

阿历克西斯·基维

（1834—1872）

阿历克西斯·基维（Aleksis Kivi，原名Alexis Stenvall，1834—1872），出生于努米耶尔维村一个穷苦的裁缝家庭。他从切身经历中撷取题材进行创作，真实地反映了当时的社会现实。基维是第一个用芬兰语写作的剧作家和小说家。他一生坎坷，贫病交迫，最后患精神病死去。基维的文学创作是在不到10年的时间里完成的。他总共写下了12个剧本、大量的诗歌和不朽的巨著小说《七兄弟》。

《库勒尔伏》（1864）是基维的第一部剧作。该剧取材于芬兰民族史诗《卡勒瓦拉》，具有强烈的爱国主义精神，是芬兰文学史上第一部悲剧。同年创作的《荒原上的鞋匠》是有名的讽刺喜剧。它的发表，表明基维已经形成自己独特的风格。此剧描写了一个在母亲严格管教下的年轻人鞋匠埃斯科。他心地善良，但太憨厚，太死心眼和自尊，由此在自己的婚事上闹出了一场笑话。埃斯科这个人物形象已经成了芬兰人的典型代表。这出剧至今仍受到人们喜爱。《七兄弟》（1873）是基维的代表作。小说中的七兄弟在失去父母亲的情况下，不得不料理自己的农庄，但他们与当地的乡村社团合不来，经常发生冲突，后来他们移居到森林之中，过着独立的生活。经过10年的时间，他们长大成人，增长了见识，最后又移居回来成为有组织社会的负责任的公民。小说是现实主义和浪漫主义的结合，是幽默和幻想的结合。

基维写的短篇小说不多。《家庭与镣铐》和《爱丽卡》反映了基维的写作风格和特点。《爱丽卡》是基维25岁时为了参加奖学金的评选而写的短篇小说。

家庭与镣铐

一

在茂密的树林里，一块林中空地上坐落着一座开拓者的小木屋。屋子的南边，我们看到秀丽的向阳的斜坡上一层层绿油油的庄稼地，庄稼地的下面是牧场，但北边却耸立着一座灰色的高山，山顶上长着几棵矮矮的正在枯萎的松树。

这是六月一个星期天的下午。天气晴朗，阳光从西边的山坡斜射而来，几乎照到了林子的边缘。我们看见山上站着两个男人：父亲和儿子。这座木屋就是父亲在荒凉的林子里自己动手搭建的，而儿子就是当下掌管这座房子的主人。他们带着高兴愉悦的目光遥望着他们脚下披着夏装的大自然。我们听见他们在谈话。

父亲说："我的儿子，你很幸福，你的身心都很健康，你有个年轻可爱的妻子，我看见她现在正从牧场往家里走，你有一个健康美丽的孩子。还有什么？你自由自在地住在自己的土地上，没人会把你赶走。瞧，牧草地长得多么茂盛啊！在你的麦地里，绿油油的麦苗正在波浪般地随风起伏。我的儿子，你要珍惜你的幸福。"

"对此我心满意足，我的父亲，但是，如果我们邻居的那座名叫拉伊斯基奥的房子能够归在我的名下，跟我现在的住房合在一起，那么我们就可以生活得更加无忧无虑，更加幸福。听说那座房子很快就要出售了。一想起这座房子马上就成为别人的财产，我晚上总是睡不着觉。"年轻有为的埃尔基就是这样对他老父亲说的。

"我看你还不能理解安定幸福是多么珍贵啊。对此我并不感到奇怪。你还没有看见过灾难所带来的可怕后果，你的确经历过艰难困苦，而且坚持下来了，但是感谢上帝保佑，你还没有遇到过重大的灾难。"

"我对我的幸福很满意，这点我已经说过了。您感到满意的地方，让它也成为我和我的全家感到满意的地方。"

"好啊！不过请记住，明天你该进城了，因此我们现在该赶紧去准备一下。"

夏天的夜晚，郁热沉闷，父亲和儿子站在山上互相倾谈。然后他们急匆匆下山又开始忙碌起来。与此同时，埃尔基的妻子也沿着绿油油的农田田埂往家走。她是个年轻温柔的女子，一头金黄色的美发，脸上流露出一种沉稳自信的神情。一个年轻姑娘手里抱着一个活泼可爱的孩子迎了上去。这个孩子就是埃尔基和他妻子爱情的第一个结晶。母亲把孩子抱在怀里，坐在院子里茂密的苦樱桃树下，她神采奕奕地解开胸前的衣服，让她的小宝贝尽情享受她所提供的美妙乳汁。幸福的母亲就这样坐在院子里，此时牛群随着哞哞的叫声和叮叮当当的铜铃声沿着小巷走回家来，父亲和他儿子埃尔基也出现在家门口。妻子抱着孩子坐在院子里茂密的苦樱桃树下，她笑容满面地走过去迎接她的丈夫，丈夫也做出同样的回应。小两口儿如胶似漆，十分恩爱。

父子俩手脚利落地为儿子进城做生意装载货物。斧头噼里啪啦作响，绳子一道道地把货物紧紧捆住。在绿叶掩蔽下的厅堂里，年轻主妇跟女佣一起正在为全家准备晚餐，为明天出行的丈夫准备干粮。

全家人最后终于坐在松木长桌旁共进晚餐。一吃完饭他们就各自上床睡觉。六月的夜晚，屋内和屋外皆是一片沁人心脾的宁静。

话说埃尔基进城后，做生意非常顺利。后来他遇见一群笑逐颜开的人，正好搭伴一起玩儿。我们现在看见他们正坐在桌旁玩纸牌。可是他们中间有个骗子，这家伙想乘机施展他的"本领"。他的脸上有着刀刻一样的纹路，向人们显示着他那悲惨的命运和邪恶的内心。然而，在这个人身上多多少少还能看到这样的东西，就是说在他内心深处改邪归正的苗头并没有完全消亡。他当下的确还在从事欺骗勾当。当发现他正在诈骗时，埃尔基立即火冒三丈，像头雄鹰那样扑向这个骗子，把他严厉地教训了一顿。

过了一会儿，这个骗子宣称他丢失了他的表，于是一场大搜查开始了，结果发现被偷的表是在埃尔基的口袋里。现场所有人都惊骇地瞪大眼睛，望着埃尔基。他本人也大惊失色，呆若木鸡，半天也说不出话来。到头来他气冲冲地对天发誓，他压根儿不知道这个表是如何到他口袋里的，但这样做也无济于事。他被抓了起来，关进了牢房。当牢房里黑洞洞的令人畏惧的铁门在他面前打开时，一股恐惧之感袭上埃尔基心头，他不由得打了个寒噤。转眼之间，他就戴着脚镣坐在自己的床铺上。他满腹疑团，精神恍惚，后来他就这样躺下睡着了。但比这更可怕的是，当他晚间突然苏醒时，他在屋里看到的是冰冷的脚镣、窗户上粗大的铁条和上了锁的铁门，他在屋里感到的是像坟墓一样的黑暗和寂静。这一切在他灵魂深处产生了一种极度的恐惧。他想起了他那温馨的家，斜坡上绿油油的庄稼地和耸立在房后的高山。他想起了他那温柔美丽的妻子、可爱的小宝贝和慈祥的老父亲。他一边思念，一边泪如泉涌。他出生在林中木屋，成长在林中木屋，周围树高林密，绿草茸茸，他沐浴在大自然的恩惠里，但是这一切突然全都消失了，他被关进了冰冷的四面围着高墙的牢房，一举一动都在更为冷酷的狱警们的监视之下。这就是埃尔基现在的命运。

当埃尔基不幸的消息传到他家时，家里也是一片惊慌。哭泣声和埋怨声此起彼伏。父亲坐在桌旁，一动也不动，但他的眼睛饱含泪水，他的嘴唇在不停地颤抖，这说明他的灵魂受到了多大的刺激啊！他的儿媳妇完全沉浸在极度的悲痛之中，她失声痛哭，用手抓住她那金黄色的秀发，晃动身子到处乱撞，在她眼睛里一片黑幕挡住了白天的亮光。后来她终于注意到了她那可爱的小宝贝。她一下把孩子抱在怀里，紧紧搂住了他，这样她那满腔悲痛就慢慢地平息下来，眼泪像泉水一样，汩汩地在她面颊上流淌。

好几天，在这座房子的厅堂里听到的是叹息声，看到的是哭丧着脸的表情，最终全家都笼罩在无声的悲哀之中。然而，希望之火虽然越烧越弱，但它仍然在这座木屋的主人心中燃烧，这种希望的实现将在上帝最后的审判日那天，我们坟墓的另一端。凡是能够把脑袋靠在上帝身旁的人都是幸福的，他们最终能承受一切。

二

两个星期过去了。为了探望在狱中的丈夫，年轻的女主人来到了城里，但是当局没有让他们互相见面。妻子怀着极其悲痛的心情只得往回走，可是在她走了之后，狱警交给了埃尔基一包食物，这包食物是他妻子用她那双温柔的手亲自准备的。

七月的一个夜晚，埃尔基坐在昏暗的牢房里，他陷入沉思。明天他将要上堂受审，接受判决。他怀疑表是通过另一个人的手放到他的口袋里的。一想到是被人冤枉的，他就感到好像一把刀扎进了他的心窝。他觉得他是无缘无故地被当作小偷而抓起来的，当时根本不让他证明他是清白无辜的，这种想法使他疼得钻心。但当埃尔基想到他在上帝面前是清白的，他的内心就得到了安慰。在这样的思想支配下，埃尔基一边思念着可爱的家，一边静静地坐着，晚间向上帝祈祷时他比以往都要虔诚。晚祷后他终于沉沉睡去。

在梦乡中，埃尔基觉得自己好像张开着翅膀在大自然里自由地翱翔。他在广阔的天宇下看见了绿树掩映、山环水绕的家乡，他看见了汩汩流淌的小溪，听见了奔腾澎湃的激流声，他觉得这样的梦境太美了。在明亮的天空下，郁郁葱葱的森林和高低起伏的山峦使他流连忘返。后来他醒了，从床铺上跳了起来，但是——真气人啊！——他的双脚戴着脚镣。他睁大眼睛，噘着嘴唇，把手使劲摁在额头上，又躺回到自己床上。他心烦意乱地在床上躺了一会儿后又爬了起来，穿上衣服，准备上堂受审。

昏暗的走廊里终于传来了脚步声，铁门打开了，狱警走了进来，跟着他一起进来的是那个打纸牌的骗子，他看起来像个死人似的。一见此人埃尔基大惊失色，而使他更惊奇的是，他的仇人突然扑通一声跪倒在他的跟前，并且说：

"把你的脚镣解开，伙计，现在轮到我戴上脚镣了。你是清白的，而我像魔鬼一样是个诡计多端的骗子。解开你的脚镣，把它给我，我将戴上脚镣来抵偿我的罪孽。"

"你要干什么？你一定要解释清楚！"埃尔基说。

"你听我坦白交代：是我自己把表放在你的口袋里的，我是为了对你进行报复。你是清白的，我该死，我是个混蛋，你是无辜的。"

狱警说："他已经在陪审团面前向法庭坦白交代了他的罪行。你是自由了，我奉上级命令解开你的脚镣。这是压断器和大铁锤！"

现在埃尔基说："上天降临，来到了地狱，上天对不幸的人说，这是和解和欢乐的日子，来，快投入我的怀抱，现在一切都已得到宽恕。你干了什么，伙计？"

"我干了见不得人的事。"

"但我现在是多么幸福啊！不久我可爱的妻子就会在我的怀抱里，我的父亲和我的孩子就会在我的怀抱里。啊，我的小宝贝！"

"上天，把幸福之泉全都恩赐给他吧！"对自己罪行感到后悔的人说。

"不久我将闻到家乡树林和田野的清香。现实中的一切跟我昨晚梦见的一样美好。我的梦预示了我的释放，这是上天赐予我的梦。这样说来，你是认罪了，对吗，伙计？是什么东西迫使你这样做的？"

"我的良心让我不得安宁。啊，你是冤枉的！你还会原谅我吗？"

"我一切都原谅，这发自我内心深处。要是还有什么东西要我原谅，我都会原谅的。这儿我还剩下一些面包，这是我亲爱的妻子亲手烤制的，我都给你。"

"你拿着吧，你自己路上需要干粮。"

"我的干粮在家里等着我呢，到家之前我不用吃东西。明天一早盖尔塔角附近的青草地边我就能看见牛群正在走向牧场。那时候，你就吃我留给你的面包，伙计。这里面有丰富的营养。收下吧，我是真心给你的。"

"我不知道说什么向你表示感谢。我也感谢上天，它让我在黑暗之中看到了光明。来吧，脚镣，把我的脚铐上，你就像凉爽的药膏，让它来治疗我那阵阵作痛的良心吧！"

他们就是这样互相交谈的，此情此景也感动了狱警。他按照上级指示打开无辜者的脚镣，埃尔基就像一头口渴的驯鹿从牢房里冲了出去。然而，另一个可怜的家伙，他的双脚就锒铛一声套上了脚镣，牢房的大门也随之轰隆隆地关上了。

三

午后的太阳如火如荼。埃尔基归心似箭，沿着尘土飞扬的沙石路急速行走。他不知疲倦，一刻也不休息。夏天的凉风迎面吹来，但他的眼睛里却冒着快乐的火花。傍晚即将来临，埃尔基便走进一家小旅店。在那里他遇见了两个同乡，他们是他幼年时的朋友。他们已经知道埃尔基是无辜的而且被释放的消息，当他们见到埃尔基时，就立即向他问候，而且一个请他喝啤酒，一个请他喝烈酒。不过，埃尔基并不久留，他喝完一大杯啤酒后就急忙继续赶路。

夜幕降临了，埃尔基已经沿着他家那雾蒙蒙的牧场行走。现在他正走在从麦垛中间穿过而通往他家的路上。周围一片寂静，他能听到的只是躲在绿油油裸麦垛里秧鸡的鸣叫声。现在他正站在他家绿草成茵的院子里，瞧了瞧他周围的房子、树木和岩石，这里是他出生的地方，这里的一草一木都像迎接亲人那样亲切地迎接他归来。现在他听到栅栏下面传来的轻轻的唰唰声，这是他的小狗发出来的声音，它还没吠叫就认出了它的主人，于是它边蹦边跳，一下子就冲到埃尔基身旁，围着他又是用鼻子闻闻，又是用舌头舔舔。现在埃尔基站在厅堂的窗户旁，他静悄悄地往屋里看，只见里面的人都在熟睡。他看见父亲正熟睡在厅堂后面角落里的那张床上，他看见他那温柔可爱的妻子像朵睡莲似的睡在另一张床上，孩子就躺在她的胳膊上。他不想叫醒他们，他想让他们在这样的无知状态下再待一会儿，把见面的时刻往后推迟一下，以便给他们一个惊喜。这是一个平静的夏夜，他长时间地看着宽敞的厅堂里这样平安祥和的景象。最后他带着快乐的小狗离开厅堂去看看正在哞哞地叫的母牛，它正躺在铺着松树枝的牛圈里。当他看见那头小公牛时，他情不自禁地笑了起来，因为这个小家伙用很认真的目光盯着他看，摇摇头，喷着气，最后就逃到牛棚里去了，从那里传来了一对燕子叽叽喳喳的啼叫声，它们是在高高的房梁上安的家。埃尔基从这儿又来到了山顶，正如我们所知道的那样，这座山在埃尔基家的北边。他坐在山顶旁一棵松树底下，放眼远望，心潮澎湃。然而，他周围那恬静的大自然终于使他进入甜蜜的梦乡。

　　天刚破晓，屋子里的人纷纷起床，他们各自忙于自己的事。他们感到很奇怪，为什么他们家的狗今天特别活跃，跳跳蹦蹦，不停地摆动尾巴。

现在小巷里传来了马车轮子嘎吱嘎吱的响声和人的讲话声。话说那两个从城里回来的人，他们在小旅店遇见了埃尔基，为了庆贺他释放回家，他们决定到埃尔基家来度过这个欢乐的日子，但他们都已经喝醉了。他们现在驾着马车驶进了院子，并且大声喊道："埃尔基！你在哪儿？"埃尔基的妻子走出来接待他们，她带着惊奇的目光看着他们。因为他们重新喊了一声"埃尔基！你在哪儿？"她就开口说话：

"你们为什么要开玩笑？你们为什么到这儿来找埃尔基？你们这些没有感情的男人，你们知道得很清楚他现在正戴着脚镣坐在牢房里。"

"太太，你要感谢上帝，他已经丢掉了脚镣，像金蝉脱壳似的，他已经从监狱里出来了。他自由了，他跟海上的野鸭、天空中的燕子一样自由自在。难道他还没有回家吗？"

"我的上帝！你说的是实话还是在开玩笑，伙计？"

"如果我说的不是实话，就把我的嘴巴贴上封条吧。但我说的都是实话，因此让我的嘴巴自由张闭。上帝啊，现在让我具有巴兰之驴的说话能力，让我在早晨这一时刻摇动我的腰子！① 你是埃尔基美丽的妻子，你是他的五叶银莲花②，让你的面庞露出欢乐的笑容吧。我高兴得流出眼泪，我的伙伴儿也是如此。你的丈夫已经自由了。他是无辜地

---

① 《圣经·旧约·民数记》第二十二章记载，以色列人出埃及经过摩押平原。摩押人大惧，派人请先知巴兰诅咒以色列人。巴兰骑驴前往。上帝为保护以色列人，派天使阻拦。驴发现拿刀站在路上的天使，就想方设法阻止巴兰。于是上帝让驴开口说话。这里这位来客把自己比作这头驴，表示他说的都是实话。

② 五叶银莲花是生长在芬兰南部的一种银莲花，花朵呈白色和淡红色。

被关进黑暗的牢房的。后来真相大白，原来他是清白无辜的。现在埃尔基正在往家走，这点我们是知道的。该死的！如果他现在不提出赔偿损失的要求，那我就要狠狠地揍他一顿。开始时生意不好，但后来还是不错的，因此我们就请客，大家喝了几杯。天哪！瞧，这家伙在山上松树底下打盹儿呢！"

妻子抬头朝山顶望了望，在绚丽的晨光中，她看见丈夫正坐在山顶上。现在，她双手抱住她的胸部，身子靠在香喷喷的苦樱桃树上，并且开口说道："天哪！我激动得快喘不过气来啦！不过我是太高兴了。我这个可怜的人呵，多少个悲惨凄凉的夜晚，我是独自煎熬。但现在黑暗终于过去，我又可以敞开我的心扉了。我的命苦，但我的运气好。他是我心中的太阳，在朝霞的伴随下他现在回来了！"

她高兴得神志有点儿恍惚。说完话后，她立即离开庭院，像明媚的春光那样爬上了山顶。老父亲已经站在他儿子的身旁，用欢快喜悦的目光看着正在熟睡的儿子。他们俩看了他一会儿，静悄悄地一声也不吭，然后他们就跪倒在他的身旁，妻子把手放在丈夫的一个肩膀上，父亲把手放在儿子的另一个肩膀上，他们嘴上唱起了神圣的赞美诗。开始时歌声像来自远方的音乐轻轻地传到了睡者的耳朵里，后来声音越来越大，终于把埃尔基唤醒。他眨了眨眼睛，愣愣地望着他们，不过他很快就明白了，但他一动不动地一直坐到赞美诗唱完，与此同时，他把头抬起，眼睛望着苍天。滚滚泪水从他的眼睛里流了下来，就像两股明亮的清泉闪闪发光，因为太阳的光芒正在他眼睛底部辐射。老父亲和他年轻的妻子也是满脸泪水。然而，甜美的歌声沁人心脾，久久回荡在清晨的树林里。歌声停止后，丈夫和妻子热烈拥抱，父亲和儿子热烈拥抱，然后他们一起走下山来。

那两个小伙子还在绿草成茵的庭院里酣睡，两个脑袋亲密地靠在一起。他们疲惫不堪，应该好好休息，此时这一家人却高高兴兴地走了进来，打断了他们的美梦，这个清晨时刻会因此从他们的记忆中消失吗？

在艺术家戴着月桂花环的情况下，让象征权力的皇冠戴在国王的头上吧，让出征的大元帅凯旋吧，但是他们的喜悦程度超不过今天欢聚在开拓者木屋厅堂里的人们。长桌的一头坐着父亲，他正在诵读旧赞美诗集中的《归来颂》，儿媳妇在红彤彤的炉灶旁为家人准备早餐，她不时地向他丈夫温情脉脉地看上一眼，而他呢，他正坐在窗旁抱着孩子虔诚地听着他父亲唱诗，从窗户进来的阳光把洁净的地板照得闪闪发光。家里那头忠实的小狗也是高兴得欢蹦乱跳。它挥动着尾巴一会儿跑到这个人跟前，一会儿跑到另一个人跟前，带着闪亮的眼神看着他们。

（1855）

爱丽卡

　　在远离村镇的地方，密密的树林后面，姆依斯托拉农庄就坐落在绿油油的青草地旁边。这是一个富有的农庄，受到大家的赞扬，特别是穷苦人，因为它素来是当地救济和收容难民的地方，这儿几乎天天都开门施舍。

　　这儿的农舍外表很漂亮，白色的窗框给人一种温馨的感觉。房子周围有十棵花楸树，正如这座房子的前主人所说，"这是告诫人们要遵守十诫"，因为他栽植这些树木是为了给他的农庄永远增添美感。——往北离农舍不远的地方有一座小山，山顶上覆盖着茂密的松树林。凝视着这些松树林，你就可以想象这些树木在天空中所形成的各种稀奇古怪的样子。你看，那里母亲怀抱着孩子站立着，袒露胸脯，围巾在北风中随风飘扬。她面带笑容看了看她的小宝贝，用她那神圣的乳汁滋养她的孩子。那里有两棵松树，就像一对互相拥抱的情侣。再往前看，那里有个骑士，他正骑着骏马在天国的战场上奔驰。几百年来，我们的英雄气宇轩昂，他手拿宝剑跟云中魔鬼进行殊死搏斗。然而，耸立在最高处的则是我们的松树，它是既安详又庄严，就像是智慧的国王。在那座小山的顶部你还能看到这样一幅图画：一位弯着腰的老汉，手里拿着拐杖，静静地坐在坟墓前的台阶上。他的周围一片荒凉，但希望的天使却站在他的旁边，一边低声地对他说话，一边用手指向东方。——这儿还有许多其他的图画，几乎是你想看什么，你都能看得到。可爱的爱丽卡就是这样想象的，她是姆依斯托拉农庄的独生女。夏天的夜晚，当她从客厅的窗里看外面世界时，这位睡不着觉的姑娘就是这样想象的。她那郁郁不乐的眼神表明她的灵魂已经充满了对未知的遥远将来的憧憬——这位山谷里羞怯的少女，她长得非常美丽：她的额头上是一圈黑发，像阳光下的彩云那样，闪闪发光。额头下的眼睛就像和谐宫里的两扇窗户。她嘴角边的笑容就像东方欲晓时的晨光那样温柔，虽然充满着欢乐，但仍然含着某种忧郁之情——她是她父母的掌上明珠，对许多年轻小伙子来说，她是希望之光，对穷苦人来说，她是仁慈的天使。每星期日她上教堂做礼拜，平时她老是忙碌不停，帮她母亲料理家务。从主屋到贮藏屋，从贮藏屋到主屋，她早晚总是来回走动，她勤恳，沉静，充满活力。

　　姑娘的生活是美好的，但她的死亡更美好，因为死神让她过早地离开了人世。在她的身上，生命的活力只延续了很短一段时间。有一次，她在炎日下的牧草地里刈草。黄昏时分，她感到浑身乏力，胳膊越来越沉重。她的脑门儿发烫，热血翻腾，耳朵嗡嗡作响。她便停止刈草，放下耙子，动身回家。在幽静的黄昏之中，她沿着青草地孤独地走着，一只手按在自己的脑门儿上。不管她看哪里，她觉得大自然反映的只是忧郁，因为她的头脑现在所关注的是姑娘的晚年。回到家后，她急忙取下围巾，冲到床边，马上躺了下来。她睡呀睡，醒了又睡。她的胸部时起时伏，面颊晕红，头上不断冒汗。这位少女平时很安静，很少说话，而现在却是胡言乱语，滔滔不绝。"我的母亲，我亲爱的！"她说，"给我缝一件新的衣裙，把它放在美丽的田野里漂白、染色，让它跟阳光一样明亮。我该走了，因为我听到钟声正在向我召唤。钟声就像风中的灌木来回荡漾，就像远方的灌木在晚风中来回晃动。"她就是这样说呀说，于是悲哀来到了她的家。父亲黯然泪下，母亲一边哭泣，一边心情沉重地为女儿缝制衣裙。所有的女仆也在哭泣。但爱丽卡却没有流泪，她在死神到来之前拼命地挣扎，她的胸部时起时伏，脸上烧得发烫，汗珠不停地从她的额头往下流。5个晴朗的白昼就这样过去了，5个美丽的夜晚也这样过去了。当星期六来临，太阳西沉时，少女的眼光开始闪烁。她从床上爬了起来，洗了洗脸。她穿上母亲给她缝制的衣裙，让女仆把她的黑发梳成辫子。她的脸庞像火焰那样红光闪闪，她说话也是火辣辣的。她对童年时的朋友说："给我做个花冠，亲爱的朋友，赶快奔向沙仑①，到那里去摘鲜花，我要沙仑的鲜花，因为那里的鲜花柔软阴凉，能够减轻高烧给我带来的痛苦。"

她的朋友一边大声哭泣，一边走向田野给爱丽卡采摘鲜花。不久她从沙仑带来了一个美丽的花冠，把它戴在垂危的姑娘的头上。爱丽卡像个头戴花冠的新娘坐在她的床上，身子靠在她母亲的胸前。她侧着脑袋，极其疲惫和困倦，轻轻地喘着气，她的模样表现出来的不再是争斗，而是平和。冥府王爷曾经围困过生命的城堡，但现在他却不让自己射出手中的箭。他让生命护卫队中剩下的少数几个无力的卫士自由地离开城堡。母亲一声不吭，父亲一声不吭，站在

---

① 沙仑（Sharon）指的是以色列位于地中海边的一块平原，土地肥沃，盛产各种鲜花，特别是一种称为"沙仑的玫瑰花"（Rose of Sharon）的鲜花。《圣经·旧约·雅歌》第二章中有"我是沙仑的玫瑰花"的句子。

爱丽卡周围的人全都一声不吭。大家静悄悄地望着爱丽卡，此时她的呼吸越来越弱，嘴唇渐渐地变蓝——

这会儿庄院里热气腾腾，老的少的各有其事，人人都在忙碌，因为今晚是爱丽卡葬礼的前夕。村里的姑娘们，沿着这座美丽的庭院里的小径，从主屋到贮藏屋，来回快速地走动，她们忙忙碌碌地为葬礼做各种准备。老妇们也是忙个不停：有的在洗衣服，有的在酿造啤酒，有的在炉灶上烹饪食物。女主人向来对工作一丝不苟，这会儿她正在桌子的一端烘烤面包，不时地从窗户向外张望，等待着来自远方的客人。阳光从后窗户照射进来，劈柴正在炉灶里熊熊燃烧。然而，爱丽卡则静静地躺在客厅里的蓝色棺材里，没有人会打扰她那神圣的安宁。不过，她母亲还是时不时地走进来，看一看她女儿死后的面容，整理一下她头上的花冠和身上的衣裙，然后跟她孩子轻轻地说上几句。

　　我的好女儿，你安息吧！
　　你不久就要去冥府，
　　那里墙上长着苔藓，
　　地上铺着细沙。
　　你能在那里安息，
　　那是多么幸福啊！
　　用不着翻来覆去，
　　用不着你推我挤。

在百忙之中，她就这样跟女儿聊上几句，抚摸一下她的头发，然后就回来继续忙碌。

夜晚降临了，来自远方村落的客人接踵而来。马车隆隆地驰入庭院，弄得尘埃到处飞扬。屋里显得更加忙碌，门的碰撞声、狗的狂吠声和马儿的嘶叫声，此起彼伏，热闹非凡。有人去迎接客人，有人去采树叶，有人去树林摘嫩树枝。客人们都身穿丧服来到这儿，其中有年老的，也有年轻的，有达官贵人，也有平民百姓。

女孩子脖子上都套着花环，暮色苍茫，但她们仍在庭院里玩耍。葬礼即将开始，姆依斯托拉农庄里熙熙攘攘，非常热闹，可是客厅里则是一片静寂，爱丽卡静静地躺在蓝色的棺材里。

黑夜展开它的翅膀，覆盖了整个大地，不过，夏夜的翅膀是很温柔的。在山谷里，它仍然让小小的玫瑰花透过它的翅膀发出柔和的光芒，还用银色的露珠滋润它们的花瓣。在灵堂里，大家都在安安静静地休息，周围万籁俱寂，连花楸树的叶子都不晃动。打破这个夜晚寂静的只有远处传来的那种汹涌澎湃的激流声，或者在空中飞翔的夜鹰。请站住，不要出声，看一看今晚的大自然，葬礼前夕的大自然。时不时地天色迅速变亮，又迅速变黑，此时在西南方向，电光闪闪，电光四射但没有雷声。然而，请看北面，请看那里的山峦，一个奇怪的现象出现了。在森林的顶端，一朵白云上端坐着一个少女的鬼魂，她像公主那样美丽，那样高贵。她一动不动地坐着，胳膊靠在云朵上，眼睛看着下面，她的家姆依斯托拉农庄。当电光在西南方闪烁时，它照亮了少女的脸，并且让她的眼睛留下了美丽的影像。那是爱丽卡的脸，但它比她的脸更美丽。她的头上戴着花冠，这是在沙仑编织而成的，因为这种鲜花只有在沙仑的青草地里才能找到，别的地方没有。她穿的衣裙像雪一样白，她胸脯下的腰带就像天上的苍穹。她的面容非常庄重，嘴唇上却带着一种神秘的微笑。

　　她仍然飘浮在空中，穿过夜幕，她的眼睛继续亲切地望着过去的家。她家的窗户也穿过夜幕亲切地向她回望。她就是这样逗留在自己的视觉之中，这样的逗留对她来说是很甜蜜的，不过，等待着她的则是她将享有的永久的幸福和她已经知道的天国——可是，请看！现在她不见了，像闪电一般突然消失了，永远离开了她的家——姆依斯托拉农庄。

（1859）

明娜·康特

（1844—1897）

明娜·康特（Minna Canth，1844—1897），出生于芬兰纺织工业中心坦佩雷（Tampere）市。父亲是工人出身，后来在该市一家著名纺织厂担任工头，家境有所改善。康特幼年时就目睹了她家周围贫苦工人的艰苦生活。1853年她9岁时随父母迁往库沃比奥（Kuopio）市，父亲负责经营纺织厂开设在该市的一家棉纱店。康特曾在当地两所学校和一所瑞典语女子学校学习。1863年她被刚成立的于凡斯居莱（Jyväskylä）师范学院所录取，她是该校录取的第一批女生中的一个。1865年她与该校自然课老师 Johan Ferdinand Canth 结婚，因而不得不中途辍学。婚后康特和她丈夫住在于凡斯居莱。1878年起她就开始写短篇小说，为当时的进步报刊撰写文章，针砭时弊，推进社会改革。1879年她丈夫不幸病逝。康特自从丈夫死后一直孀居，靠经营父亲留下来的棉纱店和微薄的写作收入养活7个孩子。为了生活，她每天要做大量的工作和家务。但是，她有无比充沛的精力和敏锐的洞察力，有火一般炽热的激情。1897年5月12日康特病死于库沃比奥市。

康特主张平等、自由、博爱，强调理性和科学，反对愚昧落后，反对父权制和教权主义。她反对传统的包办婚姻，主张自由恋爱，明确提出幸福的婚姻应以纯真的爱情为基础，而不是金钱。她强烈主张男女平等，旗帜鲜明地抨击法律中歧视妇女的条款，维护妇女在家庭、教育和工作方面的合法权利。康特是个才华横溢的女性，她一生努力自学，笔耕不辍。她不仅是个多产作家，而且还是个杰出的社会活动家，她以实际行动为妇女的解放树立了光辉的榜样。除了妇女问题以外，康特还关注其他的社会问题。

康特的著作很多，有小说，也有剧本，著名的有《破门贼》（1883）、《工人之妻》（1885）、《哈娜》（1886）、《穷苦人》（1886）、《暗礁》（1887）、《苦命的孩子们》（1888）、《根据法律》（1889）、《女贩洛鲍》（1889）、《牧师之家》（1891）、《雪尔薇》（1893）、《离家》（1895）、《安娜莉莎》（1895）。

"老处女"

　　人们都叫她"疯姑娘"。她住在城里偏远的地方，就在赛拉宁山旧坟场的后面。那里的房租比较便宜，因此她一开始就搬到那里住。她必须省吃俭用，因为她的收入并不多，二百八十马克的养老金，除此之外，她时而靠手工活挣一点儿小钱。在城里一间房间的月租通常是十马克，而她在这里租一小间只付七马克。当然房子破旧不堪，炉灶已经散架了，墙壁都是黑的，窗户也是一碰就会掉下来。冬天的时候，冷风呼呼地从门缝里吹进来，屋里每个角落都有风，以致不知道坐在什么地方才好。不过，尽管住在这样的房子里，她还是能将就过去，现在也不想再搬了，因为她在同样的房间里已经住了十年了。这间房间对她来说几乎是属于她的，那些陈旧的墙壁，那台需要泥瓦匠修理的且表面极其粗糙的炉灶，高低不平的地板，以及多少能反射出彩虹所有颜色的小块窗玻璃，它们对她来说渐渐变得很亲近，好像参与了她那孤独的生活，与其同甘共苦。没有一个人可以使她敞开自己的心扉，向他或她倾诉一切，然而当她坐在自己的屋里，陷入沉思之中，眼光落在某一物件上，有时是墙壁或者炉灶，有时是天花板或者地板，这时候这件东西在她眼里便顿时活动起来，它理解她，跟她无声地交谈，并且安慰她。她不再渴望其他别的伴侣。她在自己的房间里就好像安全地跟她唯一忠诚的朋友在一起一样。她不愿意离开那里到别处去走动，除非她不得不出外办事。但是事情一办完，她就急急忙忙回家来，很快把门关上，好像害怕后面跟着仇敌似的。

尽管刺骨的冷风即将钻进她的房间，有时还遭到严寒的侵袭，但是她既不想搬家也不想舍弃她的朋友，这个房子会竭尽全力地保护她。然而，这个可怜的人已经风烛残年，对于冷风的侵袭和严寒的肆虐，是无能为力了。在这种情况下，任何人只能忍受而已。

人们并非历来就叫她"疯姑娘"。她曾经有过自己的名字：莎拉·赛琳。有一段时间人们都叫她这个名字，那时候这个名字使人心跳加速，精神振奋。然而，这是很早以前的事了。冬雪皑皑，覆盖着大地，夏阳普照，大地又重新复苏，许多年就这样过去了，而现在她已是一个瘦骨嶙峋、满脸皱纹的"老处女"。孩子们在街上玩耍，一见到她就害怕，但是等她走过后，他们就在她后面高喊："疯姑娘！疯姑娘！"爷们儿趾高气扬地从她身边走过，连看都不看她一眼。她给太太们做绣花活，这些人却让她站在门口而不让她进屋。当她收到工钱向她们深深地行了个屈膝礼时，她们只是轻轻地点点头，露出一种施舍的神情。再没有人想到她曾经红极一时。再没有人想到她曾经在这个世界上年轻过，美丽过。再也没有人这样想啦！那时候认识她的人，现在能找到的已经寥寥无几，而且就是这几个人，他们也因繁忙的生活而早就把她忘却了。

不过，这一切她自己确实还记忆犹新。为了帮助回忆，她把那时的纪念品和证明材料都保存在她那陈旧的五屉柜里。那里放着的首先是她那时照的相片。照片都已弯曲，而且褪了色，因此脸部的细节很难看清。尽管如此，从这些照片还能看出她当时的模样，照片中可以看到那时她穿的是优美洁白的舞蹈服，披着长长的卷发，胳膊光光，胸部祖露。

她第一次穿这套服装时，正是她一生中最有意义、获得最辉煌胜利的一天。那时候她跟她母亲一起在哈米那市。就在那时，有一艘皇家游轮驶入芬兰湾靠近哈米那的海域，有一天早上，游轮在哈得利岛抛下了锚。传说船上有一位年轻的大公，他想跟他的高级随从一起上岸。哈米那市一下沸腾了起来，全城都挂起了彩旗和花环，到处都摆满了鲜花，晚上在市政厅还准备举行盛大的舞会。

就在这个舞会上莎拉获得了难以忘却的殊荣：年轻的大公注意到她，并且跟她跳了舞！大公只跳了一个舞，而这个舞就是跟她一起跳的，舞会上他没有跟任何别人跳过舞。

那个晚上的欢乐是难以用言语来形容的。即使到现在，当她一看到照片，脸上就流露出当时所感受到的那种幸福的神情。起初她沉醉于喜悦之中，什么也不想思考。不过，当大公不久离开宴席，接着所有人都冲过来向她表示祝贺时，她的心里真是充满着喜悦和傲气。

人们都对她阿谀奉承，把她称为"舞会的女皇"，她的周围总是站着一群爷们儿，争先恐后地对她谄媚求宠。

那个夏天之后，她尤其是征服了男人们的心。一个少尉因为她而神经错乱。一个硕士生跳入伊玛特拉瀑布，一个诗人开枪自尽，据说后面这两个人都是因为没有得到她的爱而走上绝路的。

她所收藏的纪念品中有一大堆用红绳子捆在一起的旧信笺。这些都是她以前的崇拜者寄来的信件，里面写的都是向她求爱的词语，有些比较含蓄，有些比较大胆。在绝大多数情况下，这些信纸的折叠处都已破损，墨水也已发黄，有些地方颜色已褪得难以辨认，即使费很大劲儿也搞不清楚信的内容，除非她还熟记在心。

那时她对这些信件并不十分重视，只是把它们收藏起来作为她胜利的标记罢了。没有一封信可以温暖她的心，她对写信者甚至也不抱任何同情心。

"你究竟怎么想的？"她的母亲屡次问她，"你该最终做出选择了。"

可是，莎拉仍然惦记着大公，她心里思忖着：还有时间，不是吗？难道她没有给大公留下深刻的印象吗？这一想法老是在她头脑里盘旋。为什么大公只跟她跳舞而没有跟其他人跳舞？谁能保证吗？也许有朝一日大公会再次出现并且向她求婚呢！？这类神奇的事情以前也发生过。到那时，莎拉就会自豪地向大公表白她那忠贞不渝的爱情，并且让他阅读她的崇拜者寄给她的所有的信件，以便显示她有如此之多的诱惑需要抵制。

年复一年过去了，但是大公并没有来。莎拉读了一些法国惊险小说，如《基督山恩仇记》《巴黎疑案》《流浪的犹太人》等。她一边看书，一边耐心地等待着。她几乎深信，只要大公能按自己的意志行事，他一定会来的，当然有人会阻挠他，因此他耽误了。

她的母亲变得越来越不耐烦，但是莎拉并不在乎。母亲并不知道，她心里抱着多么大的希望啊。只要能看到这些希望得以实现，她会感到加倍高兴的。

然而，有一次母亲说了几句话，像刀刺那样刺痛了她的心。当时她刚拒绝一个求婚者，他是一位很阔绰、很体面的经营批发的商人，为此她的母亲感到很生气。

"等着瞧，"她说，"这样下去，你要成为老处女了！"

起初，她对这番话不屑一顾地一笑置之，但是后来这番话使她烦恼，最终她感到她的心被刺痛了，因为她突然发现，最近爷们儿不再围在她的身边了。那里冒出了几个小丫头，人家说她们长得很漂亮，但是莎拉觉得她们一点儿都不漂亮。这些丫头还没有完全发育，只是半大的雏儿而已，没有气质也没有教养。难道人们真的认为她们漂亮吗？这样的审美观她无法理解。

当她进一步考虑后，觉得这是不可能的。男人们故意追这些女孩子，其实是开开玩笑而已，而她们却是傻里傻气地把这一切当真的了。她对她们没有什么可害怕的。她一想起这些就觉得有点儿可笑。

她决定在下次舞会上好好地证实一下。为了这个目的，她定做了一套新的、按照最新时装杂志设计出来的服装，用白色丝绸做的，没有袖子，袒胸露背，这样可以清晰地显出她那丰满的乳房、圆乎乎的胳膊以及白皙的肩头。

她露出满意的神情，抱着必胜的信心，沿着地板走过明亮的大厅。那些小姑娘还敢跟她平起平坐吗？她们当然不敢。瞧，她们都挤在大厅最远的角落里，交头接耳，有时斜睨她一眼，用手掩着嘴偷偷地嗤笑。是的，对社交活动缺乏经验的女孩子常常是这样表现的。可以想象得到她们中间没有一个人能够貌压群芳，独占鳌头。只要她还在，她们是绝对做不到的。

但是，她们的笑声使她生气，她真想回敬她们一下。舞会开始不久这个机会来了。当她跳完圆舞曲走进卫生间去整理她额头上的卷发时，她们凑巧也在那里咻咻地嬉笑。

她径直走向桌子，并且以命令的口气说：

“走开，小姑娘，离开镜子！”

她知道得很清楚，叫她们“小姑娘”是最容易触怒她们的。但是她们又奈她何？她们只得乖乖地退居一旁给她让位置。

从镜子里，她看到那些女孩子噘起了嘴巴并且以愤怒的眼光瞪着她看，对此她并不在乎。然而，她看到她们那里还有别的花样，这深深地刺痛了她的心。她看见一个披着金光闪闪卷发的头、一双澄蓝的眼睛和一张年少清新的脸……这也许就是那个特别引人注意的女孩子。莎拉转过身，想仔细看一看。一点儿不错……她长得相当漂亮……这个女孩子很可能成为她的危险的对手，因为她有莎拉今世不能再有的东西：青春的魅力。她感到万分痛心。她无法再对着这张脸看了。她们为什么站在门口？她们为什么要打扰她？是不是该提醒她们一下？

“这间房间是专门为成年人准备的。”她一边说，一边转过背去。

姑娘们听懂了，于是打开门准备走出去。但是走的时候，她们嘟嘟哝哝地说了一句。传到莎拉耳朵里的是：“还装腔作势，这个老处女！”

她像闪电似的冲了过去。还不知道是怎么回事她就给了那个金发女郎一记响亮的耳光。这瞬间，从聚集着许多女士的邻室里传来了一阵惊愕的喊叫声。

金发女郎顿时哭了起来。莎拉一下把她推了出去，接着就把门关上。

“老处女！”她们胆敢叫她“老处女”！

一股热血涌上她的心头，浑身肌肉绷紧起来，双手痉挛似的握成拳头。她的心怦怦地跳，动脉和太阳穴也不停地跳动。她糊里糊涂，什么都不清楚。然而，她的耳边却不停地响着这三个倒霉的字："老处女"。

她毫无表情地回到镜子前面。

唉，她的模样真可怕呀！脸色苍白，眼睛圆睁，目光粗野，脖子涨得发紫。这一照却使她清醒了过来。她可不能像这个模样就回到舞厅去的。

她喝了些水，在房间里来回走动，想方设法使自己平静下来。乐池里传来了乐器演奏的声音。

老处女！不能让她们再这样叫她。

那个批发商（她最近的求婚者）不是已经来了吗！她突然下定决心，再喝了一杯水，对着镜子仔细看了一下。当她看到自己又回复到原先的模样时，就从桌上一下拿起扇子，急匆匆地直接走进大厅，因为那时正在奏四对舞曲，而她还没有被邀请呢。

她站在大厅门口，眼光向大厅四周浏览一遍。看，那里站着的不是批发商吗？莎拉招手要他走过来。

"我想和你一起跳四对舞，可以吗？"

她微笑了一下。她深信，她的邀请一定会给他一个很好的印象。但是她大为失望。

批发商很有礼貌地鞠了一躬，但是冷冰冰地回答道：

"很遗憾，我必须拒绝，因为我已经邀请别人了。"

批发商往后退了下去。

成对成双的舞伴排成了一行。很多男士看来还没有舞伴，但是却没有人走到她的跟前来。这是什么意思呢？

她感到大事不妙，向四周看了一下。说真的，她这下可注意到了！太太们使劲地在打量着她，互相窃窃私语。

很明显，她们谈论的话题就是刚才在卫生间里发生的事。

不过，这事情是不是也已经传到爷们儿的耳朵里了？她感到好像喉咙被卡住似的。信号一响，四对舞开始了。

她在原地站着。

她心里充满了悲痛。这可能吗？难道会没有人邀请她跳四对舞？这种情况以前从来也没有发生过。

她的眼前顿时一片漆黑，她几乎站都站不住了。各种复杂的情感在她头脑里盘旋：被损害了的自负、气愤、悲痛、羞辱，最后是预感，即她怕她的魅力将一去不复返了。所有这些情感汇集在一起，像一副沉重的担子压在她的身上。她的心几乎要破碎了。

当她看见一双双一对对快速飞旋地从她身边掠过时，她突然感到全身无力，怕要倒下去了。太太们的旁边有一把空椅子，她想走过去坐下，但就在这瞬间，她看到她们眼中闪出幸灾乐祸的眼光，嘴上露出恶毒的微笑。她愣了一下，然后转身朝前厅的大门走去。她必须离开舞厅，走到新鲜空气中去。

她穿上大衣，走了很长一段路回到了家里，她神情恍惚，不知道自己是怎么走的。回到自己的房间后她才清醒过来，能够多多少少理一理纷乱的思绪。

她究竟做了些什么呢？她不过教训了一下那个无礼的女孩而已。是她们先对她无礼的，当然她们并没有向任何人说过。

大家为什么相信她们？为什么没有人来问她事实究竟是怎样的？唉，人是如此之坏，如此之可恶呀！

她放声大哭，这样她感到舒松一些。

她在自己的眼前仍然清楚地看到那些太太们可憎的脸

庞。她们以前一直妒忌着她，因此现在她们就拍手称快了。不过，难道现在她一个朋友都没有了吗？没有人能为她说话了吗？

她的崇拜者，她以前的骑士们，他们现在都在哪里呢？那些深深地爱上她的人，那些谄媚求宠的人，他们现在都在哪里呢？唉，这些人都是卑鄙的懦夫。他们身上一点儿诚信都没有。

但是她要对他们进行报复。什么活动她都不参加了，要是街上遇到他们，她就躲开，连看都不看他们。让他们好好回忆那天晚上的情景吧！

莎拉脱掉了身上的丝织连衣裙，把它掷在沙发上，次日用人会来收走的。不管怎么样，她再也不穿了，这东西她看都不想看，因为它给她带来了太多的厄运。

从那以后，她有很长时间就老老实实地待在家里。举行过了很多舞会，每次她都等着有人来告诉她，舞会上大家还在惦记着她呢，但是竹篮打水一场空。没有人到她家里来。即使偶尔遇到过去的熟人，人家也是很冷淡或者尽量躲开。至于她呢，她也谁都不理睬。

但是她感到很不幸，很孤独。她感到悲痛，但又不知道如何减轻她的悲痛。母亲天天忙着料理家务，莎拉又不愿参与，因为她觉得这些都是枯燥无味的日常琐事，她宁愿独自一人坐在房间里胡思乱想。

唯一能使她忘却生活的辛酸苦辣的方法就是阅读冒险小说。当她读这类小说的时候，她心里觉得她对她的未来还有希望。即使大公不再记得她了，也许有一天某个阔绰的、显赫有名的来客碰巧看见她，并且一见钟情。他们马上喜结良缘，诸如此类，而这位富翁又把她带到遥远的地方去。

这时，市镇上的爷们儿多少会感到懊恼，不是吗？

她们家避暑小屋的附近有个岩石丛生的小岬角，来自南方的船只都要从它的旁边驶过。她每天都到那里去，而且总是穿着白色连衣裙，披着长长的卷发，头戴一顶优美的草帽。她是半躺在岩石上的，用胳膊肘儿撑住身子，满是褶皱的裙子飘散在她的周围，头上的卷发弯弯扭扭地落在她的肩头，而那只支撑她那面颊的手真是白得耀眼。她的前面摊着一本翻开的书，但是她的目光并不落在书上，而是神情茫然地掠过湖面遥望湖的尽头。

她就是这样地等待着她那位阔绰的、显赫有名的新郎，这是她梦寐以求的对象。只要他在船上，他是肯定会看到她躺在岩石上的。他一看到她，肯定会神魂颠倒，并且就会尽快赶到她的身边。

每天可以看到轮船接二连三地驶了过去。有人用望远镜看她，但她必须摆正姿势，不敢太多地朝那个方向看，因为她的眼睛正在神情茫然地掠过湖面遥望湖的尽头。

然而，她完全知道，船上是些什么样的人，爷们儿她尤其知道得清楚，因为她曾经在他们中间寻找过一个她日夜想念但从未见过面的人，这个人她一生中爱过，崇拜过，等待过。

日子一天天地过去了。她的热望越来越强烈，她越来越老老实实地坐在岩石上等候。日子一周周地过去了，夏去秋来。她不再躺在岩石上，而是坐了起来，双臂合抱在胸前。她的眼睛不再打量湖中的流水，而是远眺轮船出现的天际。当船一露头，她就抱着希望和恐惧的心情盯着看，一直到船靠近为止。她的目光充满着痛苦，她以这样的目光审视着她看到的船上每一个陌生的男人：他是不是终于出现了？

这是白日做梦！这个人并没有出现。人们都回到了城里，新的娱乐季节又开始了。过去她总是高高兴兴地迎接这样的季节到来，而这样的季节总会给她带来新的胜利，在她头上戴上新的桂冠，为她征服更多男人的心。但是如今却有天壤之别！现在她只能以悲痛的心情旁观这一切。她不再属于镇上的"上流社会"，人们并不惦记她，也不想让她参加他们的活动。她也不能死皮赖脸地要求参加，她不能这样做，无论如何她也不愿意这样做，因为，她觉得她看到的每个陌生人的眼睛里都显示出讥讽的神色，嘴上都流露出强笑的表情。世界是多么坏呀！人是多么可恶呀！

她竭尽全力地避开他们，把自己封锁在一种独有的、安静的生活之中。摆在她面前的是一个孤寡老人所过的那种毫无欢乐的日子，这是无法改变的。这样的日子正在向她逼近，这是千真万确的。在男人们冷淡的、漫不经心的招呼里，在女人们轻蔑的眼光里，她看到了这样几个字："老处女"，每次这几个字对她的影响就好像蛇咬似的。

一年年过去了，在她心中留下的只是无望的惆怅。她的生活黯淡无光，枯燥乏味。没有任何事会打断这种单调的生活，没有任何影响能使她重新振作起来。起初，失望接二连三地落在她的身上，但是到后来连失望都没有了，因为她不再抱有任何希望了。

然而，她遭到了厄运最后的一击：她的母亲逝世了。这等于剥夺了她唯一的支柱和朋友。现在她在这个冰冷的世界上彻底地孤苦伶仃，没有人可以让她倾诉衷肠，没有人会关心她，甚至没有人会注意到她是否存在。

她恸哭流涕，不想吃也不想喝。她咒骂这个世界，因为它恨她，迫害她。她责怪上帝，因为上帝赐福于所有其他人，而唯独没有赐福于她。现在她的母亲静静地躺着，又僵又冷，两眼紧闭，铁青色的嘴唇，脸上露出死尸般的神色。不管她的女儿怎么拥抱她，她也不会苏醒过来，也听不到她的哀怨声。

谁也听不到她的哭声，谁也不愿意来安慰她。她只能孤独一人，痛哭失声，直到把眼泪哭干为止，她还开怀狂饮，借酒浇愁。

她的气力终于耗尽了。她再也不觉得悲哀或忧患。她的心一片空虚，她的前途也是黑压压的一片空虚，暴风雨把她头脑里的东西一扫而光。

她毫无感觉地坐在屋里，眼睛盯着她的前方。债主到她家来，把她的衣服和家具都卖光，她也不在乎了。不管周围发生什么事，都不会引起她的注意，也不会惹起她的愤慨。她的房子变得越来越荒凉，但对她来说这也无所谓。后来有人对她说，她必须搬走。起先她没有听懂，但重复了几遍后，她终于大声地笑了起来。她突然停了片刻，盯着他们看，接着又大笑起来。

从那以后，人们都叫她"疯姑娘"，而且孩子们见了她就害怕。

最初，人们给她在小街旁安排了一所住房。她搬到那里时带着一张床、一张桌子和一个旧五屉柜，柜子里放着打皱的饰花、花带、糖果说明书、她青少年时候的照片和信笺，照片和信笺她是后来才收集起来并且捆扎在一起的。当她搬到市外的赛拉宁山旁的时候，她也带了这些东西。

当她看着它们时，她就会想起她一生中所度过的那段短暂的欢乐时刻，同时暂时忘记她现在是一个"老处女"和"疯姑娘"。

（1891）

离　家

　　芬妮从女子师范学校回到家，把手中的书和练习本放在桌上，同时脱下了大衣。

　　母亲和女佣正在打扫客厅。芬妮透过开着的门顺便往里瞧了一眼，暗自琢磨：为什么午间这个时候打扫房间呢？很可能有特殊的原因吧。

　　她不打算搞清楚究竟原因何在，而是拿着书开始走向客厅左边她的闺房。

　　"听着，芬妮！"

　　芬妮停住了脚步。

　　"你肯定不会相信的。来，过来，离得近点儿嘛，别站得那么远，谁能这样大声地说话呢？噢，你猜猜看，谁要来我们家做客？"

　　"我猜不着。"

　　"用你的脑子好好想想。"

　　"向你求婚的人要来了。"女佣丽卡边笑边说。

　　芬妮用不安的目光瞥了她一眼。

　　"没错，没错。"

　　母亲的眼睛里闪烁着骄傲的目光。

　　"对啊，对啊！你为什么要叹气呢？今晚来这里求婚的都是些博士生。你现在还猜不着吧。斯普罗贝尔 ① 博士要

---

　　① 　Broberg 是瑞典语的人名，芬妮母亲用芬兰语发音读成了 Sprooper 斯普罗贝尔。

来了，他是专门来见你的。"

"布罗博格博士！"芬妮失声喊了出来，"他怎么会来的？……母亲，你怎么知道的？"

"母亲，母亲，你就只会说母亲，你就不知道叫一声妈妈吗？有教养的人谁都不叫母亲。你就是改不了这个习惯，尽管你还是真正的商人的女儿呢。你可不是无赖的孩子啊！除此之外，你还一直在上学读书，学什么法语、德语。你应该能把舌头转过来，叫一声妈妈。要说从前，那个时候我们还很穷呢。噢，我是怎么知道的？"她中断自己的讲话，往后退了几步，离窗户稍为远些，看看窗帘打褶打得是不是跟街对面商会顾问家的一样。

"是啊，我是怎么知道的？昨晚在维尔曼家的时候他对爸爸做的承诺。"

芬妮的心收缩了一下。

"是不是父亲邀请他来的？"

"那当然啦！"

"但是为什么呢？是啊，为什么呢？"

"你还要问？别人邀请客人到家做客，难道我们就不能请吗？"

"但是，他根本不是我家的熟人，从来也没有来过我们的家。"

"那又怎么啦？凡事总有第一次啊！爸爸就在那天晚上才认识他的。"

"这次他应该不请自己来。"

"自己来？闭嘴吧。谁说他应该自己来？丽卡，你看，我说过什么来着？她认为他是个不受欢迎的人。真是个古里古怪的丫头！不知道什么对自己有利。"

"你太蠢了，芬妮小姐。"丽卡说道。她一边哈哈大笑，一边跪在炉旁的角落里擦地板。"你的爸爸在给你找对象呢，而你……"

芬妮不再往下听了，她匆匆地回到自己的房间。

那天芬妮看书都看不进去，同一页书来回看了三四遍，也不知道书里写的是什么。

最后，她把书撂在裙子的下摆上，把眼光转向窗外。院子里正在装卸货物，父亲站在店铺门口接受这批货物。几个伙计深深地弯着腰搬运这批沉甸甸的面粉袋。

芬妮突然感到胸口一阵疼痛，她从孩提时代起就不断地受到这类疼痛的折磨，就像上了钩的鱼一样拼命地挣扎。就在上小学一年级的时候，她就发现班上的同学在偷偷地讥笑她，因为她母亲叫她万妮而不是芬妮，也许是因为她穿得实在太滑稽可笑了。

母亲走进来了，忙得满头大汗。

"已经六点了，赶快穿衣服，把那件粉红色的连衣裙穿上。"

"我不穿，妈妈，我在家不穿那件衣服。"

"为什么不穿？如果你允许我提问的话。"

"这种衣服只有舞会上才穿，或者其他比较大的场合才穿。"

"真奇怪！不管我想做什么，你总是反对，真让人生气。"

"好妈妈……"

"在舞会，比较大的场合才穿！难道你认为今晚的活动场面还不够大吗？工厂老板维尔曼今晚也来。我还没能提到他呢。我还派人去请商人阿赫尔姆。除此之外，还有我在饭桌上跟你提到的画家萨克斯曼和金匠里特曼。"

"嗯，我记得那些人，"芬妮插嘴说，"但是我穿那件灰色衣服应该更合适些，没有那么多的装饰。"

"有点儿装饰那又怎么啦？这样可以更好看，更漂亮，对吗？就是再多一点儿装饰，也没有什么坏处。就像我刚才说的，把那件粉色的穿上。就这么办！爸爸今晚专门请了一些年轻人，为了向他们展示一下女儿的风采，而你还不愿意穿这穿那的。别忘记戴上金项链，还有那个刚买来的胸针。别再磨蹭了，客人很快就要到了。"

她把门一关，就像来的时候那样匆匆而去。

芬妮深深地松了口气。她用手托着脑袋靠在桌上，哇的一声哭了起来。

但这并不是聪明的做法，不可能使情况好转。她哭得泪水满面，眼睛通红。与此同时，她听到客人走进了前廊，心里十分害怕。她匆匆忙忙跑到洗脸盆旁，用冰冷的水冲洗自己的脸，然后按照母亲说的换了衣服。

当她走进来的时候，大厅里已经坐满了客人。阿赫尔姆太太舒展地坐在沙发上。她全身穿着整齐时尚，头上一顶白色绒线帽，两边宽大的丝绸带子一直洒落到她的肩上。耳朵上挂着金耳环，耳环上连着长长的坠子。只要她一晃动脑袋，坠子就会在她脖子上叮叮当当地摆动和旋转起来。这种情况经常出现，这也许是她故意要让坠子老是来回晃动，否则人们也许注意不到她耳朵上戴着坠子。

毫无疑问，阿赫尔姆太太是这批客人中最能干的一个。她的衣着以及她环顾四周时所表现出来的那种自信心使人们一眼就可以看出这点来。她身上的一切都显示她的傲慢。比如说，她身上穿的那套带丝毛料制成的灰色连衣裙以及肩膀上的黑色薄纱也显得那么趾高气扬，好像它们也想说：看看我们。跟我们相比，你们算得了什么！

她有点儿肥胖，但个子较矮，大概四十多岁，不丑也不美，长相很一般。现在上了岁数，皮肤干瘪得有些发黄。但是年轻的时候，她的皮肤一定是又白净又红润，因为她的头发仍然是麻黄色。竖直的眼睫毛已经为数不多了，如果还能区分开的话，它们的根部看起来还是同一种颜色。她有一对浅蓝色的眼睛，圆圆的，有点儿向外凸出，眼睛里闪烁着她那神气十足的自信。她总是笑口常开，因此小小的牙齿就会从嘴里露出来，有些地方，特别是嘴边，牙龈一定程度上也会露出来。在她一边的脸颊上有块肉赘，上面还有几根长毛。肉赘碰巧就长在咧嘴大笑时脸庞鼓起来的那个地方。总之，就如刚才说的那样，她不丑也不美，长相很一般。

　　萨克斯曼太太是画家的妻子，脸色苍白，骨瘦如柴。她坐在离阿赫尔姆太太最近的地方，不停地用另一只手的食指摆弄她的嘴唇，弯着腰恭恭敬敬地倾听阿赫尔姆太太的讲话，不时地叫出声来表示赞同。奇怪的是，她从来也不会提出不同的看法，每次说话一般也不敢多说几句。

　　与此相反的是，坐在桌子另一头沙发对面的那位比较年轻的女子，她不时地想争夺发言的机会，可是阿赫尔姆太太通过提高嗓门儿，讲话中同样地加重语气，这样就使她想发言的企图成为泡影。这个女子就是林德曼太太。不管什么人，不管什么事，她都了如指掌，甚至比这些人本人知道得还详细，所以在她背后人们普遍都称她为记事本。她的脑子机灵得令人难以置信。她能精确地记得她的熟人有多少件连衣裙，多少顶帽子，多少件衬衣，以及多少件其他的衣服，但是对陌生人的着装她没有那样清楚。同时她还能丝毫不差地说出那些东西的价钱，她知道这些衣服是什么时候生产的，哪个裁缝做的，是在什么地方买的，等等，总之，一切与这件重要的事情有关的她都知道。

通过同样仔细的观察，她还能发现人们身上最细小的弱点，把它们揭示出来，添油加醋，随意夸大。她能做得如此巧妙，以至于人们关于这个人所看到的不再是别的而是他的不好的一面。每次谁成为她的谈话对象，谁就倒霉。

对街头巷尾流言的了解谁也超不过林德曼太太，她只要有机会就对此津津乐道，当然听者也是乐此不疲。对我们这种可怜虫来说，世上还有比倾听这类互相诽谤，互相污蔑的小道消息更有趣的事情吗！？

阿赫尔姆太太在芬妮进来之前就在那里夸奖自己的儿子，她说她儿子每个年级都要读两年，费了九牛两虎之力现在总算读到了中学四年级。

"他与州长的儿子是非同一般的好朋友，几乎每天州长儿子都会到阿尔福德那里来。"

"您听到州长夫人说什么来着？"林德曼太太插嘴问道。

但是阿赫尔姆太太却提高了自己的嗓门儿。

"而就在不久前州长儿子生病的时候，他们马上派人把阿尔福德请到他们家，让他跟他儿子玩游戏，一种叫什么普列瓦那的游戏。"

"州长夫人到底说了些什么？"林德曼太太又问了一遍。

阿赫尔姆太太把嗓门儿提得更高了。

"我的儿子必须全天待在那里，一直到晚上，吃饭的时候可以跟州长本人一起吃，州长夫人介绍之后，就把他安排在州长身边坐下。"

林德曼太太怒气冲冲地把她的椅子往边上一移，这样可以离其他夫人们更近些，接着就开始跟这些夫人交头接耳地说了起来。

"看来是轮不到我说话的份儿了。费尔曼宁的宴请你们知道不知道？州长夫人已经说过了，那儿一点儿也不好，吃的东西多得不得了，但是做得都很难吃。这是女仆来我家告诉我们的。"

"看，芬妮来了，"她压低了嗓门儿说，"她打扮得真漂亮啊！"

"听说贝蒂宁老头邀请了布罗博格博士，据女主人说是斯普罗贝尔博士。哈哈，想找女婿了。但是我觉得这是徒劳的。"

"晚上好，芬妮小姐，晚上好！你真是一天比一天漂亮了啊。"

"我已经很长时间没见过芬妮了。"阿赫霍姆太太说道。"要是合适的话请常来我们家啊。我们虽然没有女儿，但是有男孩儿，而小伙子可使生活妙趣横生，不是吗？你承认不承认，难道不是这样吗？"

她狂笑了一阵，其他的人也都跟着咯咯笑了起来，出现了一片笑声，连爸爸和妈妈也都加入了进去。

芬妮害羞地躲到了角落里。

"我们家的芬妮，"贝蒂宁太太开口说，丝毫不理会芬妮那种祈求的眼神，"我们家的芬妮并不喜欢年轻的爷们儿。她是不是想当老处女？"

"当老处女！"客人们异口同声地说道。"这些爷们儿是不会让这样的女孩子当老处女的。"

这时候母亲满意地笑了起来，她所想得到的就是这样的反馈意见。但是芬妮发现，林德曼太太在那儿一直用肘部捅旁边的人，并且弯下身子跟那人低声细语。那人听了就笑了起来，把同样的话又传给旁边的人，结果坐在附近的人都侧过身子想听个究竟。大家都咯咯地笑了起来。他们总是不时地用稍带怯懦的眼光朝芬妮妈妈那边看。由此芬妮知道得很清楚，他们那种高兴是以她的痛苦作为代价的。

遗憾的是，母亲什么也没有觉察到。

"真奇怪，威尔马宁怎么还没来，斯普罗贝尔博士也没来。"

笑声渐渐集中在林德曼太太的周围。但是母亲只是天真地看着他们，并且继续说道：

"我们现在坐在这里什么也没喝，时间太长了吧。"

"没有关系，贝蒂宁太太，我们可以等到斯普罗贝尔博士来。"

林德曼太太说这话时是很严肃的，而别的人却忍不住都笑了起来。

芬妮大吃一惊地发现酒柜上面有个盛酒瓶和两只杯子。这次宴请是不是也要以喝酒作为开始？

她想走到爸爸那儿去悄悄地问一问，但是就在这个时候费尔曼宁和布罗博格博士走进了门廊，父母俩都急忙迎了上去。

芬妮焦急地等待着这两个新来的客人问候完毕。接着她悄悄地溜到父亲身边，拉住了父亲的胳膊说：

"爸爸，好爸爸，不要请大家喝酒。现在士绅家请客谁都不提供酒了。好爸爸，我们也不提供酒。"

她的眼睛里充满着泪珠，双手也不停地颤抖。

但是贝蒂宁只是好心地看了一下他的女儿，她站在父亲的旁边，妍丽动人，活像一朵玫瑰花。

"可是，不过我还是不明白。"

"相信我吧，爸爸。"

"当然啰，我们是不会给你也不会给其他年轻女子酒喝的。这点我想是这样的。"

"也不要给男人们酒喝，亲爱的好爸爸，不要给他们酒喝。"

"你走开，别管这事，让我来处理。"

贝蒂宁一手拿着托盘，一手拿起盛酒瓶，把两只杯子都斟满了酒。芬妮又坐回到她的椅子上。

她坐在角落里，看着父亲手拿托盘，轮流走到每个人跟前，要求或者强迫他们喝上一点儿，可能的话，喝个杯底朝天。

"不能让任何人说我们款待客人时喝酒间歇太长，"他说，"也不能让任何人说我们不舍得让客人尽量喝酒。"

现在父亲正向布罗博格博士走去。芬妮几乎不敢再跟着看了。可是她还是跟着看，屏气倾听到底他们在说什么，在做什么。

布罗博格博士笑了笑，摸了一下胡子，摇了摇头。

"快拿着，快，芬妮现在看不到，就算看到了，也没有那么危险。咱们一起喝。我喝另外那一杯。来，干杯，为女婿健康而干杯。"

"不，不，谢谢，我不喝酒。"布罗博格拒绝说，身子往后退了一下。

"怎么回事？客气什么？"

"不，谢谢，我真的不喝。"

贝蒂宁也只能就此罢手。

但是他把饮料送到每一个人手里后就立即走了回来，向布罗博格施了一个神秘的眼色，用一只手指头钩了一下他的上衣。

"去，坐到芬妮旁边去，现在正合适。"

芬妮听见了这句话，她不再待着了，而是站起来，开始走向她的房间。

"芬妮，芬妮，你要去哪里啊？"贝蒂宁大声喊道，"先到这边来。"

芬妮只好停下来。

"来这里，这里！"

父亲抓住她的手，把她拉了过来。

"过来跟布罗博格博士一起聊聊天。"

芬妮没有能力反抗。她多么希望自己能够跑出来，跑到街上，然后跑到城外的公路上，离家越远越好，不再需要整晚都展示在任何人的眼前。但是她没有这个能力。她现在束手无策，好像被判了死刑似的，没有任何挽救的希望。与现在她所受到的羞耻相比，她觉得死亡还比较容易一些呢。

"你看，多害羞啊！"贝蒂宁接着说，"好像不愿意似的。但是女孩儿们都是这样的。"

他狡诈地笑了笑，离开他们俩，转向别人那里。

芬妮毫无思想准备，她不情愿地坐到椅子上。布罗博格站在她的前面，微笑着，有点儿不知所措。他用手摸了摸嘴唇上的胡子。芬妮不敢抬起头来看。她的眼光落在布罗博格穿的靴子上，并且一动不动地盯着看，其实那里根本没有什么可看的。这只是一只普普通通的靴子，擦得锃亮，比父亲的靴子要窄一些，但是也许要亮一些。

"贝蒂宁小姐在这里的师范学校学习，是吗？"布罗博格开始说话。

"是的，"芬妮轻轻地说道，轻得几乎听不见，并且把头低得更低。

"那儿会有很多学生吧？"

"是的。"

"您也许是今年春天结束学业，对吗？"

"是的。"

"就在那个时候我将到那里教书。"

芬妮忘记了自己，突然抬头看了一下。难道布罗博格博士明年起将在师范学校任教？她从来没有听说过。

"我主要教历史和地理。"

这些都是她选的课程。芬妮的头又一次垂了下来，眼睛又在四处寻找那只靴子。

为什么他今年不能来他们这儿教书呢？否则他一定会对芬妮有一种跟现在不同的看法。芬妮知道，老师们都喜欢她。在师范学校芬妮凭着她的勤奋和才干赢得了大家的赞誉。在学校里，她总是那样活泼，那样自由自在，用不着为任何事而感到羞耻，用不着为那些与己毫无牵连的事而不停地颤抖。那些事即使她想尽办法想帮忙也是帮不了什么忙的！

"您一定会弹钢琴吧，小姐，因为您这儿有架钢琴。"

"是的。"

"想不想为我们弹奏一曲呢？"

芬妮站了起来，走到客厅的另一头，钢琴就在那儿。

两个巨大的托盘在人群中移动，一个托盘上是咖啡，另一个托盘上是糕点，糕点至少有五六种之多。

"现在这个时候还上咖啡，"林德曼太太对她旁边的人低声说，"贝蒂宁太太跟她男人一样不懂规矩。现在什么阿猫阿狗都可以成为商人。我记得清楚，当贝蒂宁刚到这座城市的时候，一开始他是当长工，而妻子是当女佣，尽管他们现在发胖得连皮外套都穿不了了。不过，还是那句老话：当猫变成熊时，那才叫见鬼呢。"

她必须中断她的讲话，因为托盘刚好递到她的跟前。她费了九牛二虎之力才把所有的糕点调查清楚，这样不至于错拿或漏拿。她一只手拿着满满一杯咖啡，另一只手把糕点搂在怀里，一下子就积成一大堆。但是，当托盘拿走的时候，她突然用贪婪的眼光朝托盘方向看去，是否每种糕点都拿了或者是否有漏拿，她心中仍然没有把握。

"没错，如果芬妮嫁给布罗博格博士，他们这次又出风头了。但是，我说这是竹篮打水一场空。我敢打赌，布罗博格怎么会跟这种没有文化的人攀亲戚呢？他们如此飞扬跋扈，认为谁都不能跟他们平起平坐。呵呵，一个商人，有什么了不起的！或早或晚他们中的每个人都会破产。他们的价值也就此完了。"

她中断了讲话，把一块在杯子里浸泡过的饼干放到了自己的嘴里。她还没来得及咽下去就又继续说道：

"我觉得芬妮没有什么了不起的，跟人谈话时连话都没有。听说，她在家里什么也不干，总是拿着书坐在那里。嘿！这样的人有什么用呢！谁真正懂得这点，谁就不会娶她当老婆的。"

这就够了，别人只需倾听，点头同意就行了。

"芬妮是不是要开始弹钢琴了？"阿赫尔姆太太满意地笑了笑，"我刚才真想知道，为什么她如此匆忙地离开了布罗博格博士。"

"哦，为什么不跟斯普罗贝尔博士一起说说话呢？"贝蒂宁太太说，"一会儿有的是时间弹琴啊！"

"芬妮，过来一会儿，"阿赫尔姆太太喊了一声，"我们和你的妈妈有些话要跟你说。"

芬妮走了过来。阿赫尔姆太太弯腰到桌子上面，放开了嗓门儿，以便大家都能听得见。

"先不要弹琴，去那边跟布罗博格博士聊聊。你不知道下次什么时候才能再见到他。"

她往后退了一下，放声笑了起来，狡诈地眨了眨眼。其他的夫人们也都笑了起来，从她们的脸上可以看出，她们都明白阿赫尔姆太太指的是什么意思，她们是全心全意同意这种看法的。

但是芬妮一阵脸红，感到朦朦胧胧，不知做什么好。

"哦，我也这样看，"母亲插话说，"你今晚就陪陪斯普罗贝尔博士吧，他就是为了你而来的。"

"他刚才叫我弹琴的啊！"芬妮终于开了口。

"是他叫你弹的？哦，那就是另外一回事了。那么快去吧！漂漂亮亮地弹上一曲给我们听听。"母亲还在后面喊道。

她凭记忆弹了几段小乐章的片段，这些谁都没有听过。布罗博格博士开始想好好听一听，但是弹奏的时候，叽叽喳喳的说话声响个不停，而且越来越响，盖过了弹琴的声音。他发现要想听也是不可能的，因此就不听了。说话声直到演奏中间休息的时候才轻了一会儿。大家都转过身来对芬妮的演奏表示感谢。

阿赫尔姆太太做了个手势，叫芬妮走到她跟前来。

"快看，先生们已经坐在酒桌周围了，他们现在不会中途离开的。我刚才说什么来着？可怜的芬妮，你本应该及时相信我说的话。"

芬妮强作笑容。当然这只能装作是开玩笑，一笑了之，这样就可以避免直接回答。

芬妮开始退到旁边，但是阿赫尔姆太太一下把她叫住了。

"别走，坐这儿。年轻人有时候也可以跟老年人一起坐坐，尤其是当旁边没有其他年轻人的时候。"

芬妮必须坐下来听她们说教。她感觉到，她有责任参与讨论，但是尽管她绞尽脑汁，她还是想不出有什么可说的。

芬妮无法久久地倾听周围的你言我语，而是深深地陷入沉思之中。

她曾经在滑冰场上见到过布罗博格博士。他们彼此介绍了自己，并且一起滑了一会儿冰。就在那个时候，芬妮觉得自己从来没有那么自由自在，那么幸福。从此以后，她总是很高兴地回忆那段时刻，直到现在。但是从现在开始，她还……

哦，她真想把这一切全都忘掉，埋头读书，其他什么都不想管了。

那天晚上她和布罗博格博士一起的交谈也就到此为止。但是当客人离开时，父亲向他表示一定要请他来家做客，还同时诡秘地对他眨了眨眼睛。芬妮就站在旁边，听到和注意到了这一切，尽管她一直盯着地上没有抬头。

她心里决定一定要避免任何时候再碰见布罗博格博士，至少不要在街上，偶然碰头她当然知道如何避开。

一个星期还没有过去，贝蒂宁就在谈论他已经再一次邀请布罗博格博士来他们家做客了，但是他没有来，有些事情使他不能来。

芬妮明白实际的原因是什么，并且祈求父亲，不要再请布罗博格博士来他们家了。

"我不会进来的，爸爸，当我们家有年轻的士绅们的时候，我一定不会进来的。爸爸老谈这种事情，我觉得很尴尬。"

"嗯，你们看！连我给我的女儿找对象都不行了。"

"我不管什么男人，我永远都不要结婚。"

"如果是这样的话，我要把你强嫁出去。难道你真的不想结婚吗？我倒要什么都听听。但是女孩儿们嘴上总是这样说，但她们心里是喜欢结婚的。"

"我们不能让你当老处女，我要这样说。"母亲斩钉截铁地说。

"爸爸保证不再邀请布罗博格博士来咱们家。你保证了没有，爸爸？"

"没有。"

"好爸爸！这件事不会有什么好结果的。他不喜欢我，我也不喜欢他。"

"他是喜欢你的，这点你是可以看得很清楚的。你不喜欢他吗？不喜欢男博士？难道你要等伯爵来吗？"

"是啊，我也是这个看法，"母亲插嘴说，"你还要等伯爵不成！"

"我不等伯爵，我谁也不等。师范学校毕业后我能够自食其力。我要当教师。"

"同时你当老处女！……不行，可怜的芬妮！只要我在这个问题上还有发言权，我就不会让你得逞。"母亲反驳说。"我们让你受教育的目的并不是让你当老处女。这是天大的笑话，连乌鸦都要咯咯地笑起来了。"

不管芬妮是祈求还是放声大哭都没有用。只要贝蒂宁什么时候见到布罗博格博士，他就会请他来家里做客。

"芬妮是多么惦念你啊！"他在邀请中还常常加上这么一句话。

但是，当他在家里提到这事时，芬妮的表现使他大吃一惊。芬妮整个星期每天都在家里哭，更不怎么吃饭，也不怎么说话。

"你是不是疯了啊？"妈妈说道。

芬妮什么都不回答，只是哭得更加厉害。贝蒂宁太太开始感到紧张，她担心女儿老平静不下来最后会是怎么样呢。

"你不该把这件事都告诉她，"她责怪她的男人，"你看，她知道了之后做了些什么？只是悲恸欲绝，快到发疯的地步。下次如果碰到这件事，不要再跟她说了。"

后来芬妮的眼泪终于哭干了。当她显得平静之后，她的父母都以为她已经把整个事情都忘记了。但是他们没有注意到，她的眼中出现了一种坚定的眼神，而不是以往那种害羞的眼神。

不过，他们很快就尝到滋味了。

春季学期马上就要结束了，有一天芬妮说她已经应聘去波力斯山一家国民小学教书，波力斯山在远处的北方。师范学校问有哪位学生想去。薪水不高，只有六百马克，除此之外，学校离教堂村有几十公里，在教区的东北角，因此那里看来一定是比较孤独和寂寞。

这点芬妮并不怕。孤独是一种自由，广袤无垠的原野展示在她眼前的是森林和湖泊、鲜花盛开的田野、阳光和鸟儿。这里就是她想去的地方，因此她就报了名。

她班的同学都很惊讶。

"你是怎么想的，芬妮？还会有更好的就业机会。有谁愿意年纪轻轻就被掩埋在深山老林里呢？你真傻。"

但是，芬妮坚持自己的决定，毫不动摇，她终于如愿以偿得到了那份工作。

当一切都决定之后，她才把这件事告诉家里的人。母亲一听，就双手一拍瘫倒在座椅上。父亲吃惊得刚开始都没有说出话来，只是呆呆地看着母亲。

"去波力斯山的国民小学当老师！你说的话当真？"母亲最后喊道。

"那当然了。"

"你真的认为我们穷到无法在家里养活你了吗？"父亲从惊恐中稍微缓解了一些之后问道。

"不是这个原因。"

"那是为什么呢？"

芬妮没有马上就回答。

"说啊，是什么原因？"

"因为我非常想当老师。"

"那你也可以在我们自己的城里当老师啊，只要等一阵就行了，这里有的是学校。"

"我不想在这里当老师。我喜欢去乡下或者别的地方。"

"她要离家出走。"母亲看着父亲说道。

"难道你在这里跟你父母在一起不好吗？"爸爸问道。"这里有多么好啊！我们让你想要什么就有什么。还有什么需要抱怨的呢？你还缺什么东西？"

芬妮垂下了目光，抚摸着她手中的书，一言不发。

"说出来，说啊！你还缺什么东西？"

"什么也不缺。"芬妮低声地说道，把头更加往下垂。

"嗯，好吧。那你到底为什么要到别处去呢？到什么内地去，什么深山老林里去，那儿真是好地方啊！"

为什么她要去那里，芬妮不知道怎么说。她只想着离开这里，吵架，责备，甚至恐吓都是无济于事的。

"你觉得靠那六百马克能养活自己吗？"父亲曾经问道。"那些钱还不够你吃饭的，更谈不上买衣服了。从我这里你得不到一分钱，这点你可以肯定。你要是待在家里，我可以给你买浅色的丝绸来做连衣裙，到对面那家商会顾问开的商店去买，是刚到的货，很漂亮。你看到过没有？"

"没有看到过，但是我不要这些。"

"如果不要这些，那你就要别的，你喜欢的。只要你答应把那些乱七八糟的想法抛之脑后并且留在家里，我可以当场把钱放到你的手上。你不需要为了面包而工作，我可以养活你的。你可以尽情享受，穿梭于宴会之间，跳舞狂欢，什么也不用担忧。几年之后结婚，我可以保证你在这里可以有条件挑选对象，可是在那里呢？"

"那里你根本找不到男人，"母亲插嘴说，"那个地区几乎没有一个男士。那有什么关系呢！"

情况并未就此好转。

"我并不渴想男人。"

芬妮平心静气地坚守自己的决定。无论是父亲还是母亲，他们又奈她何？

他们都伤心欲绝。母亲哭了很多次。每当她注意到这种情况的时候，芬妮心里就十分难受，几乎良心都要谴责她了。但是她无论如何也不能考虑留在家里。她内心的一切坚决反对她这样做。

"你还是去赫尔辛基吧，芬妮。"阿赫尔姆太太说，母亲曾经向她抱怨过。"这样情况就完全不同了。你可以去剧院，看马戏，逛时装店。哦，你真好傻，怎么不去赫尔辛基呢？你爸爸一定也会很高兴地让你去赫尔辛基的。"

"对啊，肯定的。"母亲说道。

"你现在想想吧！当你从那儿回来的时候，你就像一个贵妇人，别人都得为你让道。跟我一起去吧，我打算秋天去那里。"

"是啊，芬妮！我可以马上去跟爸爸商量。"

"不，妈妈，不要去。我不想去赫尔辛基。"

"你就只想随心所欲吗？"阿赫尔姆太太吼了起来，并且气得满脸通红。

"我还以为芬妮受过那么多教育，应该知道如何顺从她的父母，如何按照他们的意志办事，但是我现在明白了，我把你看错了。这样的犟脾气我从来也没有看见过。"

"我也从来没有看见过。"萨克斯曼太太说道。她凑巧也在旁边。

阿赫尔姆太太直了一下腰，并且怒气冲冲地朝芬妮看了一眼。萨克斯曼太太从左到右,从右到左地摆动她的脑袋,年轻的女孩儿竟然这样对待自己的父母，对此她不管怎样表示不满也不会过头的。

贝蒂宁太太哭了起来。

"我们一直把她看作掌上明珠，"她说，边擦眼睛边擦鼻子，"我们从来也没有不让她干什么。我们尽量好好地对待她。可是她还是不满意，在很多场合我们确实注意到了。"

"妈妈，不要这么说。"

"就是这样的，你就是不满意嘛。我不知道你到底想要什么。"

"芬妮是个不懂得感激的孩子，"阿赫尔姆太太深受伤害地说道，"一个根本不照顾自己父母的孩子。"

"是啊，是啊，根本不照顾自己的父母。"萨克斯曼太太随声附和，现在是整个身子从左到右，从右到左地摆动。

"你听听别人都是怎么说的。"

因为别人都是这么说的，所以母亲也更加深信，芬妮这样对待父母是大逆不道的，因此她就哭得更厉害了，觉得自己所受的这种冤屈几乎在世界上从来没有见到过，也从来没有听说过。

芬妮像个罪人似的坐在那里，双手合在一起祈祷上帝。她不敢抬头向上看，她觉得自己很坏，是个废物。

她差点儿要瘫痪了。真的，她怎么能让她的父母如此悲痛呢？她一想到这点，就感到揪心。

但是，在她的脑海中浮现出她在家中如何生活的情景：她被打扮得比以往更加花枝招展，她父母在所有人面前把她夸奖，把她展示给年轻男子欣赏。

不，绝不能这样！这样的生活她忍受不了。她宁愿去死也不愿过这样的生活！

她抬起了头，一言不发，只是严肃地朝前看着。她紧皱眉头，双唇紧紧地咬在一起，这一切表示她的决心是决不会动摇的。

离家的日子到了。家里没有人来送行。丽卡本来想来，但是爸爸妈妈不让她来。她父母极其勉强地向她告了别。芬妮怀着沉重的心情独自一人沿着街道往下走去。不过，早晨的太阳明亮地照耀着大地，人们在岸边忙碌着，海浪欢快地拍打着船的四周，湖上碧波荡漾，一望无际。旅途开始了，烦恼被抛在脑后，随之就烟消云散，而崭新的、充满着希望的未来正展现在那遥远的地方。

（1893）

幸福在哪里

有一年冬天，我有事必须到坦佩雷去，这次出门至今可能已经有大约二十年了。那时候还没有通往坦佩雷的铁路，只能坐马车，不过，任何旧式的交通工具都要比坐火车有趣和富有诗意得多。

然而，马车速度很慢。刚下过一场雪，车道上还留有大量黏稠的积雪，一块块雪沾在雪橇板上，阻碍了马车的速度。这是旅店的一匹老马，驾轻就熟，在马车道上慢慢地蹒跚前进。驾车的人安静地、无忧无虑地坐在车夫的座位上。看上去，他不是第一次为绅士们驾驭他的马车了。因此，我坐在雪橇后面的皮制车厢里，有充分时间可以好好地遐想一番。

我回忆在坦佩雷是不是还会有熟人，我想到了一位年轻的女子，名叫希玛·莱依纽斯。她大约十年前去那里嫁给了一位有钱的工厂主，名叫格伦德。她在杜斯尼耶米的牧师家里当过太太的女佣，帮助料理家务和照看孩子，那时候，我跟她很熟识。

我当时是多么同情这个可怜的女孩啊！她在牧师家里从没有度过一天舒心的日子，晚上要熬夜照看孩子，白天要随时准备听从太太的支使。她要干所有的活儿，煮煎炒烤，打扫房间，熨烫衣服。在这之间她还要完成没完没了的针线活儿，因为牧师家有十个孩子，要穿很多衣服。我觉得，可怜的希玛像个奴隶，一天 24 个小时，她简直连一分钟完全属于自己的时间也没有。

除此之外，她的报酬很少，连买像样的衣服都不够。即使是一分钱，她也总是拿在手里翻来覆去很多次，然后才敢花出去。她总是思来想去，什么是最便宜的，值不值得买，是不是不买也能凑合过去。

不过，说来也怪，她总是精神抖擞，对未来充满希望。当处境变得过分困难，工作负担极端沉重的时候，当她不得不穿着破旧的鞋子走路而距离买得起一双新鞋遥遥无期的时候，她总是憧憬来日幸福生活，借此安慰自己。

"就随它去吧，等我找到一个有钱的未婚夫，生活就会变成另一种样子的。"她总是这样说。

"那么，什么时候您的那位有钱的未婚夫才会来呢？"当她又一次斩钉截铁地这样说的时候，我曾经这样问过她。

"我不知道他什么时候会来，"她回答道。"但他一定会来的。我不会一辈子遭受贫穷的，我开始觉得已经受够了。我无法通过其他方法变得富有，而找个有钱的未婚夫是唯一的选择。"

"谁只要有钱，你就会嫁给谁，是吗？"

"是的。即使他跟黑人一样黑，笨得跟靴子一样笨，我也会嫁给他的。"

"但是想想看，要是你一点儿都不爱他呢？"

"什么爱情不爱情我才不管呢。对穷人来说考虑这些虚无缥缈的东西毫无用处。只要他能帮我过上好日子，我就会对他非常感激，这就可以算是爱情了。"

那样的话从一个年轻女孩子的嘴里说出来，听起来很不正常。但是这在某种程度上说明，她经历了多么悲痛的遭遇啊。受气受骂，是我紧接下来一瞬间想说出来的，但是话到嘴边就打住了，我是多么同情她啊！

"那么，你是不是认为幸福只存在于财富之中？"我于是用很温和的口吻问道。

"如果幸福不在财富里，那会在哪里呢？"她回答道。"天哪，如果一个人想要什么就能得到什么，能够在夜里安睡，想干多少活儿就干多少活儿，各方面都能随心所欲地安排生活，那么他还会缺少什么呢?！我一点儿也不明白。"

我笑了笑。

"那么，如果你变得富有，你会怎样安排你的生活呢？"

"噢，我吗？"

她的眼睛里多了许多生气。

"唉，唉！首先我每天早上要睡到 8 点钟。然后我总会在旧鞋穿坏之前就去订购新的。"她笑着继续说。

"嗯，就这些？"

"等等，现在跟开始的时候不一样了。我要给自己做很多很多各种各样的衣服，各式各样的连衣裙，要用最好的面料做，带有丝绸衬里的狐皮大衣，还有春秋穿的毛料大衣和夹克衫，夏天用的防雨夹克和披巾，还有各式各样的帽子。"

"噢，噢——！还有吗？"

"我把要房间布置得漂漂亮亮的，家具要套上丝绒做的罩，地板要铺上布鲁塞尔地毯——"

"够了，够了，"我笑着说。"我已经猜到其他的东西了。"

但是希玛还不准备停下来。

"马棚里总是有为我准备的马儿，这样当我心血来潮的时候，就可以骑上马儿出发。还有每年我都要去外国旅行。"

她就这样继续说下去，张开想象的翅膀，激情澎湃。她越来越兴奋，面颊发热，眼里闪闪发光，嘴角扬起幸福的微笑。即使她真的拥有这一切美好的事物，她肯定也不会比现在更开心的。

当牧师家的大孩子去萨沃堡读书而希玛作为管家陪同的时候，我们的这次谈话已经过去几年了。我真的很高兴，因为我很肯定地觉得，现在她突然可以过上比较舒心的日子了。但是我没想到的是，这次偶然的机会却给她的生活带来了巨大的转机。

事情就是这样发生了。还没过一个月，萨沃堡就传来了完全让人无法预料的消息：希玛·莱依纽斯跟坦佩雷的一个富商订婚了。

关于此事再没有更多的消息。

"那个商人是不是'跟黑人一样黑，跟靴子一样笨'？"我心里暗想。至少这个人肯定是又老又丑，因为年轻人很少一下子变得那么富有的。

但是他不是这样的人！很快我就得知，正相反，他正当中年，身强力壮，名叫格伦德，朝气蓬勃，精力充沛，是坦佩雷一名很显赫的人士。这个人去萨沃堡拜访亲戚的时候，认识了住在他亲戚同一栋楼里的希玛，爱上了她并且向她求婚，婚礼匆匆忙忙地在萨沃堡举行，因此希玛再也没有回过杜斯尼耶米。

还有这样的传闻：新郎送给了她多少多少礼物，金表和手镯，许多布料，还有狐皮大衣。

这使我大吃一惊，我立刻想起希玛过去的那些幻想，现在它们都开始变成现实了。

婚礼之后希玛就从我们视线中消失了。坦佩雷是如此遥远，我们再没听到关于她的消息，她也没有给杜斯尼耶米的熟人写过信。

唔，那没什么好奇怪的。她当然想忘掉那段奴隶般的日子，因此她回避会使她想起这些苦日子的一切。

几年过去了。希玛在我的脑海中开始淡忘了。有一次我偶然听说，她丈夫在坦佩雷开了一家毛纺厂；但是，对希玛本人并没有提及一星半点。因此，直到这次我去她的家乡之前，我有很长时间没有想到她了。

我最终决定去看望她，我十分好奇地想看看，那个牧师家的前保姆在与富商结婚后究竟发生了什么样的变化，她是怎样布置她的家的，她一般是怎样安排她的生活的。在我的想象中，她应该是坦佩雷社交生活的中心，也许穿梭于一个又一个宴会之间，忙于一次又一次的应酬，接待宾客，在家里举行盛大的宴请和聚会。一言以蔽之，现在她正在尽情地享受着各种各样的欢乐，而这一切她年轻时完全没有享受过。

我到达坦佩雷后有许多事情要做，以至于第一天和第二天都没能去希玛家拜访。但是我已经知道她家在哪里，我也几次坐马车经过那里。我望着那一长排窗户，看到里面都是又新潮又漂亮的窗帘、雕塑和高高的绿色植物。从外面看一切都很不错，里面一定更加漂亮。

"她现在必定是很幸福啊！"我心里暗想，恨不得尽快能够见到她。

第三天是星期三，这天我现在还记得很清楚。我已经提前把事情都办完了，穿上了我最好的衣服，为即将来临的拜访做好了准备。因为街上碰巧一辆马车也没有，我只好步行。夜间路上有点儿解冻，很滑，好几次我差一点儿摔倒。幸运的是，不管怎样，我最终还是到达了目的地并且从大门走了进去。

首先院子就给了我很好的印象。所有的房子都保养得很好。宽阔平整的过道，在院子里交叉后通向各处，干干净净的白雪让人眼前一亮。高大的门廊墙壁上布满了窗户，上面漂亮地挂着褶皱得很别致的白色窗帘，很有气派的房门和台阶在我看来就好像邀请我进屋一样表示着欢迎。

我按响了门廊上的铃。很快，穿着得体的女仆为我打开了房门。

"太太在家吗？"我问道。

她惊奇地看着我，眼睛睁得又大又圆。

"她在家。"她从容不迫地答道，又疑惑地瞥了我一眼，就闪进了旁边的房间。

"她一定意识到，我并不是坦佩雷的人。"我边脱外套边想着。现在她肯定在那里说，有个极其陌生的风尘仆仆的女子站在门厅里。希玛肯定很好奇，我会是谁呢。应该去看看，是不是认识。我是不是应该递上名片，同时——是不是应该告诉女仆我的名字？那有什么呢？让希玛好奇去吧。

我用余光瞥了一下门厅墙上的镜子，梳了一下我的头发，然后从敞开着的大门里踏进了客厅。那里一个人也没有。我马上看了看家具的面料。不出所料！都是丝绒的。

左边的房门打开了，从那儿可以听到第二和第三个房间传来的轻轻的脚步声。一想到希玛见到我会多么惊讶，我就忍俊不禁。

脚步声越来越近，出现在门槛旁的是……不是，不是希玛。另外一个人，看起来很阴郁，中年，一个我很陌生的女人。

我不再笑了，而是对来者投以询问的目光。

"对不起，但是格伦德太太想知道，夫人是哪位。"

我把名片递给她，于是她按原路返回。

我看了看周围。

这里是多么沉寂和缺乏生气啊！他们一个孩子都没有吗？这些空旷的大房间是干什么用的？

我的好奇也就到此为止。这时候刚才那个臭虫又回来说，太太请我到她的屋里去，因为她怕冷不敢到客厅来。

"格伦德太太是不是病了？"我问道。

"没什么大病。"她温吞吞地回答道，但是寒冷的天气她受不了。

真奇怪！这些不是正常气温的房间吗？……她怎么会在这里都感到冷呢？

我们走过了许多房间，最后停在一扇关着的门前面。

臭虫握住了门锁，但是在开门之前，她又回过头来用她那双灰色的眼睛看着我。

"您一点儿都不冷吗？"

"我并不觉得冷。外面结了冰，刚才我还穿着大衣呢。"

她打开门让我进去。

窗帘都拉起来了，屋里很暗，一开始我什么都看不见，但是能听到里面角落里有轻微的响声。当我睁大眼睛朝那里看时，我渐渐看清楚一个像轮椅一样的东西，上面躺着一个人，看上去埋在厚厚的褥子和毯子下面。当一只枯瘦的手向我伸出来的时候，我才注意到枕头上那张已经苍白干瘪的脸。

我走上前去握住她的手。

"欢迎你！"她低声说，同时哭了起来。

"可怜的希玛，你好吗？你得了什么病了？"她说她没有病。

她竭力想平静下来，但是过了好一会儿，她才能停止啜泣并开口说话。她开始说：

"就是这样，谁都不信我生病，反而说这是臆想。医生也宣称，这只是精神紧张和身体虚弱所引起的。但是医生并不明白，他们从来也没有明白过。"

"这样的情况是不是已经持续很久了？"

"噢，已经持续太久了！几乎贯穿我整个的婚姻。一结婚……几个月后就开始这样了。"

"一点儿都没有好转吗？"

"没有好转……反而更坏了。"

沉默了一阵。现在她安静地躺着，眼睛向下看着。脸上显出疲倦和漠不关心的神色。

"是不是打扰你了？"

"没有。你要是不觉得无聊的话，请你再坐一会儿，好吗？"

"好吧。"

对话进行得并不顺利。很显然，她除了自己的病其他什么也不想关心，甚至一点儿也没有问及过去在杜斯尼耶米的熟人。我也跟他们确实有很久没有见面了，然而对于他们的生活情况我多少还能告诉她一点儿。

我的思绪围绕着她的病。难道这里面真的有很多臆想吗？这样的黑暗，这样的温度，封闭的室内环境，埋在这么多褥子毯子下面……难道不正是这一切才使她变得如此虚弱的吗？我忍不住朝这个方面提了一下。但是我是不应该这样做的，因为她马上很恼火，脸一下子变得通红。

"情况总是这样的，健康的人不了解，病人什么能忍受，什么不能忍受。但是如果我还能活动一下就站起来，你认为我还会躺在这里吗？"

"也许会是这样，"我很尴尬地回答道，"当然你自己可以决定。"

"我已经试过了好多次，"她较平静地继续说道，"每次只要当我努力站起来一会儿，我就立刻感到冷，感到不舒服。我的眼睛很虚弱，见到一点儿光就受不了。"

"唔，你就是这样把自己弄得这么弱不禁风。"我心里暗想。但是现在我变得聪明了，关于这点我不再跟她说了。

谈话又中断了。我们互相没有什么可以说的。我感觉希玛是如此的陌生，她身上再也没有从前那个直率活泼的牧师家女佣的痕迹了。现在她很安静地躺着，眼睛望着前面，望着她对面那块墙壁，看来我在场她也并不十分在乎。我刚到时对她情绪产生的影响已经过去了，现在她深深地陷入了冷漠的状态之中。这会不会就是她平常的精神状态？

我感到有些局促不安。我想离开这里，出去呼吸新鲜的、自由的空气。但是我现在就离开合适吗？她会不会不高兴，我在她家里待了还不到一刻钟呢。

"也许这样更好些，我离开可以让你清净一下。也许你已经累了吧？"

"我真的不能再奉陪了。"她用很虚弱的声音回答道。

没说的，我站起来道别。

"稍等一下。"

她打了一下铃，我刚才那位向导走了进来。

"去送送夫人。"

就这样我又和那个愁眉苦脸的女人一起穿过来时走过的那些房间，但是我心底里不再把她视作臭虫，对她那一脸晦气也不再感到奇怪。

我一到户外就深深地松了口气。

"我真的不能再奉陪了。"这句话还在我的耳边回荡。当我想起我们的"交谈"，我忍不住要嘲笑自己。

我在台阶下停了一会儿，又看了一眼我身边那座富丽堂皇的别墅。

可怜的希玛！她对现在这一切真的感到开心吗？她难道不会怀念过去那种贫穷的日子吗？那时的她日夜操劳，穿着破鞋走路，但是却充满活力，身体健康，精神抖擞，对未来抱有美好的期望。

这次拜访希玛家给我的感受如此痛苦，让我很难忘却。几年之后我还时不时地想起她，又好像看见她就在我的眼前，躺在她那漂亮的家最里面的房间里，无精打采，骨瘦如柴，就像一支即将熄灭的蜡烛。

几年之后，我在报纸上看到，工厂主格伦德彻底破产，资产 50 万，欠款近 90 万。

我感到非常惊讶。他是如此富有吗？还是他最近遇到了什么更加严重的问题？但是不管怎么样，我做出这样的结论：当我拜访希玛的时候，她并不知道情况是那么糟糕，不然的话，在那种情形下，她不会一个劲儿地只是反复考虑自己的病情。

"可怜的人啊，"我叹了口气，暗自想道，"真是什么事都在她身上发生了。她过的是养尊处优的生活，身体又那么糟糕，现在她怎么能与贫穷和困窘做斗争呢！为什么她的日子自始至终如此艰难啊！？"

到现在我也没有听到更多关于她的消息。但是大约两年之后当我又有事必须去坦佩雷的时候，我立即决定首先要做的事就是找到她。

但愿她现在还活着！可怜的人啊，也许她已经离开人间的苦难而永远地安息了。

我坐马车去上次住的那家旅馆。一切都没怎么改变，只是服务人员已经更换了。我凑巧住进了上次的那间房间，这样更增添了舒适和熟悉的感觉。

年轻的女服务员在我身边忙碌。我马上向她打听，希望得到关于希玛的消息。

"希玛太太是不是还活着？""她当然还活着。"女孩用萨米方言跟我解释道。

"他们近况如何？"

"就那样呗。当然不会过得太好，她现在为寄膳的人提供伙食。"

"是这样吗？那她身体康复了吗？"

"没有听说她康复。"

"她给人包饭，怎么能干得了呢？"

"那又怎么啦？她必须这样做。"

"她男人不是挣钱吗？"

"他死了。这已经是他过世的第二年了。"

"噢！怎么他死了！"

"跟人们的生活比起来，啄木鸟都算不上毛色纷杂。"这句俗语闪进了我的脑海，这时我穿上衣服，直接准备动身去希玛家。

女服务员还告诉我她家的地址，在赣达拉，瀑布的另一端。

我在她那简易的房子前面站了一会儿，心潮起伏，忍不住想要流泪。我在那里徘徊了一会儿，看看自己是否平静下来，这时有人手里抱着一捆木头从院子里走出来。来人看起来很熟悉……我仔细地看了看。

"天哪！希玛？"

"欢迎！真是令人高兴啊。到里面来吧，快请进！从这里咱们得穿过厨房才能过去。"她把我领到厨房后面的一间小屋里，然后她顺手在炉子里加了几块木头，把咖啡壶放到炉火上，之后她走过来坐在我对面，桌子的另一边。

"唔，现在我们可以静静地说会儿话了，趁咖啡还在煮的当儿。"她微微笑了笑。

"感谢上帝，你看起来很满足，相当高兴的样子。"我仔细看她的时候忍不住喊出声来。

她老了许多，头发耷拉着，脸上满是皱纹，动作迟缓。但是从她脸上微笑的表情和眼睛里幸福的神采，可以看出她仍然精神矍铄。尽管腿脚有些僵硬，她还在那里熟练地忙碌着。

"我很幸福，我对生活很满足，比过去任何时候都满足，"她回答道，"困难的那段日子已经过去了，现在一切都在好转。"

"噢，是这样，但是……"

我老问问题，活像一个问号。

她笑了起来。

"你觉得奇怪吗？是这样的，我自己以前也不相信，人的幸福在很小程度上依赖于财富和地位的高低。现在我为了谋生必须从早到晚地干活，许多以前的熟人再也认不出我了。但是对于前面所说的这两种情况我并不感到难过……现在我的生活已经跟从前完全两样了。"

"但是你承受得了吗？你有没有足够的精力？"

"呃，其实我现在也并不是一个人来承担所有的事情。我这里有个女孩子，做我的帮手，只不过这会儿她碰巧出去办事了。我当然干得了。我每天早晨都去市场。并且我总是自己做饭。我们有二十几个寄膳者。他们在厨房另一边的那个食堂里吃饭。有专门的通道通向那里，但是我不能带你走那条通道，因为还有几个食客吃完饭还坐在那里呢。"

"难道这样的活儿没有给你带来很多麻烦吗？"

"当然啰。这样的活儿赚钱并不多，价钱不能太高，要比较便宜，有些食客甚至还不交钱，的确这样的活儿并不轻松。但是这没什么。生活里最好的运气就深藏在烦恼之中。上一次我们见面的时候，我无所事事。但是，正如你所看到的，那时我的情况是多么糟糕啊。"

"嗯，你生病那个时候……"

"我生病吗？瞎说！我的确生病了，但是生的是利己主义病，但是那不是真正的病。相反地，现在我倒是真的有些病了。看看这些。"她把手和手指头伸给我看，那些关节的地方都长出了厚厚的肿块。

"这些都是干活造成的。之所以会是这样就是因为我过去过于保养自己。那时候，我什么都不想。后来到了必须出去活动，必须为工作而奔波的时候，我是如此弱不禁风，以至于什么活儿都干不下去。就在那个时候我患上了这个病。"

这时厨房那边的咖啡潽了，她立即跑过去处理。

"肉体上的毛病也没什么了不起，"她在炉子旁边跟我说道，"只要灵魂还是健康的就行。"

"是啊，是啊，"我边回答边走向房门，为了让我们能更好地继续对话，"但是让我感到惊讶的是，你是如何在心里保持那么平静的呢。显然你的四肢肯定让你感到非常疼痛，因为你的四肢已经肿得这般模样，难道不是吗？"

"的确痛得厉害，并且夜里总是痛得我睡不着觉。"

"是不是很难受？"

"根本不难受。"她笑了笑，接着她用托盘把咖啡壶等用具端进房间，放到桌上。"你看，是这么回事——就是在晚上，当我痛得难以入睡的时候，这时候就是我最幸福的时刻。"

她就站在我的面前，一本正经地看着我，眼睛里闪烁着温暖的目光。

"噢，这是千真万确的。"当注意到我的疑惑时，她继续说道，"这也许听起来很奇怪，但是在某种意义上我要感谢我那四肢所带给我的痛苦，因为它们造就了我的灵魂的健康。白天我没有时间去想永生世界，也没有时间去与上帝融为一体，如果这一切能给我带来安宁，我当然可以整夜睡得跟木头一样。"

"啊哈，现在我明白了你是怎样得到满足感和内心安宁的。"

她点了点头。

"是的，夜里，当我在上帝的旁边时，那个时候我过的是真正的生活。白天的生活，是在现世的忙碌中度过的，它跟做梦一样，过这种生活的只是我身上的躯壳，也可能有一点儿表面的、短暂的灵魂，除此之外别无其他。"

我默默地坐在那里，感到自己在她的旁边变得越来越渺小，直到几乎看不见。当比较我们的穿着时，我是多么地惭愧啊！她穿的是带有条纹的深色棉布裙子，同样的布料做的简朴的上衣，而我穿的却是昂贵的羊毛织成的衣服，就像我家乡其他那些爱虚荣的太太们一样，我是在赫尔辛基叫裁缝做的，因为这样才能做出真正时尚的衣服。从我们外表的穿着就能清楚地看出，我们俩在物质追求方面有多么巨大的差别啊！说得更确切些，一个过的是如此简朴的生活，而另一个过的是如此奢侈的生活。

我看不起我自己。我真想把自己这身愚蠢的衣服撕成碎片，把所有的戒指、手镯和其他首饰扔进角落，扑倒在这个满脸皱纹、未老先衰的女人的跟前，祈求她教我走这条她自己正在走的道路。

但是，同时我本能地感到，那里是不能靠别人的帮助到达的，每个人都必须踏上自己的成长之路。

我从地上抬起头看着她。

"你一定是非常幸福啊！"我低声说道。

"是啊，"她回答道，"想想吧，在找到这个幸福之前，我必须经历多少苦难啊！上帝跟别人做工作是不是也有同样的困难，还是我是最顽固的人？"

（1895）

尤哈尼·阿霍

（1861—1921）

尤哈尼·阿霍（Juhani Aho，原名 Johannes Brofeldt，1861—1921），出生于萨伏省北部一个牧师家庭。1880—1884 年他在赫尔辛基大学学习 4 年，但没有获得学位。他在大学时就显示出了文学才能。1883 年，他的早期作品短篇小说《当父亲买灯的时候》就在萨伏－卡累利阿地区大学生写作比赛中获奖，这也标志着阿霍写作生涯的开始。

《铁路》（1884）是阿霍在 1883 年发表的成功之作。火车在当时是一种新事物。阿霍通过农村一对老年夫妻第一次坐火车的故事，描绘了与现代文明隔绝的、自给自足的农村生活，带有浪漫主义的色彩。阿霍还写了一些描写知识分子的作品。《牧师的女儿》（1885）和《牧师之妻》（1893）则是描写妇女的不幸婚姻。这两部著作中，人物形象的刻画明确且带有忧郁的色彩，它对自然的描写是很抒情的。《海尔曼老爷》（1884）是一部讽刺庄园主生活的中篇小说，这部作品的发表曾引起争议，阿霍在该作品的第二版中做了某些删减。阿霍着重描写人物思想和心理活动的作品有《到赫尔辛基去》（1889）、《孤独》（1890）和《忠实》（1891）。从 1890 年起，阿霍作品的题材和风格都开始发生变化。历史小说《巴奴》（1897）和《春天和残冬》表明阿霍已转向了浪漫主义。阿霍最成功的小说是《尤哈》（1911），题材和风格都有革新的色彩。故事情节有点儿像《牧师之妻》中的三角恋，只是故事的发生地点放到了芬兰东部卡累利阿地区。主人公尤哈娶了年轻的妻子玛丽亚，通过玛丽亚与人私奔，反映出她的贪婪和尤哈的保守和忠厚。这部作品至今仍受人们喜爱，曾两次改编成歌剧，四次拍成电影。

阿霍还创作了许多幽默和讽刺短篇小说，共有 8 集，称为《刨花集》(1889—1921)。这些短篇小说在他的作品中占有重要的地位。他的作品大多数都是描写芬兰普通人的生活，所以他被誉为"芬兰人民形象的塑造者"。阿霍是芬兰 19 世纪 80 年代文坛上的中心人物，是一位现实主义作家，是一位很有创造性的散文大师，在芬兰文学史上的地位仅次于基维。

本书中的短篇小说《当父亲买灯的时候》、《表》和《忠实》都选自阿霍的《刨花集》。

当父亲买灯的时候

一

当父亲去买灯的时候，他这样对母亲说：

"嗨，妈妈，你听着——我们也买盏煤油灯，怎么样？"

"什么灯？"

"怎么！难道你不知道吗？教堂村那个杂货铺老板从圣彼得堡①买来几盏比10支松明②燃得还要亮的煤油灯。牧师家已经买了一盏。"

"噢，对了！是不是那种东西，在房间当中闪闪发光，几乎像在白天一样，无论在哪个角落都能看着字朗读，对吗？"

"就是这种东西——里面燃的是油，只要晚上把它点亮，它就不会灭，一直可以燃到第二天天亮。"

"不过湿的油怎么会燃呢？"

"那么你也可以问：烈酒怎么会燃呢？"

"但它可能把整个房子都给烧着啊。当烈酒一着火，你就是用水浇也浇不灭的。"

"当油和火都装在玻璃罐里，在这样的情况下怎么会把

---

① 俄国的首都圣彼得堡（St.Petersberg），当时芬兰是俄国的一个大公国（1809—1917）。

② 松明是一种有脂的松木小片，用它代替火把或蜡烛。

房子烧着呢！"

"在玻璃罐里！火怎么会在玻璃罐里燃烧呢？——玻璃罐不会爆裂吗？"

"什么东西会爆裂？是火吗？"

"不是，是玻璃罐。"

"爆裂！不会爆裂的——当然它也许会爆裂，如果你把火捻得太高，可是你不允许那样做。"

"把火捻高？不，不，你怎么能把火捻高呢？"

"好，你听着——你把螺旋往右边一拧，灯芯就会上来——你知道，煤油灯跟蜡烛一样也有根灯芯，这样火头就上来了，但是当你把螺旋往左边一拧，火头就会变小，你再一吹，它就会灭了。"

"就会灭了！当然啰！不过无论你怎么解释，我还是一窍不通——我想这大概是贵族老爷们的一种新奇玩意儿吧！"

"等我买一盏回来，你就会全明白了。"

"一盏煤油灯要多少钱？"

"7个半马克，油另算，每罐1马克。"

"7个半马克，还得另外买油！说真的，用这些钱你可以买够用好几个冬天的松明，如果你真想买这个玩意儿的话——当然，如果你让彼卡把那些松明木劈成小片，那么你连一个子儿都不会浪费掉。"

"用煤油灯也不会浪费什么！你知道，如今长着贝里木的树林也是很贵的，而且我们的地盘里松明木也不是俯拾即是，你得花时间去找，把它们从偏僻的林子里拉到这边的沼地来，何况那里的松明木也很快就要用完了。"

母亲当然心知肚明，松明木还不会一下子就用完的，因为直到现在还从来没听人这样说过，这只是父亲想去买煤油灯的一个借口而已。但她聪明地闭上了口，否则父亲会生气的，这样一来，他也许就不去买煤油灯，大家也就看不到了。也许别的人家会比我们先买煤油灯，那么整个教区就会谈论继牧师家之后首先使用煤油灯的那家人家。因此母亲再三考虑后就这样对父亲说：

　　"要是你想买，你就买吧。对我来说，不管点什么，松明还是什么别的油反正都一样，只要我纺线时看得见就行了。那你打算什么时候去买呢？"

　　"我想，如果合适的话，也许明天我就打算去——我跟店老板还有点儿别的事要办。"

　　现在正是一星期的中间，母亲知道得很清楚，那件别的事可以等到星期六再办，不过这当儿她什么也没说，心里只在想："不如越早越好。"

　　当天晚上，父亲从阁楼里取出祖父当年去奥卢时放干粮的那只大旅行箱，叫母亲装满干草，中间再放些粗棉花。我们小孩子们问为什么箱子里只放些干草，当中铺些棉花，而不放别的东西呢，她却叫我们全少多嘴。父亲的情绪要好一些，他解释道，他要从店老板那儿带回一盏煤油灯来，它是玻璃做的，如果不小心跌一跤或者雪橇颠得太厉害，它就可能摔碎。

二

　　那天夜里，我们小孩子躺在床上好久都睡不着，心里想着那盏新的煤油灯，但是那个劈松明的老用人贝卡刚把晚上点的松明吹灭，他就打起鼾来了。尽管我们谈了半天煤油灯，他却一次也没问它是一种什么玩意儿。

父亲整整出去了一天，我们都觉得这真是太长了。那天午饭时，我们虽然有奶汤喝，但饭菜的滋味根本就没有领略到。而用人贝卡却狼吞虎咽地替我们吃了，并且全天都在劈松明，直到把房梁都给塞满为止。母亲那天也没有纺多少麻线，因为她老是走到窗前，朝冰面上窥视，盼望父亲回来。她时不时地对彼卡说，我们今后也许不再需要松明了，可是贝卡并没有把这句话听进去，因为他连为什么不需要都没问一声。

直到晚饭时，我们才听到院子里传来的马铃声。

我们小孩子嘴里还含着面包片，就奔了出去，但父亲又把我们赶了进来，并且叫用人贝卡去帮他抬那只箱子。贝卡早已在炉边那条板凳上打了半天盹儿。当他帮父亲把箱子抬进屋子时，他笨拙地把箱子碰在门槛上了，他要是年轻一些，准会挨父亲一顿揍，可是他如今已经是个老头儿，父亲可从来没打过一个比自己年龄大的人。

不过，要是煤油灯真的给碰碎，那么他肯定会挨父亲一两句臭骂的，幸好它一点儿损伤也没有。

"爬到坑上去，你这个笨蛋！"父亲冲着贝卡喊道，贝卡便爬上了坑。

父亲早已从箱子里取出煤油灯，并且用一只手拎着它。

"瞧，就是它！它就是这个样子——油往这个玻璃罐里灌，那段带子就是灯芯——嗨，把那支松明拿远些！"

"现在点上它，好吗？"妈妈一边朝后退一边说。

"你是不是糊涂啦？里面没有油怎么点？"

"那你不会倒点儿油进去？"

"倒油进去？说得倒挺容易！嗯，人不懂得这些道理时就是这样说，可是店老板再三嘱咐我千万不能在火光下灌油，因为它会着火，把整个房子都给烧掉。"

"那你什么时候灌油呢？"

"白天——白天，难道你等不到白天吗？这也不值得这样大惊小怪的。"

"你瞧见它着过吗？"

"我吗？我当然见过好多次了——我在牧师家里见过，还有在店老板那儿试点这盏灯的时候。"

"它着了吗？"

"当然着了。当我们把铺子里的百叶窗全关上时，你连地板上的一根针都瞧得见——你们看，这儿有一顶这样的帽子，火焰在椭圆形的玻璃罩里燃着时，亮光就跑不到上面去，那儿反正也用不着它，它就朝下四射，你就可以找到地板上的针。"

当然我们都很想试试是不是真能在地板上找到一根针，可是当父亲把灯挂在房梁上之后就开始吃他的晚饭。

"今天晚上，咱们还得将就着再点一支松明，"父亲边吃边说，"但是明天，我们家里就要点煤油灯啦。"

"爸爸，你看，贝卡劈了一天的松明，把整个儿房梁都给塞满了。"

"真的吗？好啊，不管怎么样，咱们今年冬天总有柴火烧啦——别的地方可不再需要松明啰！"

"不过，萨乌那屋和牛棚还需要松明。"母亲说。

"咱们厅堂里可要点煤油灯啦。"父亲说。

三

那天夜里，我比前一夜睡得还要少。我早晨醒来时，我想到灯要到晚上才点，要不是怕难为情，我真想哭出来了。我梦见父亲在夜里把油灌进煤油灯里，它整整着了一天。

天一亮，父亲就从那只大旅行箱里掏出一个大瓶子，把里面盛的东西往一个小瓶里灌。我们很想问那瓶子里装的是什么，但不敢，因为父亲的表情那么严肃，我们感到很害怕。

但是父亲把煤油灯从梁上往下拉一点儿，开始转来转去拧来拧去摆弄灯的时候，母亲再也憋不住，便问道：

"你在干什么？"

"我把油灌进灯里面去。"

"噢，可是你把它拆碎了——你怎样把你旋下来的那些零件放回原处呢？"

母亲和我们都不知道父亲从玻璃罐拧下来的东西叫什么。

父亲什么也没说，只叫我们离远些。然后他把那只小瓶里盛的东西灌进玻璃罐，把它灌得差不多满了。这当儿，我们就猜想那只大一点儿的瓶里也一定盛的是油。

"好啦，现在该点火了吧？"母亲又问道，因为她看到父亲把所有旋下来的零件放回原处，又把灯挂在梁上。

"什么！大白天点灯？"

"是啊——咱们的确想看看它怎样着的。"

"它当然会着的。等到晚上吧，不要着急！"

午饭后，用人贝卡抱进一大块冰冻的木头，准备把它劈成松明，他从肩膀上把它砰地摔在地上，震动了整个儿屋子，连灯里的油都晃动了起来。

"小心点儿！"父亲喊道，"你现在想干什么？"

"我把这块松明木拿进来融化一下——冻成这个样子谁也劈不动。"

"并不是非要劈它不可。"父亲说，并且对着我们眨了眨眼。

"好吧，可是这样的木头是点不着的。"

"并不是非要点着不可。"

"这么说，是不是用不着劈松明了？"

"好啊，要是不用再劈松明，那又怎么样呢？"

"哦，要是东家不用它也过得去，那么对我来说反正都一样。"

"贝卡，难道你没看见梁上挂着个什么玩意儿吗？"父亲问这句话时，得意地瞧了瞧那盏煤油灯，并且怜悯地看了看贝卡。贝卡把木头端端正正地竖起来后才朝煤油灯瞥了一眼。

"就是这盏灯，"父亲说，"在它燃着的时候，你就不再需要松明的亮光。"

"真的不需要了？"贝卡随后就一语未发，走出门外，到马厩后面去劈柴了。贝卡跟往常一样把一段跟他一般高的树木全都劈成了小块的柴，可是我们别的人几乎什么事都干不下去。母亲想纺线，但当她推开纺锤，走出去时，她的生麻连一半都没有纺掉。

父亲起先在削斧柄，可是这活儿一定有点儿不顺手，因为他没干完就搁了下来。母亲出去后，父亲也走了出去，他是不是去串门儿，那我就不知道了。他走的时候，叮嘱我们不要走出去，并且对我们说，如果我们胆敢用指头碰一下煤油灯，他就要给我们一顿揍。好家伙，我们情愿碰碰牧师身上法衣的领子，也不敢碰煤油灯啊！我们只怕那根吊着煤油灯的绳子会突然自己断掉，那么父亲就要怪我们了。

但是，我们觉得客厅里时间过得很慢。我们什么事也干不下去，于是决定一块儿到滑雪的山上去。整个村子有一条大家共用的去河边打水的直道，它的尽头是个大山坡，雪橇可以从上面滑下来，滑很长一段路，一直滑到冰窟窿的另一头为止。

"油灯院的孩子们来了！"村里的孩子们一见到我们就喊了起来。

我们很了解他们是什么意思，但我们还是问他们油灯院的孩子指的是谁，因为我们庄院的名字并不是油灯院。

"很快就叫油灯院了，你们家不是买了盏煤油灯吗？"

"你们怎么已经知道啦？"

"你母亲经过我们家时对我妈说的。她说你父亲从店里买了那样一盏煤油灯，一点着，亮得让人能在地板上找到一根针——至少陪审官的女仆是这样说的。"

"你父亲刚才在我们家说，它就跟牧师客厅里那盏灯一样，我亲耳听到他这样说。"旅店老板的儿子说。

"那么你们真买了那样一盏灯？"村里所有的孩子都问。

"是的，我们买了，可是现在去看一点儿意思都没有，因为白天它不点燃。不过到了晚上，咱们一起去看它吧。"

接着我们就乘雪橇从山坡上滑下来，再爬上山去，一直玩到傍晚。每次把雪橇拉上山坡时，我们就跟村里的孩子谈论着煤油灯。

这样时间就过得比我们想象的要快，我们最后一次滑下山坡后就往家里奔去。

四

贝卡还站在那块劈柴的木墩前面，虽然我们异口同声喊他来看怎样把煤油灯点着，他却连头也没有回一下。

我们小孩子则一窝蜂涌进了厅堂。

可是在门口，我们全都发愣地站住了。煤油灯在房梁下面已经点着，亮得使我们看它时不得不眨眼。

"把门关上，别让暖气跑出去！"父亲从桌子前端喊道。

"他们就像刮风天里的野禽似的窜来窜去。"母亲坐在炉灶旁嘟哝道。

"不怪孩子们看得着迷，就连我这样的老婆子都不得不感到惊讶呢！"旅店老板的老母亲说。

"我们家的女仆也是百看不厌。"村里陪审官的儿媳妇说。

直到我们的眼睛对这亮光稍为习惯一点儿，我们才看到屋里差不多已经挤满了邻居。

"孩子们，走近些，这样可以看得清楚一点儿。"父亲用一种比刚才温得多的口吻说道。

"把脚上的雪掸掉，到炉灶这边来，从这儿看，它才漂亮呢。"母亲也接茬儿说。

我们绕来绕去来到了母亲的跟前，在她身旁的板凳上坐成一排。只在她的保护下，我们才敢更仔细地观看这盏煤油灯。我们从来没有想到它会像眼下这样燃着，但是我们细心研究之后，我们发现它应该像现在这样燃着。再多看了一会儿，我们觉得它也就跟我们原来想象的一样，它就应该像现在这样燃着。

可是我们始终纳闷儿火是怎样放进那个玻璃罩里去的。我们问母亲，而她却说："你们的确该看看这是怎么搞的。"

村里的人都争先恐后地称赞煤油灯，一个这样说，另一个又那样说。旅店老板的老母亲说："它燃着发光时就跟天上的星星一样稳当。"眯着眼的陪审官认为，就因为这个原因它是太神奇了，"灯里不冒一点儿烟，否则会把房子烧着的，现在这样，墙壁就压根儿不会熏黑了。"父亲接茬儿说："一开始它是为小房间考虑的，但现在好了，也可以在厅堂里使用，再也不用浪费大量的松明了。只要一个亮光，不管有多少人，大伙儿都能看得见。"母亲则说："教堂里较小的枝形吊灯也没有它亮。"于是父亲叫我去取识字本，然后走到门口，能不能看得见把字读出来。我走到门口，开始朗读《吾主》。可是大伙儿说"这孩子会背这首诗"。于是母亲从书架上抽出一本赞美诗集交给我，我就开始朗读《耶路撒冷的毁灭》。

"啊，这孩子太神奇了！"村里人都感叹不已。

父亲还对大伙儿说："要是谁身上有针，可以把它扔在地板上，然后马上就能找回来。"

陪审官的儿媳妇胸口有根胸针，但她把它扔在地板上后，就掉进地板缝隙里去了，结果不管怎么找，也没有找回来。

五

等村里人都离开后贝卡才走进厅堂。

在煤油灯奇特的灯光照耀下，他先眯了眯眼睛，然后安安静静地脱掉他的上衣和脚上的棉靴。

"挂在房梁上发亮的是什么东西？这东西太刺眼了。"把袜子搭在房梁上后，他终于开口问道。

"你猜猜这是什么东西！"父亲说，并且向母亲和我们眨了眨眼。

"我猜不出来。"他边说边走近煤油灯。

"这也许是教堂的枝形吊灯，对吗？"父亲开玩笑地说。

"也许是吧。"贝卡说，开始觉得好奇，伸手想碰一下煤油灯。

"你用不着碰它——不碰它你也应该猜得出这是什么东西。"

"好吧，好吧——我并不想碰它。"贝卡用略为颤抖的声音说，并且后退到门旁的长凳上坐了下来。

母亲大概有点儿怜悯贝卡，因为她开始向他解释说，这不是枝形吊灯，而是所谓的煤油灯，里面点的是油，今后不再需要点松明了。

然而，这番解释并没有使贝卡就此开窍，相反他开始劈他那块白天搬进来的松明木，可是父亲对他说："白天我跟你说过现在不再需要劈松明木了，不是吗？"

"我可不记得了。那好吧，既然不需要松明火，那就不劈木头了。"贝卡把小刀塞进墙上的窟窿里。

"呃，放在那里让它生锈吧。"父亲说，而贝卡什么也不说了。

过了一会儿，他就开始补鞋。他踮起脚尖从房梁上取下一片松明插在墙上的夹子上，然后坐在炉灶旁的木凳上。我们孩子们比父亲先注意到这一点，因为父亲是背对着贝卡在煤油灯下削斧柄。但我们什么也没说，只是在我们中间嘻嘻地笑了一下，我们心里想，"让他自己看吧——他会说什么呢！？"当父亲看见贝卡后，他双手叉腰走到贝卡跟前，嘲笑似的问道："既然在别人的灯光下你看不见，那么你现在坐在这儿那样专注地干什么呢？"

"你看，我在这儿补我的鞋子。"贝卡说。

"噢，你在补你的鞋子——不过，要是我们的灯光下你看不见，没法干活，那么你就带着你的松明到萨乌那屋或者屋后去吧。"

贝卡真的走了。

他把鞋子夹在胳肢窝下，一只手拿着木凳，一只手拿着松明火。他悄悄地走出房门来到门廊，又从那里走向院子。松明火在风中燃烧得比往常要亮，美丽的红彤彤的光芒掠过了谷仓、马厩和牛栅的侧墙。我们孩子们从窗户往外观看，我们觉得这一切太美了。但是，当贝卡弯着腰走进萨乌那屋时，院子里一下子就黑了下来。我们看到的不是松明的亮光，而是黑色窗框里煤油灯发出的闪闪烁烁的光影。

从此以后，我们家的厅堂里再也没有点过松明。房梁上只有煤油灯在闪闪发光，礼拜天晚上村里人往往都到我们家来观赏这盏煤油灯。很快整个教区都知道，除了牧师家，我们是使用煤油灯的第一家。接着陪审官也买了跟我们一样的煤油灯。不过他又把它卖给了旅店老板，因为他从来也没有学会怎么点燃煤油灯。现在这盏灯还在旅店老板那里。比较贫困的农户还没有财力添置一盏煤油灯，他们今天仍然在松明火光下度过他们漫长的夜晚。

我们家有了煤油灯后不久，父亲就把厅堂所有的墙壁都刷成了白色，它们不会再熏黑了，因为旧的带有内向通风口的炉灶拆掉后换成了新的带有外向通风口的铁皮炉灶。

贝卡用旧炉灶的石头在萨乌那屋里重新垒了一个石头炉子，厅堂里的蟋蟀也跟着石头移居到了萨乌那屋，因此厅堂里再也听不到它们的唧唧声了。父亲感到很高兴，但我们小孩子在漫长的冬天夜晚却常常怀念过去，于是我们就奔到贝卡住的萨乌那屋去倾听蟋蟀的叫声；在那里，贝卡仍然点着松明来度过他的夜晚。

（1883）

表

　　马蒂走在爱斯普拉纳地①林荫大道上，心里想的是他的表——他没想别的，只是想他的表。他看了看格伦威斯特这座高层花岗岩大楼——他的眼睛浏览了一下这座大楼上闪闪发光的窗户、红彤彤的屋顶和美轮美奂的装饰物——他眼睛看的是这些东西，但心里想的却是他的表。

　　即使在爱斯普拉纳地大道上，马蒂也走得很干净利落，因为他一直是个干净利落的孩子，寡言少语，善于思考。他是个学徒，尊师爱友，口碑甚佳。

　　马蒂大部分时间是在往下看，看他的鞋尖和他的背心，因为背心上挂着一条闪闪发亮的铜制表链。

　　马蒂是从乡下来到赫尔辛基的，当了半年皮匠的学徒。

　　他从一开始就省吃俭用，一分钱都不浪费。然而，直到现在他才攒够了钱可以买这块表了。昨晚他拿到工资后，积攒的钱就达到了所需的数目——

　　昨晚一下班他就到钟表店去买表。实际上，这块表好几周前他就已经选好了，当时商定的价钱是 25 马克，不带表链。这是块圆形的怀表，上面镶有 4 颗宝石——它跟镶有 8 颗宝石的表一样好。钟表匠说他本人也有一块这样的表，他还说普通人用不着买比这更好的表——

---

　　① 爱斯普拉纳地（Esplanade）是坐落于赫尔辛基市中心的一条林荫大道。

这块表实际上并不是 25 马克，马蒂买的时候，钟表匠把价钱降到了 24 马克 50 贝尼，还加一条表链。现在这条表链正在天鹅绒背心上闪闪发光。这件天鹅绒背心和一件夹克衫是马蒂从一个犹太商人手里买来的，他现在穿着这件夹克衫，故意把夹克衫的纽扣解开，这样背心和挂在背心上的铜表链就都露了出来。

马蒂沿着爱斯普拉纳地大道走着——他先朝前看，然后看鞋尖和金光闪闪的表链，但看表链时总是好像顺便看看似的。

爱斯普拉纳地大道上行人川流不息，教堂餐厅前面更是人头攒动，因为那里乐手们正在演奏。马蒂并不喜欢在人群里挤来挤去，他喜欢人少的地方。对一个有表和表链的人来说，人少的地方更合适一些。这些东西在人群堆里谁也看不见——他自己都看不见，别人就更看不见了。

马蒂时不时地感觉到，有些人从他身边走过时瞥了一眼他背心上的表链。这些人这样看他的表链是因为他们自己没有表。他们也许希望得到一块表。看来大多数人没有表。那些把外套扣起来的人肯定没有表——要是有表，他们就会把外套的纽扣解开。

马蒂实在不知道他的手应该放在哪里——他试了试把手交叉放在他的背后。把手放在夹克衫的口袋也许更舒服一些，但夹克衫的口袋比较靠后。手这样放并不舒服——让手直接悬在两边也不舒服，因为这样一来手就会很别扭地来回晃动。最好是把两只手交替放在表链上——

这样看表就很方便。于是，马蒂看了一下表——他的表是不是跟钟楼的钟走得一致？——是的，完全一致，分秒不差——现在是几点？——5 点 25 分。

马蒂把表放回了口袋。他从他的左半身感到表是在那里，是在背心左边的口袋里。他觉得有点儿不习惯——表好像透过背心直接碰到他的皮肤似的，但他还是觉得这样很好——

以前他没有表的时候，当走在街上或者爱斯普拉纳地大道上时，他总是走到一旁，让路给别人，特别是让路给戴表的人。他没有表的时候，简直是崇拜那些戴表的人。

马蒂一向很害羞，很自卑——他不知道如何表现自己，这一点他自己是感觉得到的——但是他这样感觉也许就是因为以前他没有表。现在他有表了——但是，即使是现在，他也不想表现得太冒失，太傲慢。然而，不管怎样，他觉得比过去要自信得多。至少他现在不会任何时候都给人让路。别人也可以给他让路——在街上走路时，跟别人相比，他是不是更应该让路？他决定，当然不是这样——

他就是这样决定了，因为爱斯普拉纳地当然不是只属于这个人，而不属于另一个人。再说，他也是交了人头税的。

当大家看见他时，也许会认为，他是应该让路，而别人不用让路。如果这样认为，他们是大错特错了。你在哪里走，当然就应该在哪里走，别人最好到别处去走——

是的，现在马蒂想在哪里走，就在哪里走——不过他还总是给人让路——他向自己保证，这样小小的让步是绝对必要的。要是谁也不让，那么谁也走不了。现在他不再是只给有表的人让路而不给没有表的人让路了——如果他要让路，他就给任何人都让路——有时候他这样做就是因为他喜欢这样做——是不是总是需要直线行走？有时候弯弯曲曲地走更有意思，一会儿在这边走，一会儿在另一边走——

马蒂很想有机会挤到警卫队中间，不给他们让路，因为他们列队前进时，是多么趾高气扬啊！但是马蒂并没有这样做——他怕被人家推着走，表链也许会被纽扣钩住而断裂，或者表会掉在地上而摔坏——

现在他的表是不是仍然完好无损？

是的，完好无损，而且仍然在嘀嗒嘀嗒地走——那些卫兵，他们大多数人是没有表的。他们无缘无故地走在路的中间，他们想在姑娘面前表现自己——马蒂从来也没有想过女孩子——现在口袋里有了表，他更不会想她们了。把钱花在姑娘身上，真是太傻了——还是把钱省下来买些东西，比如说买块表——

在自己身上花点儿钱，没有什么问题——比如说喝杯汽水，花 10 贝尼，甚至 20 贝尼也并不算太多——

于是马蒂喝了杯汽水。这次他是为他的表而干杯的！

马蒂是在一家门柱上有反射镜的冷饮店里喝的，从镜子里他可以看见他的全身和他的表链——

马蒂一小口一小口地喝，同时眼睛顺着水杯朝门柱里的映象看了一眼。然后他就起身去付钱，他给了一个马克的硬币，找回来 90 贝尼。别的顾客，有的好像给 50 贝尼的硬币，有的给 25 贝尼的硬币——没有人给一个马克的硬币。他们也许没有一个马克——看来大多数人也没有表。

马蒂根本不想摆架子。如果你认为他买了一块表就会自以为了不起，那你就错了。为了区区小事而摆架子，这真是太傻了——不能这样——不过其他学徒和工匠也许昨天曾经这样想过——当他现在在想起这事时，他觉得他们昨天好像是这样想的，尽管他并没有摆过什么架子——他只是开玩笑地问他们，"你们的表现在几点啦？"

他这样一问，他们就开始嘲弄他，整个晚上和今天早晨他们不停地问："几点啦，马蒂？""告诉我们，马蒂，你的表现在几点啦？"

他们大概妒忌他了，因为他们自己没有表——如果他们想要表的话，他们是可以得到的。谁都可以从钟表店里买到这样的表——

瞧，他们现在走过来了！

马蒂走过去迎接他们，并且在他们跟前站住。

"你的表几点啦，马蒂？"他们再次问道，并且大声笑着跟他擦肩而过。

正是如此！——他们妒火中烧！让他们妒忌吧，马蒂并不在乎——这是他们自己的错——他们应该把钱积存起来！——难道非得花钱买啤酒喝吗？现在他们没有表，这是活该！——如果省吃俭用，把钱攒起来，那你很快就能买表了，这样钱就不会浪费掉——

马蒂有很长时间没有想到看表了——到目前为止已经过去多长时间了？

"让开，小伙子！"

那个卫兵把他看成是什么人了？——他以为自己是可以摆布别人的老爷吗？万一表掉在地上，他赔得起吗？

马蒂怒气冲冲地朝卫兵的背后瞪了一眼，但卫兵只是往前走，他的裙裤来回摆动着。

"噢，你在这儿——我到处在找你呢！"

这是安第，他也是个徒弟，跟马蒂是同一个师傅。他们是同一个时间从农村来到城里的。

他俩是好朋友，为了买表他们一起同时开始攒钱。昨天马蒂就达到了所需的数目，而安第还缺很多——他好像攒不了很多钱，他很羡慕马蒂，因为他能攒钱——而马蒂却喜欢安第，因为他跟别人不一样。马蒂现在买了表，他就更加喜欢安第了，因为安第看着他的表时，他同时带着羡慕的神情看着马蒂。

他俩是一起去买表的。马蒂希望安第跟他一起去，但他们对别人却守口如瓶。

安第并不想把表拿在自己手里，尽管马蒂千方百计鼓励他，甚至叫他把表放在自己的口袋里。"试试看吧！"他对安第说。

"万一我失手怎么办呢？"安第说。

"你不会失手的，我拽住表链。"

直到那时安第才敢把表拿在手里，他把表翻了个个儿，很惊讶地盯着它看，末了，他叹了口气把表还给了马蒂——马蒂觉得，世上没有比安第更好的孩子了。

至于其他学徒和工匠，跟安第相比，他们都是一群猎狗。他们一看见这块表就马上从马蒂手里抢了过去，把它团团围住，连马蒂都看不见这块表了。他们打开表壳，他们应该知道车间里的灰尘对表是有害的。即使表停了，他们也不在乎，因为这是别人的表。

"你的表几点了？"安第问。

"咱们先坐下，然后再看——"马蒂和安第在一条空板凳上坐了下来，然后马蒂瞧了瞧他的表——

他的表是 5 点 55 分。

表链挂在天鹅绒背心边上，马蒂看了它一眼。安第也斜视了它一下，然后他举起手碰了一下马蒂的表链。马蒂把整块表都交给了安第——

"试一试，能不能把它打开——"

"要是坏了怎么办？"

"不会坏的——"

"我打不开。"

"你不会——给我，我做给你看——这样——你用大拇指摁一下这个按钮——你来试试——"

"瞧，它打开了！——那里面写的是什么？"

"4 颗宝石，第 17534 号，这是这块表在这个世界上的号码——那么多人拥有跟我一样的表——你也买一块吧！"

"我没有钱。"

"难道你不想要一块表吗？我觉得你是很想要一块表的。"

"并不十分想要。"安第说，但马蒂看得很清楚他是很想要一块表，因为他说这句话时嘴角稍微抽搐了一下。

马蒂还让安第看表看了很长时间，把表放在他的前面，甚至把表放在他手里让他看，他压根儿不怕安第会把表弄坏或者掉在地上。他觉得，在这种情况下，安第显得比以前要渺小得多，他又不太理解，与安第相比，他为什么显得比以前要高大！以前他并没有注意到这一点，只是偶尔当他们对比储存的钱，发现马蒂比安第存得多时，他才注意到这一点。

"要不要把表放回口袋里？"

马蒂把表放回口袋里。但他马上替安第感到难过，因为安第也许还想看——于是他又把表拿出来给安第看——可怜的安第，他没有表，瞧，他坐得太靠边，差不多要掉下来啦——他的鼻子尖就跟刀尖一样锐利——他在抚摸别人的表和表链——

如果马蒂是个有钱人，他可以把这块表给安第，给自己买一块锚链表——他真的替安第难过。

"对你来说，怀表行不行？"

"当然行，不管什么表，只要是表就行——"

"我打算有朝一日买一块锚链表。"

"那这块表你准备怎么处理？"

"我不知道，也许卖给别人。"

"卖给我吧！"

"现在我还不想买新的——当我成了工匠后我再买——既然我现在已经有表了，我看起来有点儿像工匠，对吗？"他装着开玩笑的样子。

"是的，有点儿像工匠。"

"而你看起来仍然是个学徒。"

"因为我没有表。"

"是这个原因吗？你想喝汽水吗，安第？我刚喝过。"

马蒂觉得一股慷慨之感突然涌上他的心头。他感到他好像欠了安第一杯汽水似的——这个可怜的家伙连一块表都没有，天晓得，他什么时候会有一块表——但他马上又后悔他提出请安第喝汽水，因为买汽水是要花钱的，当然钱并不多，只要 10 贝尼就行了——你毕竟应该对你的伙伴有所表示，因为他连表都没有。

马蒂自己又喝了一杯，还跟安第一起碰了杯。

"安第，现在你应该说：'祝我的新表交好运！'"马蒂说，他装着开玩笑的样子。

"好吧，祝你的表交好运！"

他俩一起笑了起来，马蒂的情绪越来越高涨。他心里从未像现在这样激情。

"瞧，卫队又走过来了——让我们假装没看见——不，我们不能走到旁边去——他们还以为我们给他们让路呢——咱们一直往前走，眼睛一直往前看——我们也能表现得很傲慢。"

安第并不理解为什么要这样做，但他还是设法照办。

"他们回头在看我们吗？你为什么不看啊？"卫队走过去后马蒂问安第。

"他们没有在看我们，他们只是继续往前走。"

马蒂感到有点儿不高兴。

刚才把马蒂推到旁边的那个卫兵走了过来，他胳膊上挎着一个女孩子。他们走在路中间，马蒂也在路中间。安第让到一边，而马蒂不让——他故意专心于走路，肩膀撞到女孩身上，结果她只得停了下来。

"你没长眼睛吗？"女孩说，卫兵骂了一声。马蒂只是对着安第痴笑了一声，假装不知道发生了什么事。

"他为什么这样做？"安第心里不明白，而马蒂却越来越来劲儿了——

"咱们去喝瓶啤酒吧！"

马蒂建议去喝啤酒？安第现在无法理解马蒂了，因为他从来也没有——当安第偶尔想跟别人一起去酒店时，马蒂总是要责备安第。

"你瞪着眼睛看什么？咱们走吧！"他们已经来到了加贝利餐厅。

"咱们坐在这儿怎么样？"

"不能。"

"为什么不能？"

"我们不能坐老爷们的座位。"

"只要我们付得起钱，我们跟别人一样也是老爷。"

"这儿太贵。"

"那我们去哪儿呢？"

"咱们到酒吧去吧！"

马蒂真想在圆桌旁的小软椅上坐下来。他可以往后靠在软椅上，交叉着双腿，就像旁边那位老爷那样把手放在表链上，而那位老爷的表链也没有马蒂的表链那样闪闪发光。那是钢制表链，颜色偏黑，他的表也好不到哪儿去。

"那儿听不到音乐。"马蒂抱怨说。

然而他们还是同意去酒吧，酒吧就在农贸市场旁边，安第知道那个地方。

* * * * *

"瞧，我现在把表抛到空中——又在空中把它接住——你绝对不敢这样做！瞧，再来一次！"

"别掷——千万别掷！它会掉在地上摔坏的！"

"现在我把表放在嘴里——我还可以把它吞下去——咱们再去喝点啤酒！"

"马蒂，你这样做对表有害——把表从嘴里吐出来，把它放进口袋里——"

"这是我的表。难道不是我自己的钱买的吗？"

"是的，是你自己的钱买的。"

"难道你的啤酒钱不是我付的吗？不是我付的吗？"

"是你付的，是你付的——不过我会付我的那一份，如果——"

"是的，不过是我给你付的。你没有这个钱。你的表几点啦，小伙计？"

"我可没有表——至少在我买表之前，我是没有表的。"

"买表？你用什么东西去买表？"

"我用自己的钱——等我攒够以后——"

"你永远也攒不了那么多钱。"

"你怎么知道？"

"瞧，你是多么容易发脾气——你发什么脾气？我已经替你付了啤酒钱。"

"是你自己请我为你的表干杯的——"

"你可以付第二瓶的钱——"

"这是你点的。"

"是你喝的，不是吗？既然第一瓶是我点的，那么你就应该点第二瓶——你是个吝啬鬼，你永远也买不起表——我有一块表，而你永远也不会有表。你太贪财啦！"

"好吧，那你走吧！我不跟你一起走了——你喝醉了，你在胡言乱语——我回家了——"

"走吧——赶快走——你是永远得不到表的，而我已经有了一块表——闭上你的嘴巴！瞧你的鼻尖，像刀尖那样尖，真是太尖了——"

对安第来说，最大的侮辱就是说他的鼻子太尖，跟刀尖一样尖。徒弟和工匠能把他惹火的唯一办法就是叫他尖鼻子。谁叫他尖鼻子，他就会大发雷霆——他会大声喊叫，把车间里的鞋楦掷得到处都是，把桌椅全都推倒，并且破口大骂。如果某个长者抓住他的手，要他平静下来，他没辙了，就会咬那个人的手。

安第哇的一声哭了起来，并且转身就走了。

马蒂是唯一对他好的人，其他人对他都不好。只有马蒂，他从来也没有讥笑过他的尖鼻子，当别人讥笑他时，马蒂就会站出来保护他。而现在，连他都像别人一样讥笑他，而且完全是无缘无故的。这刺痛了安第的心，于是他哭了起来。他觉得他们不可能再成为真正的朋友了。他觉得，连马蒂都变成这样了，所以这个世界就不会有正直的人了。这样的念头使他更加想哭了——他并不想对马蒂使坏，但他情不自禁地希望，马蒂会把他的表掉在鹅卵石铺的街道上，结果摔坏了——

马蒂沿着岸边的石头广场朝着爱斯普拉纳地走去，晃晃悠悠，差点儿摔倒——这就是安第——一个尖鼻子——这样的人有什么了不起的！

也许是酒劲冲上头了——不，喝这么一点点，对成年人来说，这不可能冲上头的——1，2，3——敲了几下了？7下，是的，我的表跟钟走得一致——我跟其他老爷一样也是个老爷——

那儿有音乐——

马蒂跑着来到了教堂餐厅门前。

"小伙子，你有表吗？"

"我？没有，你呢？"

"我虽然只是个学徒，但我有表。你是干什么的？"

"你没有表——你是在撒谎——"

"你没有看见这条闪闪发光的表链吗？——挂在背心上。"马蒂挺起了他的胸膛——"我有一件天鹅绒背心，一块表，一条表链——"

"你也许有表链，但你没有表——"

"没有表吗？你瞧，哈哈，这不是表吗？"

"看来你是有一块表，这很好——"

"你别走——如果你不信，看看表壳里面是什么，这是圆锥——"

"别让它掉下来——"

这句话使马蒂大吃一惊，他赶紧把表放到口袋里——

他是不是差点儿失手让表掉下来了？他一定有毛病——什么毛病？他的脑袋？安第去哪儿了？他把表丢了吗？如果丢了怎么办？不，不，它在他的口袋里。它在走吗？——它还在走——把它放好，千万别丢了——

这时候音乐又响起来了。人们涌到音乐台周围，开始听乐队演奏。马蒂就挤在人群中。他也开始听音乐——跟着音乐用头或者用手打拍子——不一会儿他用整个身子打拍子——他甚至把他的表都忘了，他曾经有过一块表，他都不记得了。

但过了一会儿，他连音乐和节拍都忘记了，就好像它们从来也没有存在过似的。他发现不远处，音乐台尽头有人在盯着他看——这人为什么看着他？——她在看什么，笑什么？——她对他眨眼，好像认识他似的，她为什么这样做？——即使他假装看别处，她也仍然盯着他看——接着她跟另一个女孩交头接耳地说了几句，但眼睛却仍然盯着他看——这两人都看着他微笑——然后只有一个人看他，这个女孩戴着手套，身上穿着红色的连衣裙——披肩——领子——红通通的脸颊——眼睛——眼睛就是盯着他看——

马蒂觉得好像被人举了起来，同时又被人东推西拉，不管怎么样，他不得不冲着她们挤过去——可是前面聚集的人很多，他动也动不了——

马蒂想从人群中穿过去，但反而被挤得直往后退——有一段时间他看不见那两只盯着他看的眼睛，此时他就踮起脚来，想从人群上面看过去——

噢，他看见她了，他发现她也踮着脚在看——她仍然在看他。他的内心从来也没有像现在这样剧烈地跳动过。但他没有时间去考虑了，他只是竭尽全力往前挤，他想挤过去，挤到——

就在这个时候，音乐突然停了，人群散开之前马蒂被推着走了几步——

此时他突然想起了他的表——

这个念头闪电般地掠过他的脑海——

他摸了摸表链——

表链已经松开了，只挂在别针上——

他赶紧把手伸到背心左边的口袋里——

口袋是空的——另一只口袋也是空的——

不，他还是不相信——但他觉得一股绝望之感已经袭上心头——到了喉咙里——拼命想喷发出来——

表不见了——表不见了——不在胸前的口袋里——不在裤子的口袋里——也不在背心的口袋里——

这时，这股绝望之感喷涌而出——

"它被偷了！——它被偷了！——我的表！——抓小偷！"

他顺手抓住了第一件外套的褶边，然后第二件——第三件，最后是警察外套的褶边，这位警察是赶来安慰他的。马蒂甚至把他都当作小偷——他一边大声喊叫，一边哭了起来。

警察一把抓住了他的脖子，把他从人群中拽了出来。

"抓住他！小偷！抓住他！"马蒂喊道，但警察叫他回家，明天到警察局来——

马蒂在回家路上边哭边走，而且喃喃自语。

整个星期他干活时总在喃喃自语，因此别人都觉得他疯了——

好几个星期日他不到爱斯普拉纳地去散步了。但当他后来再去那里时，他只是靠边走，给所有的人让路——不喝汽水，永远也不去音乐台——

他就是这样无精打采地走着，他好像什么也不想——但他还是在想，每走一步他都在想——他在想他需要多长时间才能攒够钱买一块新表——

（1884）

忠　实

一

今年夏天安第必须留在城里，替一个有钱的人上班，因为这个人正在乡间度假。安第已经订了婚，但在得到固定收入之前，他不能结婚。他还需要取得一定的资历，为此他只得留在城里。

夏天在赫尔辛基工作很辛苦，也很腻烦，特别是午饭以后情况更加糟糕。不管怎么样，上午坐在办公室里还可忍受，可是到了下午3点你得去餐厅吃饭，那里的房间正当西晒，热得要命，家具上套着使人感到不舒服的白色外罩，蜡烛灯架上披着白纱，墙上挂着蹩脚的油画，你在那儿既感觉不到家里的那种温馨，也享受不到饭馆里的那种舒适。从那儿出来，你还得回到你在克罗诺哈克的住所去，沿着因脚手架而变得狭窄的街道，你得缓慢地行走，同时你还要经过那些窗户用白垩粉刷过的房屋。

这是仲夏节前夕。他的同事们大多数都被邀请到岛上去度假，但安第没有熟人，他绞尽脑汁想到什么地方去走走，可总是想不出来，于是只得回他的住所。他回家后常常是坐在桌子旁，把胳膊靠在桌子上，抽着烟，从窗户里向外看，瞧瞧街的对面，那里正在盖一所石头房子。然后，他从床上把枕头挪到沙发上，把鞋子踏到桌子底下，睡一个小时或者更长一点儿。即使这样做了，晚上仍然有好几个小时没法消磨。他怎样打发掉这段又长又单调的时间呢？教堂餐馆，卡依伏公园酒店和黑斯里亚饭店，这些都是高消费的地方，另外，人也不应该每晚都去那里呀。要是他好好想一想的话，他事实上几乎每天晚上都去那里。星期六晚上去是因为周末，星期日也是同样的理由，其他的日子都是日常的例外。

今天，坐在桌子跟前老地方凝神往外看，整个世界好像比以前更令人腻烦了。对面的工地空无一人，木栅栏的大门紧闭着，上面贴着"禁止入内"的告示。

此刻要是在乡间，在远方的萨伏，与心爱的人一起待在她的家里，那有多好啊！而现在却是天壤之别！要是能够无忧无虑地躺在吊床里，划船泛游，手牵手地闲逛，坐在她的衣裙边，把她搂在怀里，在没人窥伺下接吻拥抱，那该是多么幸福啊！

当他在考虑干些什么的时候，他想到了写信。他拿出钢笔和信纸，把它们摆在面前，在信纸上方记下日期，稍低一点儿写下"亲爱的米亚！"可是他不知道该怎么开头，该怎么往下写，于是他决定先睡一会儿，把午后的困倦驱走。

起床后，他又面对着信纸坐了下来，刚才写的字已经干了，而且还发出亮光，此时他仍然没有心情写信。他点了一支烟，但这也没有给他带来半点儿灵感。根本没有什么事好写的。凡是像安第那样订婚已有三年的人，他知道通常是缺乏话题的。你应该倾诉你的爱情，表达你的思想，但你又找不到新鲜的字眼。安第虽然已经使用了他所知道的芬兰语中关于这方面的词句，但他还是找出一些新的表达方式:"我的宝贝!""我的心肝!"

他只得站起身来,在地板上踱来踱去。他喝了口水,打开窗户,靠在窗前往外看看。凡是目光所及的地方,每条街道都跟他的脑子一样空空洞洞。人们大概都下乡去了。眼下是 7 点。他们此刻都在高岛、戴格罗岛和伴侣岛郊游呢。

他集中全副精力,终于在信纸上写下:"现在是仲夏节夜,我独自一人坐在屋里给你写信。要是你知道我是多么——"写到这里,他又顿住了,就跟小学生写作文时那样写不下去了,而安第一向不善于写作。

当他凝视着手指甲时,他听到下面街道上传来赶路人快速的脚步声和短促的谈笑声。两个漂亮的女服务员正忙着赶向海滨。她们可以去玩一个通宵。她们都穿着节日的盛装:头上披着带有长穗子的白头巾,裙子紧紧地围在她们那苗条而壮实的腰肢上。

安第想起自己三年来一直对未婚妻是忠实的,像个正人君子那样击退了所有向他袭来的诱惑。他参加体育锻炼,每天早晨洗冷水浴,派对一结束就直接回家。

他跟米亚都觉得彼约森是正确的,而吉耶斯坦是错误的。当米亚问他时,他承认这种看法。

两位姑娘很快地在拐弯那儿消失了,街上比以前更空洞。安第的脑子也是如此。

"可是我干吗不能去呢?我干吗不能到戴格罗去过节呢?每半小时就有一班汽船开往那里的啊!这又是这样美丽的夜晚!我整星期都在呼吸灰尘,难得遇到这么一次投入大自然怀抱中去的机会,而我却把自己锁在房间里!这是不行的。"

他伸直身子，吐出胸中的闷气，敲了敲肋骨。他觉得坐得时间太长，腰板酸痛极了。

这里的确有这样一个障碍，今天是寄信的日子，他如果此刻耽误了写信，就会赶不上邮车。米亚得走两公里路去邮局取信，她要是什么也没拿到，就会不高兴，就会怪他冷酷。这样就得来一大套解释和保证。然而不管怎么样，这样一来至少会有东西可写了。再说，一个人高高兴兴地出去玩一趟，回来时总会有好多新闻可以填满一张纸的——不过这并不是最重要的。一个人不会老是有兴致写情书呀！如果她生气，就让她生气吧！

如果安第自我检查一下，他就会发现，这种几乎是无缘无故的急躁心情，以前已经出现过好多次了。那年冬天，当未婚妻在城里，两人常在一起，一种无能为力的情绪，一种不愿意痛快地发泄自己感情的心情抓住了他。他无法使自己的嗓音带有心中愿意表达的那种温柔调儿。只有在"芬兰文学协会"的晚会上，当她穿着一件新衣服，或者他喝了点儿酒，心情稍为开朗些时，他才能像刚订婚时那样热情起来，心里扑通扑通地跳，说起话来也颤抖不停。

他把那封已经开了头的信塞进抽屉，并且很快就把它锁住。他急急忙忙穿上衣服，把烟盒装满香烟，同时在口袋里塞了一包火柴，很快地跑下楼梯，好像怕别人把他丢掉似的。从他的后面看，他这样匆匆忙忙，人家还以为他是打算去干他自己都认为是不合法的勾当。

转瞬间，他已经站在南码头的一艘渡轮旁边了，瞧着那些去寻欢作乐的人们陆续上船。马车夫一个接着一个地驱车过市，驰向海滨，为了庆祝仲夏节，马颈上都系着桦树叶子。一群群帽子上戴花的男人和胸脯上别着玫瑰花的女人，急急忙忙前来搭船，胳膊上都搭着外套。

渡轮从头到尾都挂着五彩缤纷的旗帜，甲板上的栏杆扎着仲夏的桦树枝。安第也向卖花姑娘买了一束花。

大家都忙着下乡，匆匆忙忙地沿着踏板上船。安第还有点儿犹豫不定，但在船夫正要解缆时，他也跳上了船。

二

游乐场上洋溢着音乐和欢乐的人声，但他干吗那么郁闷地坐在离那儿不太远的路边的一块石头上呢？他干吗刚一到这儿就想躲开这些玩乐，只等待下一班渡轮把他载回城里去呢？

当猫扑捉一群小鸡，而一只也没有抓到时，它就会害臊地夹着尾巴溜掉，心情十分懊丧。

安第心里明白他并不打算抓到什么。但他是心里闷闷不乐才退到这边来的，此刻他绷着脸用手杖正在沙土上戳来戳去。

汽船上的姑娘们一个接一个从船上跳到岛的浮桥上。她们的动作十分轻盈自在，走路时衣裙沙沙作响。年轻小伙子向前迎去，脸都不红地搂着她们的腰肢，或者挟住她们的胳膊，满不在乎地把她们再转一两圈，才放她们走。接着她们就连走带跑赶向游乐场，长长的行列挤满了整条道路。

虽然安第的脚板也有点儿痒，但他还是缓步向前走去，让那些匆忙的人从他身边飞快地走过。一个接一个的姑娘也跟他擦肩而过。她们假装逃开那些追逐她们的小伙子，但是走不了多远就让他们逮住了，随后他们便手拉手地一起来到游乐场。

安第到那儿时，人们舞兴正酣。乐师们站在正中，周围的人翩翩起舞，既随意又火爆。舞伴们一对对互相紧搂着，跨着大阔步，一会儿跳跃，一会儿转圈，风姿潇洒，动作敏捷。头巾落到肩膀上，帽子掉在脖颈后面。你到处都可以看到有人嘴边上叼着一支雪茄，好像故意要这样做似的。

那儿有士兵、宽胸脯的水手、岛上健壮的庄稼汉、手工艺人和一些大学生。女人当中有女店员、女裁缝、街头女郎、工人家庭的女儿和有钱人家的女仆。安第曾经在街上见过她们中的一两位，另外还知道个别几位的名字。但是这儿没有一个人认识他，因为他还是很久以前跟她们一起玩过。

然而这儿也没有一个人注意他，因为每位姑娘都有自己年轻的男伴，其中有些小伙子甚至左右逢源，一个胳膊挎着一个女伴。安第除了有根他要倚靠的手杖外，什么也没有，他时不时地停下来，瞧瞧这一群，望望那一堆。不晓得为什么，这时候米亚好像离他非常遥远。这儿的女人，在他看来，都长得美貌动人。其中有几个，那么年轻、苗条、活泼，你瞅着她们心里就高兴。她们有饱满的精神、天真的举止和像牛犊子那样的毫不做作的快乐心情。她们正在欢度仲夏节，有一个通宵可玩儿，她们的男女主人也都下乡了，她们决定一年一度在这海岛上，在这葱翠的草地上，在这岩石和树丛中，尽情地欢乐一番。

天晓得她们究竟在笑什么？她们从自己的男伴那些无聊的俏皮话里能找到什么使自己那么高兴？这个安第不明白。不过他也真想成为一名那样被她们赞扬的英雄。他也想像他们那样搂着她们的脖子，在她们耳边喃喃地说些有趣的笑话，学习他们要弄的那些花招，使他的行为在今天晚上表现出某种程度的狂热，而这种狂热看来会不可抗拒地吸引这些年轻的姑娘们。

他等呀等，等了很长时间，愣怔着眼睛，脸上露出很僵硬的表情。

假如他在这没有人认得他的地方加入这群人，跟这群人一起跳舞，又怎么样呢？假如他这样做，会对谁有害呢？假如他像现在这样生活，会对谁有好处呢？这不是活着，这是枯萎！这简直是胡闹，或者至少是幼稚，这是当今那种怯懦的理想主义。是的，怯懦。人们不敢像造物主所要求他们那样生活。永远是在躲避，永远是在提防。一百个人当中也没有一个在心眼儿里是真正忠实的。现在瞧瞧这儿的人，他们的生活可大不相同。他们不了解受过教育的人们那种愚蠢的原则。他们男的女的都在充分享受生活。这就是他们为什么那样快活、精神抖擞、生气勃勃的缘故。他们知道怎样欢度他们的仲夏节，他们知道怎样在这个阳光节中纵情欢乐。

这些都是他脑子里所想的，而他的双眼却追随着一个活泼可爱的姑娘，她没戴帽子，正站在那儿用头巾扇她那跳舞跳得发红的脸蛋儿。他鼓起勇气向她靠近。他向这位年轻姑娘问好，提到了今天天气好。他想装得自在，随便一点儿，但他听到他说话时带着的却是一种空洞、虚假的声调。姑娘把他当成陌生人来对待，她几乎带着很尊敬的神情向他点了点头。

安第问她能不能和他跳个舞，她回答："好吧！"但表现得十分拘谨、严肃，就像上流社会的女子所表现的那样。

她一点儿也没有安第刚才看见她向另一位请她跳舞的小伙子所表示的那种坦率和大方劲儿。跳舞时，安第把她拉到身边，紧紧握住她的手，但没有得到任何反应。他感觉到他们俩走得不合拍，跳得不协调。当他想加快速度把她旋转一下时，他们俩的步子就乱了，只好停下重跳。跳完这场舞，他们俩并排站了一会儿，一句话也没说。

"我可以请你喝杯茶吗？"安第最后问道。

"不，谢谢。不喝也已经够热的了。"

"也许你喜欢来杯柠檬水什么的？"

"不，谢谢。我现在什么都不要。"

"你是不是在找熟人，小姐？"

"熟人？你这是什么意思？"

"怎么，小姐，你好像在向四处张望。"

"不，我没有什么特别的熟人。"

"那么，小姐，你是一个人在这儿吗？"

这句话，安第没有得到任何答复。

"你打算在这儿待很久吗，小姐？"

"我现在还不打算走。"

"你愿意不愿意去散散步？那边树林里一定很美。"

"你要散步你就去散步吧，我是来这儿跳舞的。"

"现在舞会正在暂停。"

这时候走来了一个穿白色坎肩的手工艺人，他请姑娘跳舞，他们俩跟以往一样很般配，一会儿转到右，一会儿转到左；有人碰巧把他们撞在一起时，他们便心满意足地笑了笑。

安第凝视着他们。他等待着他们分手，可是乐声一停，他们便彼此搂着腰，散步去了。

其他一对对伴侣也都一样，转瞬间附近的树林里都挤满了人。每块往外突出的岩石上都有人，每棵树下都传来了窃窃私语声，哧哧的轻笑声或咯咯的大笑声。

也就因为这个缘故，安第只好又颓唐地、几乎是伤感地坐在那儿，用手杖在沙地上戳来戳去，心里真想离开这儿。

他觉得他在这儿好像是个多余的人，他感到自己真是一事无成。他几乎好像吃醋似的。世界在他看来是多么微不足道，生活就像一根朽烂发霉的木头，一点儿味道都没有。

重新奏起的音乐和游乐场上的喧嚣，使他感到心烦意乱。那些人跳舞时就像牛犊子那样欢蹦乱跳，这简直是太笨拙，太粗鲁了。

他开始想念米亚了。他心中出现了一个不可抗拒的愿望：要非常温柔而热情地给她写封信。

他不忠实了吗？在脑子里也许是。但他准备乘头一趟返回的渡轮回去这一事实，证明他是个能够抵抗诱惑、有坚强意志的男子汉。

三

他一回到他的住所就从抽屉里取出那封已经开了头的信：

"亲爱的米亚！现在是仲夏夜，我独自一人坐在屋里给你写信。要是你知道我是多么——"——从这儿他继续往下写，这回他很容易发挥了——"爱你胜过一切啊！你不知道我是多么地想你啊！我是多么高兴地把有一天能占有你视为我最大的幸福啊！你为什么不在我的身边？否则我可以亲口对你说，低声地对你说这些话。我为什么不能拥抱你，吻你的额头、你那红彤彤的脸颊和你的朱唇，抚摸你的美肤，用我的手臂搂住你的脖颈？"

没有你，我简直什么也不是了！我今晚本想玩一玩，去参加戴格罗的一个群众游艺会，但我很快就回来了，我是带着愁伤和渴望的心情回来的。在这种交际场合中，我简直待不下去。我也许有点儿过于贵族气派啦！当我现在想起那儿的情景和所看到的种种东西，我仍然感到十分厌恶。那些从城里去的、身穿劣等毛织品的人，在乡间和美丽的大自然的怀抱中，恣意寻乐，使我感到世上再也没有比那更丑恶的了。我尽快地从那里退了出来。我喝完一杯茶，就搭头一趟回来的船径直回到城里来了。

然而，我到那儿去了一趟并不后悔，因为在归途中，我可以独自一人，不受任何干扰，头脑里只有你一个人，我的米亚。如果我是个诗人，如果我有支画家的笔，我会把我现在脑海里的思绪，把我坐在渡轮甲板上所看到的、所赞赏的周围大自然的景致绘成美丽的图画。我们那艘"涅克尼"号渡轮穿过东部的岛屿时，海水在我们前方涌出白花花的泡沫。大海和附近的树林一样静悄悄。岛屿和海峡屹立在明亮的仲夏夜中，显得格外美丽。岸上点起了熊熊的篝火，这儿那儿你都可以听到歌声和音乐。这真是个令人陶醉的时刻！如果那时你，我的米亚，就在我的身旁，那么这一切便会变得更加迷人和美满。

尽管你本人不在这儿，但是精神上你还是跟我在一起的。我每时每刻都在想你。我想象着在我得到正规工作时我们所建造的那所漂亮的小房子。我们相依为命，我们会选择自己的伴侣，我们只邀请几个最好的朋友。

米亚，你还像以前那样爱我吗？你也许不像我们刚订婚时那样爱我了，这种怪思想有时在我脑中作祟。我有时妒忌这整个儿世界，心想没有人关心我，甚至你也是这样。在乡间，年轻小伙子多的是，你也许会把我忘掉了。原谅我这样多疑，我这样说只是因为我率直，否则我是不会说的。我知道这全是胡思乱想，你就是在脑子里也不会对我不忠实的。这一切都是由于我在这儿感到很寂寞，好像被世人抛弃似的。要是我听到我的想法全错了，那我会很高兴的。告诉我：你爱我，我知道你是爱我的，但我还是请求你告诉我，跟我说上一千次。

啊，一个人知道自己在爱着一个人，同时也受着对方的爱，可以向她倾诉自己的哀愁，向她打开自己的整个心灵，那是多么的幸福啊！

"再见，我唯一亲爱的米亚！给我写封长信，把你所想到的所感受到的都写下来。你手下写的每一笔，你嘴中道出的每句话，对我来说都比黄金还要宝贵。和我们的爱情相比，世界上的金子——"写到这儿，安第想了一会儿，该怎么往下写呢？这时一个美丽的想法突然涌上心头，于是他重新写道："我们已经找到彼此的幸福，与此相比，世界上的金子能算得了什么呢？"

问候伯母和伯父。热情地吻你一千次。

你永远忠实的

安第

又及——我心里要说的话还没有写完一半，可是我必须在今晚把这封信带到火车站去。我要亲手把它投在车站上的邮筒里，免得遗失，让你白跑一趟邮局。等我再回到家里，上床睡觉时，我将在闭上眼睛以前只想着你一个人。

你永远忠实的

安第

这样一封温柔而热情的信，米亚很久没有从安第那儿收到过了。她别的什么都不知道，除了想安第外，她别的什么都不想。她相信世界上没有一个人能比安第更正直、更纯洁、更高贵的了——因为她了解他对各种事物的看法——当她得到爱人在爱情上这种新的保证时，她快乐得马上躲进自己的房间，给他回信：

她开头写道："亲爱的，亲爱的，亲爱的安第!!!"接着她说她想到他那样热烈地爱她，高兴得现在身上还在发抖呢。她一遍又一遍地读他的信，等她睡觉时，她要把它放在枕头底下。当她想到安第在那闷人的赫尔辛基一定很寂寞时，她哭了。唉！要是她能想些法子使他们的小家庭尽快建立起来就好了！"安第，你怎么会想起我对你不忠实呢？我除了想你之外，什么也不想，什么也不关心。你可以猜想得到我是不参加这儿年轻人的玩乐的，除了极个别几次外。如果你愿意的话，我可以不跟任何人来往，不去远足，也不接受任何邀请，就像你不跳舞，不参加大众娱乐那样。我常常坐在园子里那棵刻着我们的名字的桦树下，去年夏天，我们在它的树荫下度过了许多难以忘怀的时刻。我坐在那儿做活儿，哼着你爱听的歌。有时我乘小船在湖中荡漾。这儿是多么美丽啊！可是你的确已经成了一位诗人了。我一遍又一遍地读你那段对渡轮沿着芬兰岛屿航行的精彩描写。我又把它念给爸爸妈妈听了。你不会生气吧，呃？他们非常喜欢你，老问我你在信上写了什么。"

　　米亚写呀写，她写了一张又一张。她是"非常高兴，非常高兴！"过去她怀疑过安第的感情，觉得他越来越冷淡，她这样认为是完全错误的。她把忠实于她的安第想象得那么坏，她感到内疚。于是她最后写道：

　　　　哎呀，哎呀，我是多么疯狂地爱你啊！再见，最最亲爱的安第！给你千千万万个飞吻。

你的小米亚

（1885）

德乌伏·巴卡拉

（1862—1925）

德乌伏·巴卡拉（Teuvo Pakkala，1862—1925），出生于芬兰北部城市奥卢（Oulu），他的童年是在奥卢郊外的贫民窟里度过的。

他父亲是个金匠，生活荒唐不羁，多次离家出走，甚至在芬兰19世纪60年代的饥荒时期都置家于不顾。有时候他带着他儿子到处流浪，所以巴卡拉从小就接触到了艰苦贫困的生活，熟悉奥卢河上的木排工、泥炭工和船夫，后来巴卡拉写了许多关于这方面的作品。

巴卡拉跟他父亲一样情绪也是很不稳定，他曾在许多城市居住过，干过许多种工作。他当过记者、翻译、流动推销员和教师。他具有极其敏锐的洞察力。巴卡拉非常关注城市的无产者，尤其关注他们中间最贫困的人，关注年轻妇女和孩子的命运。《童年的回忆》（1885）和《泛舟奥卢河上》（1885）是巴卡拉最早的作品，《在山丘上》和《艾尔莎》是他早期的作品。《在山丘上》是一系列关于奥卢郊区的城市小说，《艾尔莎》描写了少女的成长，着重主人公的心理刻画。1895年巴卡拉发表了他的名作《孩子们》。1913年他又出版了另一部关于儿童的小说《小家伙们》。巴卡拉还写了3个剧本，其中最成功的就是《木排河上》（1899），后被改编成歌剧，很受欢迎。

巴卡拉对芬兰文学最大的贡献就是心理分析。现实主义激发人们研究现实社会、社会上存在的问题，以及人的个性发展和心理状态，而在现实主义心理领域中，巴卡拉是芬兰最杰出的文学家之一。

本书中的《谁是说谎者？》选自《孩子们》,《主教的教鞭》选自《小家伙们》。

谁是说谎者

这会儿，哈娜和丽莉感到非常激动。

昨天她们的表妹奥尔佳向她们展示了她的新大衣，并且解释说，当她在城里给她母亲办事时，所有人都朝她看，特别是那些上流社会的绅士们，因为她穿的这件春季大衣只有绅士们或者有钱人家的孩子才会有，奥尔佳觉得自己有点儿像上流社会的孩子，她的表姊妹也有同感。

她们以诧异的眼光瞪着看奥尔佳。她们把她一直送到大门外。奥尔佳走路的时候，她身上穿的长裙裙边随之飘曳，看上去是多么漂亮啊！

啊，啊，要是她们也能穿上春季大衣，那有多好啊！但她们只有长袍，长裙裙边根本露不出来，当然也不可能飘动。

"要是上帝让我们在街上捡到 75 贝尼[①]，那我们也可以买一件春季大衣！"丽莉说。

但哈娜解释说，你有这样一点儿钱是买不到一件大衣的，你必须要有比 1 马克多得多的钱。

"愿上帝让我们在街上捡到 150 马克！"丽莉马上祝愿道。当她进屋时，她弯着腰，眼睛仔细地盯着地面，仿佛在寻找一根针似的。

---

① 贝尼、马克都是芬兰的货币单位。1 马克相当于 100 贝尼。

那天晚上睡觉的时候，她祈祷上帝，希望它把钱投在她们家的台阶前，这样她一早就能捡到这个钱。早上醒来后她就马上走出去看，在地里刨了刨，甚至挖了几个坑。当什么也没找到时她生气了。这样的情况以前也发生过，不管她怎么祈祷，就是得不到她想要的东西，但以前她从来也没有像现在这样虔诚地想得到一件春季大衣。她险些要哭出来了。

那天晚些时候，母亲有事出门了，家里只有她们两人。哈娜穿上了她母亲在家干家务时穿的那件红毛衣，她想试一试，看看能不能把它当作春季大衣来穿。她在屋子里走来走去，摆动着她的身子，目的是让裙边飘起来。

丽莉高兴得说不出话来了，但她开始感到难过，因为她没有毛衣。

哈娜从阁楼上找到了她母亲节日时穿的那件黑毛衣，她把红毛衣给了丽莉。她们俩穿着毛衣一起在屋里走了一会儿。哈娜稍为教她一下，丽莉就知道怎样摆动她的裙边了。她们俩玩得很高兴，特别是丽莉。

"大家都会把它们看成是真正的春季大衣，不是吗？"哈娜问。

丽莉非常同意哈娜的看法。她觉得它们完全是真的。对她来说，连袖子都很漂亮，尽管它们太长，她们把手伸直时，就会拖到膝盖，她们弯曲胳膊时，就会像空布袋似的挂在半空中。她觉得真正的春季大衣就应该是这样的。她们的春季大衣要比奥尔佳的更好，更美！

这就是为什么她们这会儿如此激动的原因。她们开始朝城里走去。

不管是谁，她们都要瞅一眼，看看她们是不是被人注意了。当有人朝她们看时，她们就感到很高兴，更加使劲儿地摆动她们的衣裙。当迎面走过来的是一位太太或者小姐时，女孩们就会满脸笑容地看着她们。当她们走过去后，女孩们就会坚定地认为这位太太或者小姐准是把她们看成是有钱人家的孩子了。当她们跟农庄主擦肩而过时，她们就抬头挺胸，摆出一副绅士的架子，因为她们坚信自己是上流社会的一分子！

在一条街上走时，她们看见姨妈正从前面走了过来。她们就走到街的对面去迎接她。丽莎心里想："走着瞧，她会认出我们吗！？"当她们向姨妈走近时，哈娜是满脸笑容，但丽莉的态度却很严肃。

"你们是从哪儿来的啊？"姨妈带着惊诧的神情问道。

"刚给母亲办完事！"丽莉抢先回答，她满有把握地认为这样回答是很合适的，因为奥尔佳也是在给她母亲跑腿儿。

"你们身上穿的是什么破衣服啊？"

"这是我们新的春季大衣！"丽莉非常肯定地回答，但有点儿不高兴，因为姨妈说这些是破衣服，于是她就开始解释：

"我们今天刚拿到这些衣服。布料是母亲从苏尼拉商铺里买来的，然而大衣是由约赛菲娜·尤斯第宁缝制的。约赛菲娜忙得不得了，因为她要为所有上流社会的孩子做春季大衣。约赛菲娜在给募兵部官员的孩子做大衣之前先给我们做，因为她是我们的教母。"

姨妈听了感到很惊讶，她不知道想什么才好，说什么才好。要是她是全瞎，没有看见她们穿的是她们母亲的毛衣，那她很可能会相信这一切都是真的！可是，丽莉竟然如此一本正经、毫不犹豫地当面撒谎。她还说什么约赛菲娜给募兵部官员的孩子做大衣之前先给她们做，因为她是她们的教母！

"但是约赛菲娜不是你们的教母！"

"她不是奥尔佳的教母吗！"

"但她不是你们的教母！"

"好吧，不过约赛菲娜非常喜欢我们，就好像她是我们的教母。"丽莉解释说，没有表现出任何难为情的样子。

"你们身上穿的不是春季大衣，它们是你们母亲的毛衣！"

"不是，不是。"丽莉斩钉截铁地说，"只是袖子长了些，因为这是最新的款式。所有上流社会的人都盯着看我们的大衣，有个太太甚至问我们价钱是多少。大衣的价钱是150马克。"

尽管她没有本事，但这个小家伙仍然是随口而出地撒谎，要是姨妈觉得她这样做并不可怕，她一定会放声大笑。但她没有笑，而是严肃地命令孩子们赶紧回家，她准备亲自向她母亲诉说孩子们所玩弄的那些拙劣的把戏。

哈娜很惊讶地对丽莉说，姨妈真怪啊！她为什么不相信我们！可是孩子们不听姨妈的话，而是去找奥尔佳展示她们的春季大衣。

路上哈娜建议说，奥尔佳比她们高，她可以扮作母亲，而她们可以扮作她的孩子，然后她们可以一起出去逛一逛。

奥尔佳马上同意了她们的建议。她找到了她弟弟的草帽，她们就在草帽上缝上了漂亮的彩色布条，插上了纸花以及其他她们认为合适的装饰物。她们把围巾卷起来作为哈娜和丽莉的帽子。就这样她们又回到了城里。

大家都看着她们，而且向她们微笑，这使她们很高兴。她们明确地感到这些人肯定是这样想的，这样看的：她们是谁？那位夫人是谁？她们真漂亮啊！那些最新款式的春季大衣是谁给她们做的？——

　　她们回来的时候，心里感到非常满意，情绪非常激动。奥尔佳还不想回家，而是先到表妹的家，因为她还想谈谈自己，由于她穿的是真正的春季大衣，所以她觉得她是她们中最棒的，她是真正的上流社会的夫人。

　　哈娜和丽莉的姨妈已经在她们之前来到了她们的家，她把一切告诉了母亲和正在家里吃午饭的父亲。她对他们说，她是如何在街上遇见孩子们的，丽莉又是如何撒谎的。母亲觉得这简直是不可思议。姨妈说，如果不是她亲耳听到丽莉自己讲述她们的春季大衣，她也是不会相信的。姨妈断定，这些谎言一定是哈娜编造的，然后传给了丽莉。不管怎样，这一切太可怕了，母亲决定严惩这两个孩子。

　　然而，当孩子们走进屋里时，母亲实在无法保持严肃的样子，她哈哈地笑了起来，一切紧张气氛就此消失了。在这个世界上她从来也没有碰到过如此好笑的事！

　　奥尔佳开始郑重其事地解释事情的真相，她说她们走遍全城，大家都认为她是太太，哈娜和丽莉是她的女儿。

　　"显然，这只是他们认为如此而已！"姨妈说。"大家一定是在笑你们这三个稻草人呢！"

　　但是谁也没有放声大笑，大家只是很亲切地向她们微笑。丽莉解释说：

　　"有个太太和先生遇见我们，他们甚至互相问道：这位漂亮的夫人是谁？她有两个多么可爱的女儿啊！"

　　此时奥尔佳头脑里好像出现对她的同伴的疑惑，于是她开始自我辩解。她觉得她的确有一件真正的春季大衣，是约赛菲娜·尤斯第宁缝制的，她给所有上流社会的孩子做——

"噢，这些是什么？"母亲指着毛衣问哈娜和丽莉。

丽莉回答得十分干脆利落，仿佛这是最纯的真理似的。

"最新式的春季大衣。它们的布料跟母亲的毛衣一样，正由于这个原因连姨妈都认为它们是母亲的毛衣，但它们不是母亲的毛衣。无论什么时候，母亲当然可以借来穿——"

母亲感到不知所措，但父亲对她和姨妈说，孩子们不是说谎者，她们是坚信自己的信念。

（1895）

主教的教鞭

塞得利·蒂沃拉是瞎寡妇的儿子，他是郊区穷孩子中读书读得最好的人，有人夸奖说，上流社会的孩子中没有一个比他读得更好的。整部教义问答集他能从头到尾都背出来，不管什么书，只要一打开他都能读出来，而跟他同年龄的孩子却还在与 ABC 初级读本挣扎呢。人们都叫他"主教"，这是一个荣誉称号。

正如塞得利是以他杰出的阅读能力而著称的，奥古斯第·斯德克则是以他缺乏阅读能力而著称的。奥古斯第是班上年龄最大的孩子，他连字母表上的字母都没有全部掌握。人们叫他"阉割过的马的教父"。这是一个粗鲁而丑陋的外号。更糟糕的是，任何人都可以用这个外号。奥古斯第虽然很强壮，但他有一个致命的弱点，即阿喀琉斯的脚踵[①]。这个弱点在他的脖子上。那里的头发非常敏感，正如他自己描述的那样，即使梳子是非常小心地梳过那里，他都会浑身冷得发颤，眼睛里涌出泪水。只要有人拉，或者假装拉他脖子上的头发，奥古斯第就会痛得做出鬼脸，并且驼着背转身就走人。

---

① 阿喀琉斯的脚踵，这个习语源自古希腊神话故事：据传阿喀琉斯出生后被他的母亲提着在冥河中浸过，除未浸到水的脚踵外，浑身刀枪不入，他最终因脚踵受伤而死。因此，这个习语喻为唯一致命的弱点。

当他母亲叫他时，奥古斯第离开他的伙伴们有两种方式。有时候他是高高兴兴地跑着步离开他的伙伴们，但有时候他是低垂着脑袋像个盲人那样摇摇晃晃地走开了。这时候他的伙伴们就知道奥古斯第是去读书了。

对奥古斯第来说，学习阅读是件头痛的事。有时候他母亲让他绝食一整天，利用这种方式来惩罚他。但奥古斯第对此毫不在乎。事实上，只要能不读书，他很愿意签个每周只吃一次这样的合同。只要能不读书，他绝对会答应。在任何时候，甚至半夜睡梦之中，都可以让他坐在书本旁，坐多久都行。他母亲可以用长柄的铁勺或者秤砣敲他的脑袋，可以拽住他前额的头发，甚至头顶的头发，但她决不能拉他脖子上的头发！但这就是个问题，当他母亲把手指头伸进他的脖子，抓住几根头发，往上一拽时，他就会大声喊叫："哎唷！哎唷！痛呀！"

冬天，甚至在春天的时候，奥古斯第脖子上的头发有一段相当长的休整期，但是到了夏天，可怕的考验就开始了。夏天的时候，别的孩子可以减轻阅读，但对奥古斯第来说，反而要加强阅读。

事实是，奥古斯第母亲收到她丈夫的来信，信中说他今年夏天要回家来了。他是个水手，由于高薪的缘故，他最近这一次出门已经有好几年了。斯德克离家的时候，奥古斯第还是个小不点儿。而这个小不点儿却是他父亲的掌上明珠。每一封信里他都叮嘱妻子要好好照顾和教育他们的孩子。除了阅读以外，奥古斯第可以成为一个完美无缺的好孩子。但是，当斯德克听到别人叫他儿子"阉割过的马的教父"时，他会感到十分难过，对斯德克的妻子来说，这将是多么大的耻辱啊！于是她竭尽全力坚持要她儿子读书，但收效甚微。

又是一周高温的天气。最热的一天是星期六，一个晴朗的夏日，但对奥古斯第来说，没有早餐，没有午餐，也没有晚餐，他母亲的手指头不时地抓他脖子上的头发。不管怎么样，这一天还是过得很顺利，末了他母亲把 ABC 读本从他面前拿走，并且用书敲了一下他的后脑勺说："就我个人来说，你可以不读书而长大成人。"奥古斯第明白她的意思，这就是说她不再抓他脖子上的头发了。

星期日早晨，他母亲在早餐桌上放了一张又厚又大的烙饼，这张烤得焦黄的烙饼刚从炉子里取了出来，上面的黄油还在吱吱作响，顷刻，整个屋子就充满了一股甜滋滋的香味。

"这张饼我是专门给你烙的。"他母亲和气地说，"你可以一个人吃整张饼。"

经过一周的苦日子，特别是星期六的绝食以后，现在能吃到这张煎饼简直是天大的享受。奥古斯第开始流口水。他的嘴角露出了笑容，突然他双手合十，正如他母亲教他的那样，开始感恩祷告。但他母亲用温顺和劝导的口气说：

"让我们先读一会儿书！"

一瞬间，奥古斯第的脑袋就沉没在他的肩膀中间，脸颊顿时变得苍白。他拿了书，摇摇晃晃地走到桌子旁。

"让我们开始吧。"他母亲坐到她儿子旁边后，仍然用很温和的口气说。

奥古斯第开始读字母。他读得很流畅。但当他母亲开始用手指指来指去，问这问那时，奥古斯第就慌张起来了，他越慌张越出错，越出错就越慌乱，后来连第一个字母都不认识了。他的脑袋也越来越深地埋在他两个肩膀中间。

他紧闭双眼，偶尔睁开眼睛，像个小偷似的，匆匆地瞄了一眼。

"这个字母你肯定知道。"他母亲说，她觉得奥古斯第肯定知道这个字母。

"A。"奥古斯第回答说。当他没有听到他母亲肯定的声音，他随即驼起他的背，更紧密地闭住双眼，赶紧修正他的错误说："P。"

"P。"他母亲用一种奇怪的口气说，但她一点儿也没有生气，因此奥古斯第就睁开了眼睛。啊，太可怕啦！他母亲的手指指在靠近 A 和 O 的地方！奥古斯第把腰弯得很低很低，结果看起来就像个皮球。他等着他母亲把她强有力的手伸进脖子去抓他的头发。但一点儿动静也没有。过了很长时间，又惊又怕的奥古斯第睁开了眼睛。他母亲坐在房间另一端，一扇临街的窗户旁，看来她正在哭泣。

在充满阳光、窗明几净的房间里，静寂是很深沉的。从面向庭院的窗户那里传来了远处小孩的声音。塞得利·蒂沃拉正在家里给他母亲朗读那一天的福音和使徒书。他读得非常清楚，声音洪亮，因此，在一片周日早晨的静寂中，他的朗读声就像教堂里牧师的布道那样，传遍了整个郊区。

塞得利的朗读结束后很久，房间里仍是一片寂静。后来，斯特金太太好像自言自语地说：

"我不理解。我已经竭尽全力了。他父亲回来后，就让他试试看吧！"

她换上衣服就去教堂了。离开时她对奥古斯第很温和地说：

"现在吃吧，我可怜的孩子！"

奥古斯第仍然坐着不动，陷入沉思之中。过了很长时间，他把手搁在脖子上，自言自语地说：

"父亲？"

他记不得很多关于他父亲的事。他父亲似乎很高大，像个巨人，用手指头就可以抓住他脖子上的头发把他揪起来，就像孩子抓住苍蝇的翅膀把它揪起来那样。

奥古斯第开始考虑离家出走。当他坐着沉思时，塞得利的朗读声又开始响起来了。奥古斯第听了一会儿，他就边想边说：

"朗读究竟有什么诀窍？"

这个问题他以前也常常想过——这里面一定有窍门，跟他的伙伴们所要弄的其他花招一样，别人不太注意这些花招里面有什么窍门，而塞得利却是洞察一切，他还通过教别人来换取几片面包。

奥古斯第把煎饼包在一张纸里，把纸包塞进他的衬衣里，把 ABC 读本放进口袋后就出门了。他来到了塞得利·蒂沃拉的家。他不是直接走进屋子，而是从门缝里把头伸了进去，做手势让塞得利走过来。

当塞得利走到前廊时，他的眼睛瞪得就像两个盘子似的，他通过鼻孔深深地呼吸了一下，因为他闻到了油煎烙饼所散发出的甜滋滋的香味，即使是上流社会中最佳的厨房也没有比这更好的香味。他好像被人牵着走似的跟着奥古斯第一言不发地走到了院子里，从那里他们走上了大街，沿着弯弯曲曲的小道走进了一个小巷，那个巷子很狭窄，往旁边伸出双手就能碰到两边的墙壁，抬头往上看只能见到很窄的一线天空。这里真是一个秘密的地方！

塞得利觉得，奥古斯第把他带到这样一个安静的地方跟他分享这块煎饼，其目的是跟他结盟来对付另外一些孩子，因为他们作弄奥古斯第，威胁说要把他套上足枷，嘲笑说他永远也娶不到老婆。

奥古斯第从衬衣里取出煎饼，把它交给塞得利时说：

"整个儿煎饼都给你。"

"整个儿煎饼？"

塞得利并没有伸出手去接煎饼，因为他开始觉得这好像是个梦。他害怕得快掉眼泪了。

"你只要告诉我这个诀窍就行了。"奥古斯第说。

现在塞得利苏醒了，他拿了这块煎饼，并且解释说，他刚学会了一个崭新的把戏，别人都还不知道。他是在一本借来的图书中读到的。他知道如何让一根针，一根缝纫用的针，就像一块木片那样浮在水面上。

"我不要这种玩意儿。"奥古斯第轻蔑地说，从口袋里取出 ABC 初级读本，并且继续说：

"你是通过什么诀窍学会读书的？"

塞得利有点儿惊呆了，他问道：

"通过什么诀窍学会读书？"

这下他就吃不到煎饼啦！因为他并不知道学习识字有什么诀窍。他自己是这样学的：他手里拿着一根木棒，按照他瞎眼母亲读出这些字母时的顺序，他就一个一个跟着读。不管他怎样使劲地想，他就是不知道学习识字有什么特别的诀窍。他眼泪汪汪地开始解释说：

"你必须要有这样的一根木棒——"

"给我搞一根这样的木棒。"奥古斯第插嘴说。

塞得利先环顾四周，看看有没有这一类的碎木块儿。当他看到没有符合他的要求的木块时，他就把煎饼交给奥古斯第保管，跑出巷子，一会儿他手里拿着一根木棒就回来了。这是他最先捡到的木棒，他随即用小刀削了几下，这样木棒就变成了一根教鞭。

"现在你就用这根教鞭指着字母。"他对奥古斯第说。此时奥古斯第正坐在巷子里，膝盖上放着一本敞开着的书。

奥古斯第把教鞭全面地检查了一遍，特别仔细地看了看教鞭的两端，然后就开始用教鞭指向每个字母，他使劲地把教鞭按在字母上，结果每个字母周围都出现了一个小坑。他一边这样做，一边就大声地，蛮有把握地念出每个字母的名字。

"瞧，你不是都会念啦！"塞得利高兴得喊了起来。

奥古斯第突然笑了起来。

他跟塞得利一起学习主祷文，奥古斯第学会并且记住了。

塞得利跟他母亲一起正在吃香喷喷的煎饼，这时候斯德克太太走了进来，她给他们带来了各种好吃的，特别感谢他们的帮助，并且祈祷上帝保佑他们。她对塞得利和他母亲滔滔不绝地讲述她是如何千方百计费尽心血地教他儿子识字，但他就是不会，所以她以为她儿子是废物，好像有毛病。然而，今天她从教堂回来后见到了奥古斯第，她发现，在没有任何人帮助的情况下，他像一匹骏马全速越过障碍物似的快速地朗读了起来。你可以想象她是多么高兴啊！

奥古斯第突然学会阅读这样的奇迹很快就传开了。不久奥古斯第就超过了许多过去使他烦恼的人，他翻到了ABC初级读本的最后一页，上面有个公鸡的尾巴，他在教鞭的指引下独自读完了这首印在公鸡尾巴下面的拉丁文小诗。

孩子们络绎不绝地来到塞得利家订购阅读教鞭。他用教鞭换来一片或半片面包，一片脆饼干，有时候是一个铜钱。当他听到人们夸奖教鞭，说孩子是通过教鞭学字，而且越来越多的人订购教鞭时，他就提高价钱，规定教鞭固定价钱为每根 10 贝尼。即使是这个价钱，教鞭的销路仍然很好。每个孩子必须要有一个教鞭，另外，教鞭断了或者丢失了就得买新的，因此需求是连续不断的。每天他都要卖掉一根教鞭。

但是塞得利的竞争对手出现了。他是从另一城市迁居过来的工人的儿子，他也开始制作阅读教鞭。他减价出售他的产品，每根 5 贝尼。他制作的教鞭又精细又漂亮。塞得利的教鞭跟他的产品相比，即使是最好的教鞭也相形见绌。制作者本人也是个阅读能手。

在塞得利可以听到的地方，孩子们开始大声地赞扬新来的师傅制作的教鞭。塞得利没有别的办法只得承认失败。当他打算放弃生产教鞭这一行，把它全部让给他的竞争对手时，奥古斯第·斯德克突然对他说：

"教鞭好看还是不好看，没有什么区别，只要它——"他的意思就是说，不管用什么样的教鞭，读者肯定能用它来指出他所要指的确切的地方，因为教鞭很细，它不如手掌那样宽，而手掌就像一把铲子，一下子可以指很多字母，结果读者就不知道哪一个才是真正想要的那个字母。但是，因为他动作太慢，还没有来得及解释，所以塞得利·蒂沃拉就大声喊道：

"教鞭好看不好看没有什么关系。教鞭能不能帮你学习，这才是最重要的。诀窍也就在这里！"

孩子们都瞪大了眼睛，他们一会儿互相对视，一会儿瞪眼看着塞得利，此时他已经站了起来，看上去就像一个胜利者。他继续说：

"奥古斯第·斯德克已经在读《教义回答集》和《罗宾的儿子》（*Robinson*），这本书是他父亲给他买的。"

"罗宾的儿子？罗宾的儿子是什么？"

提问的人都很傲慢，有人甚至咯咯地笑了起来，他们以为塞得利是在编造什么故事。但奥古斯第却开始用手比画书的厚度、长度和宽度，然后他说书名是：

"《罗宾的儿子克鲁索》（*Robinson Crusoe*）[①]。"

孩子们都安静了下来，而且变得很严肃，因此奥古斯第就乘机介绍说，这本书叙述的是一个水手在船触礁后如何独自一人漂到荒岛而获救的故事，书里还有图画。

孩子们听了都目瞪口呆。罗宾的儿子克鲁索！而他们还在念ABC初级读本！以前奥古斯第要比他们落后那么多，而现在要比他们进步那么多。

人人都感到羞愧，因为他们把从塞得利手里买来的教鞭抛弃后又从另一个人那里买了一根。大家觉得自己做了一件蠢事，甚至可以说犯了一桩罪，因此他们在阅读方面的进步就没有像奥古斯第那样快。他们多少感到安慰的是，这个罪他们不是故意犯的，而是在自己不知道的情况下犯的。他们都不知道教鞭有什么秘诀，他们只是相信，只要是阅读能手制作的教鞭，那就是好教鞭。

只要塞得利一言不发，他就会接到许多许多订单。但是，当他注意到他的话在孩子们身上产生影响时，他就感到越来越有劲儿，因此他继续说道："无论是谁制作和销售教鞭，

[①] *Robinson Crusoe* 是英国作家笛福（Daniel Defoe）的小说名称，汉语译为《鲁滨逊漂流记》，同时，Robinson Crusoe 又是该书中的主人公。

他本人必须是个阅读能手，否则教鞭就会不起作用。"

大约有 5 个孩子一起高兴地喊叫起来，就好像从重罪下释放似的，因为新来的那位教鞭制作者是一个阅读能手，他懂芬兰语和瑞典语。

塞得利觉得他好像陷入泥坑似的。他也会瑞典语！毫无疑问，他的声誉被毁了。但他突然站立起来，趾高气扬地挺起腰板，好像要挑战那位师傅似的，但那个人并不在场。他大声喊道：

"但是他会念英语吗？"

孩子们轰的一声笑了起来，并且讥讽地喊道：

"好兄弟，你自己不是也不懂英语吗？！"

塞得利回到家后就自我咒骂，并且把他所有的教鞭全都掷进炉灶里。如果当时孩子们没有嘲笑他的话，他是不会太在乎的。既然他自己也不懂英语，那他为什么要问他懂不懂英语呢？他太愚蠢了！现在，无论哪里孩子们遇见他，他们就像刚才他离开时那样讽刺嘲笑他，并且大声喊道：

"塞得利回家去念英语啦！"

塞得利哭了。但突然他用手掌拍了一下膝盖。他想出了一个主意！

奥古斯第的父亲不是懂英语吗！他说最近 5 年来他只说英语，因此即使回到家后，说话时英语单词仍然不断地冒出来。他是一个友好、快活的人。斯德克当然很愿意教他英语。这样一来塞得利就可以让这些孩子们看看，他们嘲弄的是什么人！

第二天塞得利来到了斯德克家。这位有胡须的、身强力壮的男人正在给奥古斯第看一本很大的书，一本美丽的画册。

"这是一本英语书吗？"塞得利激动地问，但他仍然保持一定距离。

"Yes，my boy.①"这位水手回答说。

塞得利伸长脖子想看看这是什么书。他只看到一张图画的一角，但他已经知道这是圣经中的图画。

"这是英语版圣经吗？"

"Yes，an English *Bible*.②"水手回答说。

塞得利向前冲了过去。他已经抑制不住内心的喜悦，情不自禁地脱口而出：

"真见鬼！英语字母跟一般语言的字母是一样的！"

"Oh，yes！"

"就像念芬兰语书那样念英语书。"塞得利信心十足地说。

"不，不行。"水手提醒说，他解释说，英语中，并不是怎么写就怎么读，而是很不同的。

塞得利被压倒了，他带着失望的口气问：

"英语大概很难学吧？"

"是的，嘴巴里好像有个热土豆似的。"

"你别瞎扯！"斯德克太太说。

斯德克开始朗读《圣经》。塞得利瞪着眼睛，张着嘴巴倾听着。奥古斯第露出了微笑，斯德克太太双手叉腰站着，并且哈哈地笑了起来。当斯德克念完后，他的妻子说：

"这根本不是上帝的话！你是在胡言乱语，嘴巴里真的好像有个热土豆似的。"

---

① 是的，我的孩子。

② 是的，这是英语版《圣经》。

"是的，听起来有点儿怪，但这就是我说的。"斯德克说，"你不懂的语言听起来是有点儿糊里糊涂。你以为说话的人是在故意扭曲他的嘴巴。对英国人来说，芬兰语听起来也是这样。有一次在船上大家要我朗读一本芬兰语书。我念了一段后，他们就哈哈大笑起来。如果我读的不是真正的芬兰语而是瞎扯几句，情况也会是一样的。"

塞得利要斯德克再读一点儿英语版《圣经》。

"读整个儿一页。"他催促说。

斯德克已经做好了准备，而塞得利则打算专心倾听。

斯德克读完后塞得利就回家了。他拿着芬兰语赞美诗集，尽量模仿斯德克歪曲嘴巴后发出的那种语音与语调，他还把经过扭曲的词语以极快的速度从他嘴里传送出来。

"我的天哪！你是塞得利吗？"他失明的母亲问。

"Yes."

"你在念什么？是不是英语？"

"Yes，English *Bible*."

"你哪儿学的？"他母亲问。

但塞得利没有来得及回答，因为他看见孩子们正从街上走来。他打开窗户，开始尽量快地大声吟诵，同时很高兴地看见新来的教鞭制作专家就在孩子们中间。

塞得利的朗读在孩子们身上产生了巨大的影响。有人蛮有把握地说塞得利念的是英语，因为英国人常常说"yes"，塞得利的朗读也表现了这个特点。塞得利朗读的是地地道道的英语！

没错！这个孩子什么语言都会读，因为只要会读英语，那么他当然就会读俄语、非洲语；不管什么语言，只要放在他面前他都能读出来！

同一天晚上，有个孩子来到塞得利家要买一根阅读教鞭。他低声下气地承认他曾经从另一个人那里买过一根教鞭，但他通过那根教鞭没有学到任何东西。他相信塞得利制作的教鞭会帮他提高学习能力，对此他是坚决相信的。

塞得利答应明天给他做一根，一根特制的教鞭，他解释说，一根真的能帮助学生的优质的教鞭不是用任何木材都可以制作的，它要用特殊的木材，在一定的时间里才能生产出来，就像他制作奥古斯第的教鞭时那样，生产教鞭还有许多诀窍，有些新的诀窍他已经学到手了。

他现在为这个买主制作的新教鞭有一端是平的，两边都刻有十字。

塞得利的竞争对手嘲笑这根教鞭，他也嘲笑塞得利的制作方法。他说，不管什么样的教鞭，不管是谁制作的教鞭，对学习阅读来说都是一样的。如果你用一根断树枝、一个旧烟斗或者别的什么东西，你也能获得同样的效果。不过，教鞭一般都削得很精致，削得越精致越好。

"那么十字呢？"

"十字！一样，就是刻个山羊角也可以。"

有人马上提醒说：

"用这种教鞭的学生就会被魔鬼牵着走！"

教鞭专家笑了笑。

"他不信魔鬼。"人群中有人说。

"他也不怕上帝。"另一个人说。

教鞭专家成了孤家寡人，从此以后他连一根教鞭都卖不出去。

大家都买塞得利制作的新教鞭。据说，这些教鞭，他都是在星期六晚上削好，星期日做礼拜时刻上十字。它们被称为"主教的教鞭"。

　　有的买主来自另一个城区。

　　双十字教鞭的价钱是每根 20 贝尼，接着塞得利开始生产带有三个十字的教鞭，价钱是每根 25 贝尼，买主都是市中心有钱人家的孩子。

（1913）

约埃尔·莱赫托宁

（1881—1934）

约埃尔·莱赫托宁（Joel Lehtonen, 1881—1934），出生于芬兰萨伏省的赛明市（Sääming），在养母的教养下他接受了学校的教育，并且进入了赫尔辛基大学。由于喜爱文学创作，他放弃了正规学习，开始为报刊写文章，后来他干脆变成了自由作家。无论在题材还是表现手法方面，莱赫托宁在芬兰文学史上都是一个非常独特的作家。在早期，他在两年内写了四部新浪漫主义的作品，引起了轰动，特别是《玛特列娜》（1905）中《故土的颂歌》一节是接近散文诗的佳作。后来他周游意大利、法国和北非，写了不少游记，同时他开始用小说和诗歌的形式描述芬兰的农村，塑造普通老百姓的形象。在小说《有一年夏天》（1917）中对自然的描写十分新颖，有油画般的美。《死掉的苹果树》是一部短篇小说集。小说《布特基诺特果》（*Putkinotko*）由《布特基诺特果林中居民》和《布特基诺特果的乡绅们》组成。这部小说讲述的是尤特斯·盖克利宁农家四月一天的活动和生活情况，充满了诙谐和幽默。他的后期作品主要的是《白巢》（*Lintukoto*）。

本书中的《战争中的阿贝利·穆地宁》选自《死掉的苹果树》。莱赫托宁是从农场主的视角来看待芬兰1918年的这场内战：主人公畏首畏尾，胆小怕事，但他反对暴力，主张正义。

战争中的阿贝利·穆地宁

1918 年，萨沃地区的瓦尔考斯工厂。那是一个冬天的夜晚，第二天将是 2 月 21 日。

黑暗中不时地响起步枪的噼啪声和机枪的嗒嗒声，一支刚刚组建起来但依然是志愿军的芬兰部队包围了工厂，因为有 2000 多名芬兰社会主义者发动了反政府暴动，这儿的情况与其他许多地区一样——这些人受到俄国盛行的世界性思潮的鼓动，他们在仍在芬兰进行阴谋活动的俄国人的武装下，企图镇压那些想从俄国人手里把他们这个弱小的国家解放出来的公民。

无边无际的黑暗，只有探照灯的光芒时而从锯木厂的方向神秘地射向天空，因为被围困者拥有了从工厂的船坞里夺取来的船用探照灯——在那座小山背后，小山的另一边，我们的朋友穆地宁正趴在雪地上，他当然不是在前沿阵地，而是一个后备人员，被安排在铁道线旁的岗哨上。

探照灯耀眼的光芒从较远处的沟壑缺口射向铁道，照得铁轨微微发亮，并在某些地方把间隔很近的岗哨暴露了出来。

那些岗哨上的士兵是站着的，他们比穆地宁更接近危险，而他却是趴着的。他害怕，但他的头脑在思索着。

他背后的山丘上有一座房子，伤员被抬了进去，因为昨天那次真的开火了，赤卫队员们在巨大的冰块和造船用的铁板制成的炮台掩护下，打退了进攻者。穆地宁心里想：要是他们打赢了，那会怎么样呢？要是他们连大炮都不怕——那些赤色魔鬼，他们总是不停地进攻。就像国内其他地方听说已经发生的那样，他们会抓住他，把他撕得粉碎，捅穿他的肚子，割去他的耳朵，抠出他的双眼。

然而逃跑是不可能的，为了事业他一定要坚守在这儿。

深灰色房子的墙角长着几棵古老的云杉树，亮光有时照到它们，在穆地宁看来，它们就像幽灵似的。接着它们又消失在黑暗之中。

夜里不时地刮起寒风，刮得云杉树沙沙作响，穆地宁觉得这种沙沙声一会儿悲哀，一会儿又忧郁，好像在预言可怕的事即将发生，好像要报仇雪恨似的。只是风儿有时听起来好像刮得稍为欢快一些，但这取决于穆地宁自己的心情。

这种欢快的感觉是从哪里来的？难道是来自穆地宁心底隐约闪现的芬兰终将获得自由的希望吗？在南方和西部进行的多次战斗中，主要由农民组成的国民军击退了俄国军人和芬兰赤卫队发动的疯狂进攻，这些战斗预示着国民军要走好运了。

但需要多长时间才能战胜他们呢？穆地宁问自己，他的眼睛从一直拉到耳根的贝雷帽下紧盯着高空，头脑里浮想联翩。

"小小的芬兰——俄国人还有 6000 万或 7000 万呢——不管怎么样，他们会卷土重来——"穆地宁嘟哝着，"啊，那些军用步枪——"

漆黑的树林那边又一次响起了枪声，肯定是从包围圈传出来的。穆地宁停止思索，他把脑袋紧贴着雪地。为了使耳朵能听出这是不是流弹声，他把贝雷帽稍为往上推了推。

俄国人过来了怎么办呢？那时候我们现在与之搏斗的狂人就会跑到蟑螂那边——自由，用什么代价才能获得呢？用鲜血——用兄弟的鲜血。这种情况下，怎样才能获得持久和平呢？人的头脑怎样才能理解这个引起兄弟间相互残杀的愤恨？

不，阿贝利不理解——

对别人来说，这点是不是清楚呢？——他们满腔热血地搏斗、冲杀。而他——哼——胆小鬼。不过他最终还是站在这儿——或者不是站着，是趴在雪地上，在队伍的末尾。他手握滑膛枪，但那枪锈得已经不可收拾，以至于开始时无法把子弹推上膛。

如果那些赤色魔鬼——向他发起攻击，这种玩意儿有什么用吗？可是正常的枪支为数不多，那边战场上正需要着呢。

即使有好一些的武器，对他来说又有什么用呢？他一生中除了孩提时打死过唯一的一只啄木鸟外，从来也没有开过枪——他不忍心这样做，也不愿意这样做。

又响起了步枪的噼啪声。

他，阿贝利·穆地宁要是死在这儿会怎么样呢？他的生活正在蒸蒸日上，他现在可是个有钱的人啊，就这样死去吗？他活得多么舒服啊——

啊，痛苦呀！

穆地宁竖起耳朵，向下拉了拉不仅是帽檐还有像口袋似的包住他那短脖子的驼绒毛衣厚厚的领子，因为他现在好像听到了什么。是不是子弹嘘地从附近飞过？一根巨大的树枝断裂了，好像什么东西落到了地上。这肯定是流弹。或者有人在暗中监视他？穆地宁移动了一下穿着厚大毡靴的双腿，像要逃跑似的。但是不行，为了抗击刽子手，一定要坚守在这儿，因为这些被围困者在这一带农村已经杀害了很多人。

寂静的黑夜里从远处传来了零散的、音调特别沉闷而又含混不清的叫喊声：指挥官在发号施令。更远处还传来了《马赛曲》的乐章，人们是用没经过训练的歌喉唱的，旋律中充满着凄凉和绝望。

为什么要打这场兄弟间的内战呢？

前一年夏天就已能闻到这场战争的气味了，尽管许多人并不认为这预示着这样的战争。在国内，时间是宝贵的——那是欧洲战争，那场可恶的欧洲战争带来的。民族之间为什么要残杀、争斗？难道民族之间必须这样吗？人们希望这样吗？难道庄稼汉、乡巴佬、工厂里转动曲轴的工人希望这样吗？连小资产者都希望这样吗？不，只有工商业的巨头——那些在不同国家里互相进行竞争的公司。由此发展成整个国家间的竞争——被迫互相残杀——这些愚蠢的家伙。现在我们这儿——我们为什么也一定要卷进去呢？想到这一点，真令人发蒙。

在芬兰那些贫瘠的荒原上，这儿的时间是宝贵的——芬兰西南部以及其他地方的大农场，劳动者不断要求增加工资。农场主——咳，他们主要是瑞典人，跟我们种族不同，他们不了解芬兰人的心思，不了解他们强烈的仇恨和报仇雪恨的怒火——他们不想增加工资。这场大国间的战争正在进行时，至少是穆地宁，他没有在这儿遇见过一个农场主，更不用说是小农，夸耀说战争对农民来说是黄金时期。然后罢工爆发了——农场主们说，这样的罢工对祖国十分危险——咳，就是他们热爱他们这个祖国，他们也无法做出自我牺牲，付出超过税收的代价，不是吗？好吧，毛病或许不仅仅出在工商业的巨头身上，工厂里也没有工作，那儿只有工人，没有原料，工厂里也在罢工——应该让傻瓜们明白这一点，问题是很大的——罢工后来发展成为武装冲突：劳动者拿起俄国人强塞给他们的枪支，另一半人却威胁说要从德国取得武器。这种好战情绪还在蔓延——抢劫开始了，开始时穆地宁对此只感到气愤，觉得可笑可悲。就在图尔库①那里，建立了那么一支赤卫队，接着这样的赤卫队在全国各地也都建立起来了，天晓得它们的目的是什么：穆地宁当时并不理解——他们抢来精美的帽子，把它们戴在他们那些轻浮的女朋友头上，把手镯套在她们的手腕上，把手表装进自己的口袋，还有供自己穿戴的鸡尾服和闪闪发亮的高顶大礼帽，同时他们却又号叫着他们即将饿死。当那些窃贼闯进有钱人的住宅，弄脏地毯，撕坏挂画，甚至把他们杀害时，穆地宁的愤怒变成了惊诧和恐惧。难道芬兰的劳动者就是这样的吗？不是这样的。穆地宁猜想这是战争期间被俄国人驱赶到一起修筑阵地的流浪者们干的——他们是人民中间生活最不稳定的一部分人，他们没有能力在自己的家乡生存下去。在工人报刊的鼓动下，他们开始大吵大闹，阴险狡猾地说什么，武装起来反对俄国的资产阶级正准备残杀饥寒交迫的劳动者——准备像宰猪那样用枪射杀他们。劳动者头脑很简单，竟然信以为真！这也许只是借口而已，目的是武装自己来改变国家的命运，使之符

---

① 图尔库是芬兰西南部重要港口城市，芬兰文化古都。

合自己的理想。大多数情况下，他们就是听从头头们的教唆——而这些刚成为他们的头头的人正是那些被凶狠的暴徒从牢狱中释放出来的林中大盗和窃贼，那些杀人犯。在那样的人领导下，他们四处探听有钱人家的粮仓，尤其是他们的弹药库，然后干起了抢劫杀戮的勾当——

现在这个时刻，我们的劳动者正同流浪者和强盗们一起扛着枪支奔赴前线。两个星期来，成千上万人在维尔普拉、安特列阿、莫乌胡等地倒下了。他们死在他们所盲目地攻击的自己同胞的枪弹之下。他们所到之处，村庄被烧毁，牲畜遭宰杀，不论是富人还是穷人，谁不愿参与他们的烧杀勾当，谁就会受到折磨——甚至被凶残地开膛破肚——当他想到俄国人枪杆上那些可恶的刺刀时，穆地宁佩带着沉重子弹带的腹部就会颤抖——他们用斧头砍掉人的手指，用锯锯断人的手臂。他们从人的身上撕下大腿肉，把活人埋起来弄死。

最容易做的就是不想这些事，但是有多少人能不去想这些事呢？

"鲁内贝格①人民是这样的吗？托佩利乌斯②人民是这样的吗？"穆地宁嘟哝着。他是农民的儿子，与农民息息相关，他对他们对自己民族的描述总是一笑置之——他觉得这些描述大部分都很浪漫——但他预感到这些描述或许也很危险，但是现在，当这些描述完全成了谎言——当他准备对

---

① 鲁内贝格（1804—1877），芬兰民族诗人，他的作品深刻地反映了芬兰人民的性格，激励了芬兰人民的民族精神和爱国主义感情。他的诗作《我们的土地》后来成为芬兰的国歌。

② 托佩利乌斯（1818—1898），被誉为芬兰童话之父，除童话外，他还创作诗歌和戏剧。

这个民族中间许多生活在森林里的分子有所期望时，他惊讶地感到他的看法仍然是多么理想化啊。有谁想到过这一点？要不然，那另一半人也许早就知道用比首批国家保卫者现在所使用的鸟枪更好的武器来武装自己了。难道鲁内贝格人民中的一部分真是如此愚蠢、妒忌和狡诈吗？

难道情况真的已经糟糕到再也不值得去设法理解了吗？不，穆地宁不能不想这些事，他不能什么也不考虑地盲目杀人。

他想啊想。一个多月前，当工厂工人和流浪者把狂暴的俄国兵引入他的家乡抢劫时，他无比惊慌，甚至恐惧。当时，穆地宁躲藏了起来。他浑身哆嗦，不久火焰也在他家屋顶上乱窜。他考虑应该去哪儿躲藏，躲进储存土豆的地窖还是跑向冰天雪地的田野？但当城里弱小的资产阶级自卫队用果断的行动使危险得以避免时，穆地宁觉得可以满意地微笑了，于是他把真正的陈年马拉加葡萄酒献给了英雄中的英雄邦格曼，并且转动着满含泪水的眼睛说：

"你是个堂堂正正的人——好人——你是个爱国者。"

然而他本来不应该那样做的，因为到了一月一场真正邪恶的、地地道道的战争爆发了。年轻人从城里及其附近地区向外冲了出去，竞相奔赴卡累利阿①前线，邦格曼又一次来到他的跟前。他手握旧式伯丹来复枪，胸前佩戴着芬兰国徽，他的头发激动得来回晃动。他身上背着干粮包，脚上穿着一双滑雪靴。他大声喊道：

"现在就参加吧，太好了！"

阿贝利正坐在食堂里，衬衫的袖子卷得高高的，面前

---

① 卡累利阿地区在芬兰东部，与俄国接壤。

放着一碗大米粥。

"什么？"他问道。

"俄国人靠着赤卫队正向卡累利阿大批推进，去北边的道路可能要堵塞了——"

穆地宁开始惊慌失措地嘟哝着，怎样才能离开这儿——去挪威，去瑞典——他曾经这样计划过。

"什么？"另一个人说，"我命令你去打仗。"

"去打仗？"

穆地宁差点儿吓得仰天倒下——他解释说，他除了射杀过一只啄木鸟，从来也没有射杀过其他动物。

"啄木鸟——太好了，也是红脑袋的——"

"什么？红脑袋？但是——玻璃般的眼睛——"

穆地宁说，他当然会参加的——但形势太困难了，他无法理解。

这一回邦格曼没有发火，他哈哈大笑，接着就走了。

但是穆地宁把自己关在屋子里，甚至没有及时赶到像托莫拉那样组织良好的军部去报到。当然，如果那些可怕的赤卫队员来到城里，那儿也可能发生令人毛骨悚然的事情，因此，穆地宁压根儿不上街，他藏身于女管家那黑洞洞的衣帽间里，还请求她，如果有人打听，就说他外出旅行了。他为自己弄了一张高级军营里使用的带有软床垫的行军床，身穿一套尚未完工的制服，懒洋洋地躺在床上。他的食品除了李子布丁外还有这样那样其他好吃的东西。墙上挂着女管家的连衣裙，光线暗淡，眼睛里含着泪水，在这样的情况下用匙子吃东西是再也合适不过了。他，他思索着，一刻不停地思索着，难道真的要让他这样一个除了一只红头啄木鸟外从未射杀过其他东西的人上战场吗？——难道再也不能用其他办法来解决这个争端吗？如果政府是明智的话，像德国那样处理好食品问题，奸商就将无法投机倒把，他们就不能把食品弄到国外来挑动饥饿的人搞暴动啦。要是奸商受到查处，那么像穆地宁这样的人当然就要少吃一些甜品啰！不过赤卫队还要别的好处——他们要求工厂交归国家！唉，那又怎么样呢？！为什么少数工厂大阔佬一定要把巨额利润全部装进自己的腰包？为什么不能像合作商店①那样给工人一些份额，或者给国家一些份额？铁路已经国有化，为什么其他企业不能归社会所有？是的，他们要求的是将土地乃至别墅统统交归国家，就同俄国布尔什维克所做的那样。阿贝利有一个农场，在城里还有一座房子。不，大概是疯了吧！怎么能让别人从他手里夺走自己的农场和房屋呢！他感到气恼，但是为了保命，他曾经准备将它们交出去。难道他就压根儿不能享有这个应有的权利吗？十几年前他买下农场和宅基地，现在是战争时期，它们的价值已经上升了 20 倍。他有什么理由白白地赚那么多钱？为什么别人没有机会这样做？如果——那些赤色分子来到这里，提出要求，他会温良恭俭让，就像托尔斯泰当年两手空空地离开自己的家园那样。这是很难的，不过他自己已经有了一份，而那些赤色分子却还没有所谓的土地呢。他再三考虑，他也为地球上这个地区中越来越多的土地正落入木材公司或工商业的巨头手里而悲痛。那些农场的老主人现在何处呢？他们把钱财全都喝光抽尽，他们败落了。他们自己或者他们那些到处流浪的子孙们，就是这些炮灰，或者铁路工人和钢铁工人，他们正在发起攻击，反对自己

---

① 合作商店在芬兰是一种合作社的形式。

的祖国。

穆地宁觉得他所做的一切也是有道理的：他的农场有过一户佃农，但他没有把土地交给那个佃农。是啊，这个人表现恶劣。他跟以前那些失去农场而成为游民的人一样从不经营土地，而是把它卖给别人。可是现在大家都想拥有土地——难道他们没有做此尝试的权利吗？真是天晓得。一想到这个，脑袋都发昏了——

穆地宁身后的云杉树正在沙沙作响。

他从雪地上抬起脑袋。什么，它在嘟哝什么？如果无地者有了土地，如果能够教会他们保住土地——指导他们经营管理，而不是给他们做什么祖国如同诗歌一般美丽这样的报告——弄得他们聆听时打瞌睡——那么现在国内也就会有更多的面包。当前泛欧思潮正在各地盛行——有朝一日，它必定会变成血瘤——我们这儿已经开始反对狂热的战争，人们的怀疑如此强烈，以至于开始动用战争来阻止国家战争机构的产生——是啊，如果国内多一些面包，泛欧思想的潮流在我们这儿也许就冲击不出如此宽阔的河道——

大地正在呼喊复仇——

穆地宁躲在女管家的衣裙下就是这样思考的。这些思绪使他难以平静，不得安宁，同时他的心头和脑海里也充满了无穷无尽的压抑和恐惧。会不会把他拖出去破腹开膛？——如果那些从牢狱中放出来的林中恶魔真的赢得了胜利——悲痛、民族耻辱和生活的艰辛折磨着他，他那短小的额头痛得厉害，连李子酱到头来也失去了滋味。

他终于敢穿着袜子蹑手蹑脚地在房间里走动了。到后来他渴望得到更多的信息，难以抑制的好奇心促使他情不自禁地向城里走去。在那儿——在那儿，他看到人们正在往城里运送担架——许多担架上躺着鲜血淋淋的伤员——他恶心,头脑发晕——他为自己没有同他们一起并肩战斗而感到羞耻——战场上需要他们:赤色分子还没有被打垮,而是让越来越多的俄国兵和列特人——拉特人①——像潮水一样涌进来反对自己的国家……成千上万的人奔向前方,保卫这个芬兰,许多人牺牲了。除了留下负责给养的人以外,他们全都是城里来的志愿者——唉,他们中间确实也有像托莫拉部队里那样的人。上至 60 岁的老人下至小男孩,他们都参加了战斗。他们不害怕怎么可能呢?周围的人,尤其是小农,全部都奔赴前线;有的农家献出了七八个儿子,甚至连那些拄着拐杖的老人也奔赴战场。

穆地宁的脑袋开始被爱国主义情绪弄得晕头转向。妇女们忙得不亦乐乎——都熬红了眼睛。她们白天黑夜争先恐后地缝制子弹带、肩章上的芬兰金狮子、挂在手臂上的卡累利阿红纹章和弩张待发的萨沃弓箭——为了供应自己的儿子,农户们清空了自己仓库里的食品——穆地宁再也不能无动于衷地享用自己的李子酱了!他想起了一支人数很少的部队与占有绝对优势的敌人进行战斗的故事,他们什么也没吃一直守在战壕里整整坚持了两个昼夜,脚趾也冻坏了——但他们仍在顽强地射击,一直打到从俄国佬手中夺来的步枪木制部件燃烧起来为止。

对民族主义激情本来只是淡然一笑,对战歌心存恐惧的穆地宁也愤怒了——卢内贝格诗歌中的英勇人民毕竟还活在这个世界上。是的,勇于战斗的人民,但是——然而关于那些好斗的、对死亡付之一笑的农民孩子的故事,却

---

① 列特人是芬兰东部卡累利阿地区的一个少数民族。拉特人是作者自己随意编造的。

153

搅乱了他那被冥思苦想所折磨的头脑。这是生来就好斗！有这么一个狂热的英雄故事，里面讲的是一位英雄，说他什么也不怕，他从来就是站着开枪——他孑然一身，赤手空拳地从敌人手中夺过机枪，转过来对着成百上千的进攻者扫射。还有关于邦格曼的故事，敌人宣称要用黄金换取他的脑袋。另有一个关于农民的故事，他们的口号是："男子汉是用枪打不死的！"是啊，但后来他们中的许多人却是躺在棺材里被抬回家乡的。看着一排排阵亡者，穆地宁的双眼流下了激动与惊诧交杂在一起的泪水：这些可是他们的尸体啊！

这些勇士大多数是小农——他们在前线打死了成千上万个流浪者、雇工、工厂工人、衣衫褴褛者以及身穿俄国军服在囚犯领导下的暴民——他们是在战斗中或者在俘虏后把他们打死的。这些勇士的尸体与自己同胞的尸体混杂在一起，遍布战场：他们与他们的盟友即俄国人一起躺在那儿，额头炸裂，胸部淌血，龇牙咧嘴——

两个星期里，穆地宁就成了人们议论的对象：

"哈哈，你们看到书店老板①了吗？他面孔扭曲，面色蜡黄，嘴巴错位。当谈论到战争时，他瞪着双眼，神色全无，泪珠仍在眼睛中流动，嘴唇开始颤动。他在自言自语——"

最后他只得上战场，只得自觉自愿地上战场。迫使他来到这儿的原因与其说是他感到羞耻，还不如说是他对强盗怀有无比的愤怒，这儿，一个月的日子里，别人一直在进行搏斗，赤卫队已经击退了对方的进攻——对我们来说，那是血腥的挫败。赤卫队，那些着了魔似的人，他们也在

---

① 穆地宁既是农场主，也是一家书店的老板。

这儿附近大肆作孽，杀了财主、农民——他们盘踞在教堂里，宰杀掠夺来的牲口，把割下的牛头插在祭坛边上，给它们吃圣餐，然后他们在教堂的走廊上跳舞，在楼厢上的风琴伴奏下互相拥抱。啊，这些反对教会的人！不，不行，这一切该结束了。

是大潮流把穆地宁卷了进来。

然而，他越想脑袋越痛，有时甚至是剧痛，而且他越来越感到害怕。

虽然他觉得这是一目了然的事，但他还是认为必须把那些污泥浊水从芬兰清洗出去，从肿瘤中挤去污血。发生现在这样的情况以后，他再也不能——既然他目睹了杀戮，甚至还参与其中——他再也不能像过去那样生活了。再也不能这样了，尽管他自己并没有杀害过任何人。穆地宁觉得，深深热爱大自然的他再也闻不到来年春天白桦树叶的馨香，再也享受不到浩瀚大海那种夺目的光彩——几乎再也看不到任何美丽的东西了。他感到他到处看到的只是战争，该死的战争——和杀戮；他觉得他看到林中树上掉下来的不再是雨水，而是鲜血。当人们盼望芬兰最终获得自由，蓓蕾即将绽放的时候，难道他的生活就该这样吗？他热诚地祈祷着，祈祷他能从某种——甚至更可怕的灾难中解脱出来。他向上帝祈祷，但他知道他进行祈祷是可笑的，甚至是错误的，因为他已经决定要杀人了，尽管他想杀的只是流氓恶棍——啊呀，这种情况连伊凡①自己也无法理解。

云杉树又一次发出了沙沙声，这是他心灵深处已经倾听了几个星期的威吓声，这是大地要报复。它说：

---

① 伊凡在俄国是一个很普通的名字。

"他们毁坏了森林，以至于它无力保护赖此为生的人们——"

这是大地的歌声，它唱道：

"他们在农田里种上松树或牧草，使我的子孙后代得不到粮食，于是他们只好到城里去进工厂，但是现在大地要报复了。我的孩子们现在从大城市和工厂回来了，他们仍然是森林的孩子，但他们比闻到血腥味的野兽还要疯狂。他们要杀光所有看起来像是反对他们的人——所有看起来像是破坏我的森林、掠夺土地的人——破开他们的胸膛，挖出他们的眼睛——大地，大地啊，母亲——"

穆地宁的脑袋突然感到一阵剧痛，好像他非要干些什么似的。他好像非常口渴，但这种干渴是在心灵之中。现在他知道什么是美好的，他想听音乐——欢快的音乐——用几十支铜管演奏的《小兵之歌》——让它充斥耳朵——用高昂的激情使人陶醉——

东方开始拂晓，惨淡的白光，好像很不友好似的。朦胧中可以分辨出住房和棚屋，后来还能看清墙上的弹孔。新的一天里任务更加繁重。炮声与枪声交织在一起。雷鸣般的响声从某个地方传来，有个东西从穆地宁头顶上空呼啸而过——那是榴霰弹。它们在锯木厂那边爆炸——好像每次爆炸都有一座高大的石头建筑被炸成废墟，把那些手握步枪愤怒作战的男男女女都掩埋在建筑物之下。树林后面升起了高高的烟柱，火舌闪现，锯木厂着火了。紧接着传来了发起冲锋的呼喊声——穆地宁觉得这一切就像是一场乱梦，既有恶，也有善。他的脑袋作痛——自己的同胞正在为芬兰的自由而战斗——赤卫队的抵抗也很顽强——这样的冒险行为——以惊人的速度消耗着时光。情况确实是如此，因为，当通信兵突然出现，他命令铁路沿线较远地方的预备部队出击时，穆地宁注意到，这一天已经过去很长时间了。现在需要预备部队。穆地宁必须出发，但他不知道开往何处。不过命令来自他的围攻部队的司令官，他是一位疯狂的，不，一位曾经去过德国的英勇的军人，一位尽心尽职的轻步兵。这是他的职责所在。阿贝利跟着队伍行军，他弯着肩膀和脖子，汗流浃背，气喘吁吁，拖着毡靴笨拙地行进在雪地里。

锯木厂已被攻克，正在燃烧着。那儿有一些俘虏——阿贝利等人是被带到这里来看管这批俘虏的。其他人正朝着另外几座工厂建筑物发起进攻，因为一大批赤卫队员已经退到建筑物里了。

军事法庭当即对俘虏进行判决——他们用错了白旗。战争中——所谓用错了东西。判处死刑！在穆地宁的耳边响了起来。他该做些什么呢？他在行军，他觉得他的脑袋越胀越大。他们正沿着堤岸行进，两边雪地上残留着红色黏液的斑迹。有人高声喊叫：只要干掉这些流氓恶棍，虽然工厂价值好几百万，那也让它去吧。他是个工厂主吗？穆地宁觉得他痛恨这个家伙——包括他的工厂——也正是他激起了平民百姓的妒忌。他没有继续往下想，因为他们现在必须接管这批俘虏，要押着他们穿过四处冒烟、已被夷为平地的锯木厂——积雪已被周围的热辐射所融化。一个老太婆艰难地行走在穆地宁的身旁，她带着痛苦的口吻嘀咕说，只要有钞票，看来想要登天也能办得到，因为老爷们胜利了。但是一位年轻孕妇却气势汹汹地说："太阳不会就此落下而不再升起来，不会的——"穆地宁的脑海里掠过了一幅6000万俄国人以及其他国家社会主义者的画面。农

157

民出身的士兵暴跳如雷，他们用枪托狠狠敲打俘虏——他们要为那些遭到残杀和被弄得肢体残缺的人报仇——他们渴求以血还血：可怕的森林中的民族——他们毕竟不是真正的鲁内贝格人民——俘虏们被带到某地，让他们一排排站在墙的旁边。穆地宁看着眼前的那些家伙，他怕他们——尽管他也可怜他们。这是一帮看起来精神上和肉体上都已衰竭的患者。那边有一个个子矮小的老头儿，他弯腰曲背，两眼深凹，看起来很苍白。当他被带到那里时，他意识到末日来临，于是立即双膝跪下，并且用虚弱、凄凉的声音祈祷说：

"为了耶稣基督，请宽恕我吧——"

接着是一位壮年男子，腭骨大得出奇，像是患了猛犸病。那边的小伙子脑袋很小，令人不可思议的是，他有着红得发紫的嘴唇和一对傻乎乎的大眼睛。稍远处站着一个侏儒，个子很矮，但肩上却扛着一颗怪异的头颅，酷似贝拉斯克斯①或者苏洛阿加②画中的人物——你能期待他们有理智和感情吗？你能甚至设法去理解这样的人吗？现在，作为理想主义者的他看见了他们。迄今为止那些有关平民百姓的浪漫主义描述，一直包括现时那样的情景，都使他大失所望。那个家伙也在那儿！那个大个子，他即刻对他产生恶感。那个巨人，血红肤色，身体健壮，脸孔下巴部分胖乎乎的，压根儿没有额头：面部下垂与脖子连在一起，头顶没有疙瘩。他正好被带到穆地宁的前面，他双手捂着眼睛，因为他的帽子已经掉了或者被人拽掉了，他以为他会立刻被枪毙。然后他透过指缝向外窥视，当他看到卫兵们并没有举

---

① 贝拉斯克斯（1599—1660），西班牙画家。

② 苏洛阿加（1870—1945），西班牙画家。

枪时，他那山猫般的蓝眼睛开始闪闪发光，性感的嘴巴抽了一下露出笑容。他开始——开始嘟哝：

"人总是要死的！"

一个农民出身的士兵，瘦老头儿，由于精神上饱经风霜，脸色发黄，甚至有些发绿，当他听说有几个小伙子误杀了几名俘虏时，他就在那边角落里哈哈大笑起来，眼睛里含着喜悦的泪水。他是一个虔诚的教徒，赤卫队杀害了他的独生子。现在，当他看到这个大个子对着死亡竟然如此冷嘲热讽时，他气愤地跑了过去，威胁要枪毙他。对那个大个子越来越奇怪的憎恨使穆地宁激动不已。他想要一支步枪——如果有谁稍稍表现出一点儿宽恕而导致这家伙发起攻击，像山猫吞食绵羊那样杀害百姓，他就会举枪——

"押到树林里去！"从边远处传来喊叫声，这是从目前正在开庭的军事法庭发出来的。有一个人已被判处死刑。那个俘虏只讲俄语，不懂芬兰语，也不懂瑞典语。三四个农民个个义愤填膺，面红耳赤，把他拖到附近的地方，他们环顾四周，嘴上露出嘲笑般的表情。就在这个男子被拖进去的地方响起了一阵枪声。穆地宁的心脏急促跳动，他感到恶心，他是个胆小鬼，他的脑袋痛得厉害，同时他也想开枪射击。那儿有个俘虏辩解说，他不是俄国人，尽管他有张俄国农民的面孔：颧骨外突，头发好似椴树的韧皮纤维，鼻孔朝天。他讲一口纯真的尼尔西艾方言。他也被带走了。根据公告，除了特殊罪犯以外，每10个暴动分子中将有一人被枪决。枪手们扛着冒着烟的长枪走来走去，押送一排排俘虏。俘虏中最坏的就是穆地宁痛恨的那只山猫。他说他一开始参加赤卫队就是为了杀人，他以目空一切的傲慢态度嘲弄那些不愿意向穷人提供面包的资产者和地主，他大概已经烧毁和抢劫了相当数量的房子，他继续说，说这些话时红嘴唇依然带着高傲的微笑。一个即将被枪决的人高呼："革命万岁！"他要求处决时别蒙住他的眼睛——他要死得像个男子汉。那个傻大个儿也准备喊些什么——但是穆地宁分辨不出来：他鼓起了胸膛，两眼发呆，但是他，他想用刀刺向他的胸膛，他想向他开枪——

有些熟人看见他手里拿着什么东西，但因为太匆忙，没有能阻止他去处决罪犯。他大发雷霆，冲着周围拳打脚踢，他说他要开枪。

性情温顺的穆地宁用猎枪打死了那个他像憎恨野兽那样憎恨的人。

在此后一两天的战斗中，他再也没有听见枪声，也没有看到令人憎恨的闪闪发光的刺刀。他嘟嘟哝哝地说，在他面前他看见了鲜血淋淋的脑袋，听到了云杉树的沙沙声——他说他希望远走高飞，他想去苏门答腊，那里生长着红色的棕榈树。

阿贝利·穆地宁同留下来接受审查的俘虏一起乘火车抵达库奥皮奥，在纽瓦尼埃米休养了一段时间。唉，这样的胆小鬼也真是不多见的！

（1920）

160

玛丽亚·约图尼

（1880—1943）

玛丽亚·约图尼（Maria Jotuni，1880—1943），出生于萨伏省首府库沃比奥。1900年，她进入赫尔辛基大学学习美学和通史，但她没有拿到学位就开始从事文学创作。1911年，她跟当时芬兰著名学者泰基阿伊宁（V. Tarkiainen）结婚后，便既要从事家务又要进行写作。她主要写短篇小说、长篇小说和剧本。她的作品多数以男女之间的关系为主题，主人公中有中产阶级，也有平民百姓，她的笔调有时轻快幽默，有时尖酸刻薄。她最早的作品是两部短篇小说集《关系》（1905）和《爱情》（1907）。后来她又发表了两部短篇小说集《当有感情的时候》（1913）和《玫瑰园里的姑娘》（1927）。在约图尼的作品中，女人常常是生活的中心，男人则成了牺牲品；女人虽然只管具体的事情，但实际生活受她们的操纵；男人们往往表现软弱，表现得滑稽可笑。约图尼是简洁对话、人物刻画和透彻分析的能手。

《玫瑰园里的姑娘》被认为是约图尼最佳的作品。在这篇短篇小说中，对话特别简洁，夹杂想象，小说的主题是爱情与死亡，反映了芬兰当时社会的现实。

《海尔曼》讲述的是两个年轻人海尔曼和爱丽娜的爱情关系和最后的结局。海尔曼没有固定的世界观，他将女人当作工具以达到感情上的享受从而逃避内心的空虚，然而性满足只是一时的，被爱的人很快会失去魅力，他的毛病就逐渐重新暴露。

玫瑰园里的姑娘

"请告诉我姐和姐夫，让他们到这儿来。"海德维格小姐对她的女佣说。海德维格小姐已经50岁了，单身，在她患病期间，她的女佣一直在照顾她。

"对他们还要说些什么吗？"女佣问道。

"告诉他们我病了想再见他们一次，就这些，没有别的。"

"我马上就去。"女佣说完就走人。

海德维格差不多有10年没有见到姐姐了，尽管她们都住在同一个城市里。海德维格最近一次访问她的老家已有差不多10年了，她的老家现在是属于她姐和姐夫的。她是多么想再去看一看院子里的树木，但现在她看不了了。她不久就要离开人间。她不得不把这一切都留下。

这是天意。凡是天意应该都是好的，海德维格决不埋怨。

她只是希望自己能平平安安地走完最后的旅程，希望在这之前能有时间把事情都处理好。她希望不要再对生活做出误判——她对比她活得长的人决不怀恨在心。

在她的一生中，她只看到她所受到的委屈，她所受到的打击。孤独和贫困并没有使她神化，也没有使她净化。她成为悲伤和忧郁的牺牲品。她知道这是她的弱点。她过分纠缠于自身那些小小的不幸和挫折。实际上那些东西没有什么了不起的，但它们却构成了她的命运。

年轻的时候，她曾经跟她姐的丈夫康拉特订过婚，但她姐把他从她手里夺走了。这种事情的确发生了。然后他们俩就购买了家产中海德维格那一份。由于货币贬值，她就陷入贫困。她接受的是老式的不切实际的教育，因此她入不敷出，特别是她常常生病。情况就是这样。

在她的脑海里，她好像背读课文似的不停地叨咕她的命运，即使这样做她也并不感到满足。

还有别的事。一切使她受到伤害的事。无形的搜索和精神上的游荡使她变得谨小慎微，使她与其他人分离开来，使她的内心生活仅仅包括一系列的挫折而已。

她的生活就这样变得十分沉重。她觉得她的生活从头到尾都是不幸的。

不过，这儿很多人是否可以夸耀自己的幸福，她感到疑惑。她的确知道，对很多人来说，这种看得见的、外表的生活既不是目的，也不是结果，他们生活中的尝试好像仅仅是为了成长和准备而已。

她总是很愿意想到那些比她成功的人。最困难的时候，她得到他们的支持。在静寂中她听到他们的声音，在绝望中她得到他们的安慰。当她躺在床上贬斥过去的生活时，有人好像在对她说：

"是否得到幸福并不重要。"

"那么什么才是重要的呢？"她问。

"正确地处理问题。"

"爱情不重要吗？"

"追求不存在的爱情并不重要，更重要的是追求真理，承受各种屈辱。"

这位隐形安慰者知道这一切，或者隐身人都知道这一点。她相信他们。他们曾经是探索者。在他们活着的时候，他们曾经用私刑鞭挞自己，考验自身的人道。他们把自己身上的肉钉在十字架上，目的是探索走向真理和纯净的道路。由于失望他们建造了一座庙宇，把被禁止的、虚度的年华全都埋在它的下面。他们从地球回来时都是胜利者，而在地球上他们并没有被认为是胜利者。由于他们努力拼搏，他们给别人带来了麻烦，因此他们遭到了谴责。但他们并不自我辩护，因此他们受到了羡慕。他们为自己采取了一种在战斗的自然界中不会有危险的立场，因此现实生活给了他们当头一棒，并且把他们抛弃了。

海德维格想起他们来缓解她身上的痛苦。她虽然说愿意耐心地承受给她的那部分痛苦，但她的身体已经获胜了。当她身体上的痛苦很厉害时，她把所有的一切都忘了。她觉得她好像被绑在火刑柱上烧似的。痛苦像一把锋利的刀子刺透了她的心。她正在被割成碎片。她在床上辗转反侧，她只希望一切都能早日结束，她能早日离开人间。

她疲惫不堪，神志不清，有一阵子她陷入了昏迷状态，她在梦幻世界中得到了宽慰。她的思绪和梦境就好像发高烧似的变化特别快，而且互相纠缠在一起，结果她有时就搞不清楚，什么是梦，什么是现实生活。有时她感到疲惫就安慰自己说：

"我活不到天黑了。我马上就要摆脱这一切了！"

然后一切都清楚了，好像她从来也没有存在过似的！所有的痕迹都将被覆盖。谁也不会想起她。在她脑海里她好像对人解释说：

"我很穷，我感到失望。我没有朋友。"

"当你顺利的时候，你有朋友。当你不顺利的时候，你的朋友就会离你而去。"

"是这样。"

这个隐身人向她建议说：

"他们把背转向你时，他们给你帮了一个大忙。那时候你就能学到一些东西，是你平时学不到的。你真正看到了这个人究竟是一个什么样的人。你看到了这点。你还爱这个人吗？"

"只有人才是值得爱的。我非常热爱人，但我痛恨骗子和说谎的人——因此我好像从青年时代起就生病了。"

她一边在痛苦中思考这些东西，一边等待着她的姐姐。

当她知道她已经得了不治之症，起先当她还相当强壮的时候，她打算独自死去。谁也不会关心她的死亡，她也没有什么话要对别人说。但是，后来她开始怀疑自己。如果她做错了，她希望改正错误。万一有什么误解，那么其意义就跟以前不一样了。她走了，但其他人还留在这儿。

她虽然这样说，但她的心还不同意。当她想到别人是如何对待她的，她的情绪就十分激动。现在就像以前一样她责怪她的姐姐。她姐曾经想把她赶出家门，就像驱逐捣蛋鬼那样把她赶走。她姐想把整个家产据为己有，而且因康拉特而责怪海德维格。她姐声称她妹妹要把康拉特要回去。起先她并不理解，以为这是害怕或者吃醋，后来她发现这实际上是个阴谋。

家成了她受折磨的地方。当只有她们俩的时候，她姐就开始骚扰她。

"你应该嫁给他。你不是迷上了他，对吗？"

"那是那个时候的情况。我们俩都爱上了他，不是吗？"

"你现在还爱他。"姐姐说。

"别害怕！"

"你不爱他能跟他在同一个屋檐下生活吗？"

"这是我的家。我能住到别的地方去吗？"

"这也是我的家。"姐姐说。

她开始觉得自己在这儿是多余的。这点她很清楚。然后她姐直率地问她，她想不想把她的那一份房产卖给他们，这样她们就可以把房产彻底算清了。她同意了，定了一个不太高的价格。她要了几件她母亲留下的家具和几件传家宝，她喜欢这些东西，因为它们是旧的。对她来说，它们是一种安慰。它们有灵气，这点别人是不懂的。当她把它们拿在手里时，她好像接触到了活生生的，永远是活生生的，被这种喧嚣所日常化的过去，她现在就属于这样的过去。

她就这样离开了家，搬到穷人住的郊区来了，她会缝纽扣和刺绣，于是她就开始干起这样的工作。她姐并没有来找她，因此海德维格就被彻底抛弃了。

现在她面前呈现出一个新的可怕的世界。她觉得这个世界将把她毁掉。她感到自己无能为力，远离了现实生活。

她觉得穷人受到各种折磨就是因为他们贫困。没有人赋予他们完整的人的价值。关于他们干的所有坏事都是真的。若证明这不是真的，人们依旧按照这是真的来对待他们。海德维格在找工作和推销她的手工时已经有多次遇到过这样的情况。

她一生中最佳的年月就是这样度过的：为生活而奔波，跟疾病做斗争，心里充满着矛盾，不停地探索，被沉重的思想所束缚，但她什么也没有搞清楚。她认为在她身上生活已经蒙受耻辱，她肩上那副罪孽的担子早在她青年时代就已经把她压得气都喘不过来。然而，不管她往哪里看，她看到的是同样的罪孽、耻辱和谎言。她试图从那些细小的事件中寻找真理，她度过的那些暗淡的日子就是被这些琐碎小事所包围，而在那些枯燥无味的年代里这些小事又不断地重复。然而，她变得越来越沮丧。她好像进入了一个迷宫，在同一个圆圈里来回乱走。

然后战争爆发了。货币贬值了，她那些微薄的积蓄也随之贬值。她的手工活儿没有了销路。她手头拮据，忍饥挨饿。她从老家拿来的传家宝她不能卖掉，于是她决定这一次忍辱负重来找她姐姐，希望能得到她的帮助。

"噢，是不是饥饿把你带到这儿来了？"姐姐问道，"需要的时候就想起来了，不需要的时候就忘记了。"

"怎么可能把你忘了呢？"海德维格说。

"你是不是想把我忘了？"

"我一直想把你忘了。"

"你还是有点儿爱心。"姐姐回答说。

"我不是来献我的爱心，而是来求你的帮助。"

"你是不会把你的心给我的，也许又是给我的丈夫吧。"

"你心里很清楚这不是事实，过去不是，现在也不是。"

"不过大家都在议论。"姐姐说。

"然而是你告诉他们的。让咱们这次直接问一问康拉特本人他是怎么想的。"

"这件事情并不如此重要了。"姐姐说。

"对我来说，这很重要。"

"不管怎么样，我原谅你。"姐姐说。

"我不要你的原谅。我没有什么东西需要你的原谅。"海德维格说。

"你是忘恩负义。"

"我要感谢你什么？在某种情况下你就是我的监护人，因为你比我大，但你这个监护人是怎么当的？"

"你的意思是我把你的未婚夫夺走了，对吗？"姐姐说。

"我们已经订婚了——"

"任何人都能把任何人夺走吗？——这并不是由获得者决定的。"姐姐说。

"当然啰！存在于我们之间的是青春的失误。我不是这个意思。我的意思是你是如何把我赶出门外的。"

"但人们就是这样做的——分开——"姐姐说，"有人是主动离开的。把家产搞得太大并不自然。你是合法地卖掉你的那一份，不是吗？"

"是的。"

"这里面没有什么问题，对吗？"

"是的。"

"那你还要说什么？"

"钞票贬值了。"

"这能怪我吗？"姐姐问，"我运气好，你运气不好。据说，我们只能得到我们应该得到的那份幸福。"

"我确实不知道你可以用谎言来购买幸福。"

"现在你知道了吧。"姐姐说，"我很幸福。要是我撒了谎，那我用谎言买到了幸福。"

"你有一次告诉康拉特，那时我们已经订婚了，你对他说我得了病，太糟糕了，我注定要死了，你说我可能得的是肺病，我本人对此一无所知。你不认为我听见了吧。"

"哈哈哈！你一定是在做梦。"姐姐说。

"如果你记不得的话，我们可以问康拉特。"

"我请求你不要算老账了。"

"当你们结婚后，你告诉大家，说我还爱着康拉特，所以必须把我赶出门外。没错，我都听见了。大家都相信你的话，这好像很有可能，因为我曾经跟他订过婚。"

"难道这不是事实吗？"

"你当时说的关于我的话你自己也不相信。"

"真的吗？"姐姐笑着说。

"这太卑鄙了！"

"我该不该对你说你觉得卑鄙的东西呢？就是他甩了你，选了我。如果他把我甩了而选了你，这也许就不是卑鄙，对吗？你是妒忌，你也很坏。"

"如果你是很好，我愿意变成很坏。"

"谁知道你现在会不会像过去一样看我的丈夫？"姐姐说。

"那时候我也想表现得跟你们这些好女人完全一样。"

"啊哈，现在我明白了：你仍然爱他，你来这儿想再见他一次。我可以肯定你常常是很愿意回忆你以前躺在他的怀里的情景。"姐姐说。

"住口！你太可恶了！那时候我还小，而且我们已经订婚了。"

她姐打退堂鼓了。她已经意识到她只能到此为止，否则她跟她丈夫就要对立起来了。于是她说："没错，那时候是这样的，没有什么问题。我就是这样看的。"

但是，海德维格知道，虽然她姐说她是这样看的，但她不愿意承认她姐说的是真话。她姐就是通过折磨她和歪曲事实来满足她的欲望。尽管海德维格露出一副恳求的样子，但她姐还是怀着恶意，当着她的面说：

"如果你乖乖地求我，你也许就拿到面包了。"

"但我怀疑这个面包是否还有面包的味道。你是铁石心肠。"

"以前我的心非常适合你的未婚夫，现在仍然是如此。"

"我为此感到高兴。"

"我不相信你的话！如果你真是这样的话，你就不会对别人说是我破坏了你们的关系。"姐姐说。

"你心里很清楚，我从来也没有对任何人说过这样的话。你怕我说过这样的话。你是希望从我的嘴里听到我保证我没有说过这样的话。我不是像你想象的那样卑鄙。"

"我想我无法相信你。"姐姐说。

"你完全可以相信我。"

"他爱我！"

"我相信这一点。这是你们俩的事。"

她离开了她姐姐家，以后再也没有回来过。

她再也——她再也见不到她的老家了。她很高兴地回忆她父母还活着时的情景。那时候他们家既明亮又漂亮。当父母去世后她和姐姐两人住在那里，互相支持时，她们家仍然很漂亮。

但现在她们之间有的是耻辱，罪孽，耻辱。

"我想家。"

她说这句话，她是用语言来表达她的思念。她说这句话时心里想的是这个家，但她同时扩大这句话的范围，她的意思是指另外一个家，她渴望离开此地。她要回家！

然而，她很坏，心情那么不好，她还浑身都是罪孽。

人们可以用什么东西来赎救她呢？什么东西可以清洗她那被玷污的灵魂？什么东西可以治愈她那受伤的心灵？

什么时候她能够看到真理，获得宽恕？

只有当她脱掉外来的衣服，从肩膀上卸下那副沉重的担子，从歧途上被召回时，是不是只有那时她才能得到安息？

海德维格深深地叹了一口气说：

"给我一颗卑贱的心吧。"

她只要能感到她跟孩子一样纯洁就好了。

她曾经跟孩子一样纯洁。

她仍然记得过去，它就像一场遥远的梦。它像以前多次那样使她的灵魂充满了痛苦和遗憾。

她曾经过过那样的生活。她一边感谢她的记忆，一边再一次向记忆敞开她的心扉。

那是一个阳光灿烂的夏日。花园里充满了鲜花。正是玫瑰花盛开的时候。这是康拉特第一次到她们家，他是为了她而来的。在这之前他们已经多次见过面。他是某地的上尉，战争中负过伤，这使他更加具有魅力。他跟她们讲了许多关于其他国家和人民的故事，他讲得很潇洒。他在远方看到过很多美丽而奇特的东西。当你听他讲故事时，你好像在听音乐似的，它使你陶醉，使你浮想联翩。

没有人能够像他那样讲故事，没有人像他那样。

然后他们俩就单独留在玫瑰园里。她身穿一件白色的连衣裙，她记得很清楚，手里抱着一束玫瑰，她是为了装饰餐桌而采的。康拉特拿了一朵玫瑰，放在他的嘴唇上。她心知肚明，因为他们彼此相爱。康拉特说，即使他见过世界上许多人，但他从未见过像她那样蓝色眼睛的人，它们就像天空和星星。当他看着这对眼睛时，他的心里充满了喜悦，他知道他已经找到了他心仪的人。当他抚摸她那金黄色的头发时，他觉得好像在拥抱灿烂的阳光似的，纯洁的幸福感油然而生。

"亲爱的，我要拥抱你，我要悄悄地对你说话，我的小宝贝儿。"

然后他说：

"你知道我爱你吗？"

"我知道。"

"你爱我吗？"

"我爱你。"

"告诉我你爱我有多深。"

"我爱你之深连天地都容纳不下。"

"而我呢，我爱你直到我死亡，甚至死后我仍然爱你，我永远永远爱你。"

到处洋溢着玫瑰花散发出的香气，因为他们正坐在玫瑰园里，正是玫瑰花盛开的时候。

然而，秋天还没有到玫瑰花就开始凋谢了，而她对于爱情的了解比夏天时要多得多了。

这是夏末秋初的一天。姐姐参加一个朋友的婚礼后回到家。她年轻，漂亮，由于刚从婚礼回来，所以心情仍很激动。她在花园里遇见了康拉特，她笑得很奇特，很有诱惑力；她说话时的神情也是光彩夺目。她好像忘乎所以。她的欢乐影响了康拉特。就在那时，他把海德维格忘了。后来他常常把她忘了。

姐姐是在演戏，但是后来假戏真做。康拉特不久就跟她姐订婚了。

因此，康拉特和姐姐手挽手在玫瑰园里散步，而海德维格独自一人坐在自己的房间里。

从那时起，她就开始凋谢。

有一次她听到他们在谈话，康拉特对她的变化感到惊讶。

"我一开始就告诉你了，她的肺有毛病，"姐姐说，"她活不了多久。"

"把她束缚住是错误的，"康拉特说，"这个可怜的孩子，她就像一首悦耳的乐曲一直在我的脑海里萦绕。"

可是，当她们两人单独在一起时，姐姐就对海德维格说："我真不理解，你到底怎么啦？！"她的眼睛很奇怪地闪烁着，而且她压根儿不想加以掩饰。

"我不知道。"

"别难过，我们很快就要举行婚礼。这次你就可以尽情地跳舞。"

在这以后，她就不再跳舞了，她已经跳够了。

心——她的心继续忐忑不安，因不习惯于生活所具有的那种严格的戒律而激动不已。她的意识就像谷物成熟得可以收割那样成熟了，即使如此，她还是忘记了时间的消逝。她常常忘记，她忘记摆在她面前的是老年期。只有当她在小镜子里看自己时，她才发现她的皮肤就像母亲的皮肤那样变成了黄色，起了皱纹。她的头发灰白了。她的笑容是一个老人孤弱的笑容，它是谦卑的，恭顺的——这可是她母亲平时的表情啊！是她母亲在镜子里看着她。这是她已故母亲的面孔，她现在记得很清楚。那双眼睛——以前常常疲惫地看着她——黄色并且毫无生气的皮肤，布满皱纹并且下垂的下巴——过去常常使她毛骨悚然——这些东西现在再次出现了！这位年老、患病的女人，她是谁？

突然，她觉得好像只有她母亲在那里。母亲进入了她的身体，她复活了。让她忐忑不安的是不是她？这是不是她自我退缩，得不到安宁的原因？这是不是她的一生变成了一场噩梦的原因？这两个生命体存在于同一个躯体里是不可调和的。

"如果你在我的身体里，你必须离开。"她对她母亲说，"你为什么把我的身体作为你的住所？我不希望这样，我不希望这样！不管你去哪里，到你的世界去吧！但不要把我毁掉！我是你最后的避风港吗？我没有孩子可以毁掉，我该求谁保护我呢？"

她想起自己的自由，心情十分激动。她要把死灵魂驱逐出她的躯体以便靠自己的力量独自进行斗争。她并不寄希望于她能重新回地球这种可能性。

当她独自叹息时，她就不停地想起她母亲叹息时的情景，这种情况过去使她作呕。而现在她叹息得是一模一样。难道她的后代没有进步，没有发展，没有健康的精神生活吗？她们很认真地对待自己的痛苦，因为一点儿压力就会把她们压垮。

"不要再叹息了，"她说，"我不准！走开，你们这些死鬼，"她的灵魂大声喊道。"我绝不是胆小鬼的避难所。"

接着她好像看见一队人马走了过去，他们都很友好地向她伸出他们的手，并且坚信她是错了。她还不懂生活。她低下头，并且向隐身人请求原谅。凡是正确的东西她都愿意接受。她只是一块低级的跳板罢了。不过，当她抬起头时，她很害怕地说："这还不够！我在想什么？我一定是疯了。孤独就是这样培育了一个梦幻世界。这真是个神话，充满了神秘色彩，而人的意识往往倾向于它。"

不管怎么样，她屈服于这个梦幻世界，因为它就像一贴兴奋剂帮助她克服困难，使她蔑视生活中那些暂时的现象，那些现象控制了人的头脑，让毫无用处的思想充斥人的头脑。

让人的思想退入死人的避难所，难道这不是反映了人的头脑的弱点吗？既然它本身没有创造力，它就否定真正的生活而迎合死亡的需要，它将死亡看成是它的主人。于是一个人就扼杀了自身成长的机会，变成了在这儿毫无目的地游荡的尸体。这个尸体等待着死亡，死亡是其目的，这样做是一种很沉重的负担。这个人就是她。她刚自愿地放松了对生活的控制。就像一片落叶，她等着她的恩人刮起一阵风把她跟其他落叶分开，她觉得叶子掉在地上要比长在树上更重要。

不过，虽然她跟死去已经差不多了，但是她在内心深处仍然还没有准备好。一股没有得到满足的求生欲望有时候会在她心中燃烧。她热爱她所唾弃的生活，一种模模糊糊的希望像野兽伸出爪子那样抓住了她的心，使劲拧，使劲扭，决不放松。

要是能把消逝的年月倒转回去那是多么好啊！她会用完全不同的方式来热爱生活。她会每天创作一首感恩歌。她会完全不同地，非常聪明地看待世界，就事论事，就人论人。她会像热爱孩子那样热爱他们。就像母亲抱起犯了错误的孩子那样，就像母亲为犯了罪的儿子哭泣那样，她的内心充满了痛苦和希望，她默默地独自一人伤心落泪，所以这儿应该这样对待一个人。尽管人与人是有区别的，但我们必须爱所有的人，甚至原谅那些伤害过我们的人。这是老生常谈的真理，但在现实生活中它又总是活灵活现的。她的心还没有成熟到这个程度。

那么什么时候她的心会成熟到这个程度呢？

是不是只有当她脱掉生活中每天穿的灰色的衣服，那些奇装异服，那件掩盖她那渴望自由的灵魂的囚服，她的心才能成熟到这个程度？

当她不觉得疼痛时，她就沉浸于这种空想中。心情慢慢地平静下来。她的头脑就异想天开，她好像进入了这样一个世界，那里人生就像是一个来回徘徊的孩子，一场不切合实际的梦。

然后她打了个瞌睡，又醒了。

空气中好像充满了玫瑰花的香味，这是玫瑰花的香味，人生的香味。她的脑海里突然闪过一丝暖意。她记得她正在等待她姐和姐夫。

她的女佣回来了。

"他们来吗？"海德维格问道。

"来。他们马上就来。"

"很好，很好。"

"我要我的寿衣，你知道是哪一件。"

女佣帮她穿上寿衣。这件衣服是很早以前她自己缝的。

但是她肉体上的疼痛又开始了，而且痛得使她难以忍受。

"我可以帮你一下吗？"女佣问道。

"不用，不用。"她痛得喘着气在床上翻滚。她忘记她在哪里，她是谁。一分钟长得好像一个小时，然后时间就好像没有任何界限。

好像一群群人从她身边走过，他们还从她身上踩过去。

她听见了含混不清的说话声。好像有人帮了她一下说：

"你一定痛得很厉害吧。"

"不，不，没有什么。这只是肉体而已。"她说，"如果这样做能使他们高兴，那么现在就让他们踩踏我吧。"

她说起胡话来了。

"这一定不好受吧！"

"没有什么——现在好多了。"

她的疼痛消失了，她又回到了她原来的状态。她的头脑像寻找她刚才失去的线索似的开始在以前的迷宫里游荡。

但她并没有完全找到自己。她的疼痛给她留下了一些很奇怪的令人麻木的东西。

她摸了一下她的脑袋，她的手有点儿僵硬，她惊诧地问道：

"我的脑门儿上有什么东西？它压在我的脑门儿上。"

"没有东西，什么也没有。"

海德维格不相信，她觉得有东西压在她的脑门儿上。

"让我用海绵擦洗一下吧。"女佣说，用海绵擦了一下她的脑门儿。这下很舒服，她比较容易呼吸了。她又睡了一会儿。

"难道他们还没有来吗？"海德维格醒后便问道。

"还没有来。"

"已经过了好几个小时了。"

"自从我回来到现在过了还不到半个小时。"

"别骗我，我的朋友，你以为我不知道吗？"

"我干吗要骗你呢？"

"你是出于怜悯之心而骗我的，因为我很快就要死了。"

"我不会这样做的。"

"噢，"她很奇怪地笑了起来，并且责骂道：

"我什么都知道，我什么都能看见。"

"我一定是搞错了。"女佣说，"这儿大家都忘记时间了。"

"别对我撒谎。要实事求是。"她突然明白了她的处境。她继续说："是我搞错了。对我来说，一分钟好像等于一小时。我大概中间睡了一会儿。"

"是的，你睡着了，这样时间就过去了。"

"你有一只表。我忘了我在什么地方，我是谁。我说话说得很奇怪，对吗？"

"一点儿也不奇怪。"

"要是我真的说得很奇怪，你可不要害怕。据说病人就是会说胡话，你可不要怕啊！"

"我不会怕的。你今天好像情绪很好。"

"因为我在等客人来。"

"我听见脚步声了。一定是他们来了。"

"他们来了？"

"你的脸十分苍白，现在不要——你有力气起床来迎接他们吗？"

"我没有别的选择。我也不能选择。"

此时，好像有一只无形的大手开始压在她的身上似的，这只手把她推倒在地，她想站起来也站不起来。她试图反抗，但身体太弱，根本动不了。她失去了知觉。

她好像听到远处传来的声音，它在向她召唤。

"海德维格，亲爱的海德维格！"

有人说：

"她有时会进入昏迷状态，大概几秒钟，她一会儿就会醒过来。"

她醒了。她看见她姐姐弯着腰看着她。她看了一下她姐，对她来说，上次她见到她姐的情景好像还历历在目。

"你是不是病得很重？"姐姐问道，"你为什么不早一点儿告诉我们？"

"康拉特没有来？"

"他很快就来，已经派人通知他了。你是不是已经病入膏肓？"

"我病得没有这么厉害，"海德维格说，她姐说话的口气使她感到对自己的病还是少说为好。"你跟过去一样，"妹妹心里想，"你是诡计多端。"

"你受苦了。"

"现在这样使你感到高兴吗？"妹妹心里想，但她一言不发。

"也许你会好起来的，肯定会好起来的。"姐姐说。

"不，我好不了了。"妹妹淡然地说。接着她大声地说："正如你的声音所说的那样，对你来说，这完全是一样的。"

"我的声音还应该说些什么？"她好像听见她姐在这样说。"你生活中一定遇到了很大的麻烦。"

她想起了以前这个声音是很轻浮的，冷冰冰的，总是缺乏感情。

海德维格回答说：

"没有你想的那么严重。"

"是啊，你还会失去什么呢？"

"如果我失去的就是你在现实生活中所拥有的，那么我就不会再失去任何东西了。"

"小妹妹真是铁石心肠。"

"而你没有做姐姐的爱心！你比死神还要冷酷无情。"

"哈，哈，哈！"

这个笑声使她毛骨悚然。她从昏睡中醒过来后问道：

"谁在这儿哈哈大笑？"

"没有人，我的朋友，根本没有人在笑。"

"我一定是在做梦。"

"你一定是在做梦。小妹妹，现在接受考验吧。你要有耐心，好吗？"

海德维格谦逊地回答说：

"好吧。"

现在她的心情很不错，有人正在跟她说话。她姐的声音也很真诚，没有一点儿虚假，这使她感到舒畅，给了她很大的安慰。有人甚至在为她说话。

她的病情又恶化了，痛感加剧，体力越来越弱。

她自言自语地说：

"我很快就要走了，我活不到天黑了。"

然后好像这些病痛从来也没有存在过似的。

她渴望早日解脱，早日摆脱这种难以忍受的疼痛。她希望早日安息，她的灵魂渴望早日得到安宁。

"把这个圣餐杯拿走吧。但不是按照我的意志，而是按照你的意志。"

这句话是谁说的？这肯定是她的灵魂的叹息声，她一生的内容和结果。

她仍然处于昏迷之中。她好像背着一个巨大的十字架在往山上走，十字架快要把她压垮了。有人用鞭子抽打她，有人在辱骂她。她的眼里流出了血泪。一顶荆棘花冠沉重地压在她的头上，一滴滴血从她脑门儿上流了下来。

她伸出双手说，她只是个凡人而已，但他们鞭打她，嘲笑她，把她钉在十字架上。

就在此时，她哭了起来，她随之醒过来了。她向她姐伸出她那瘫痪了的手，用小孩子那种细小而纯真的口气埋怨道：

"他们已经把铁钉钉在我的手上了。"

"是吗？他们很坏。"

"我痛极了。"她说，她用微笑来解释她再也不能用语言来表达的东西。

"她在说胡话。"女佣说。

"她在做梦，"姐姐说，"她的病又发作了。"

"她快走到头了。"女佣低声地说。

"是的。"

海德维格听懂了她们的对话，她感到非常高兴，她想对她们表示她仍然神志清醒，于是她说：

"现在大概是夏天吧？"

"噢，是的，现在是夏天。"

"玫瑰花的香味。"她很高兴地看着姐姐，一个嘴角露出了笑容。

"小妹妹。"她小时她姐就是这样对她说的。

"我冷极了。"

女佣轻轻地把被子盖在她身上，但不一会儿她又疼起来了。她请求道：

"把我从十字架上放下来，啊，把我放到泥土里，把我埋在坟墓里，把我埋在那里吧！"

她的胸部起伏不定。然后她安静了，满脸都是笑容。

"她死了？"

"没有，她睡着了。"

"她停止呼吸了。"

"她很快就会醒过来的。"

海德维格醒了。她在梦中见到了一个发光的东西。她现在知道她还会见到它。它在那里等着她，但她必须摆脱那些束缚。

那里有生活，那样的生活正是她所渴望的。她很快就要参加到那样的生活里去。

她等待着它的到来。现在她把肉体上的病痛看作是福分，解脱她病痛的良药。在她那微弱的呻吟声中再也没有什么害怕的感觉，也没有什么不耐烦的感觉，就跟她无法阻止的呼吸一样，她的呻吟也是肉体上的一种不自觉的动作而已。

不过有一件小事使她还留在人间。现在她记起来了：

"难道康拉特还没有来吗？"

"还没有来，但他马上就来。"

她还在等候康拉特。康拉特是她姐的丈夫。她曾经爱过他。情况就是这样。

她整个一生在这个问题上造了孽。这就是她的一生是一场苦难的原因。除此之外，她没有值得注意的地方。现在她的生活再也不会触犯任何人了。她就要走了。一切都会走上正轨，现在一切都很好。她的罪孽已经得到了宽恕。"这只是个小小的过失。"大家说。

因此，人们给了她安宁，让她好好安息，这正是她所渴望的。

这点她刚才感觉到了。有一阵子她的灵魂离开了她的躯体，她看到了正在等待她的发光体。发光体上那种甜蜜的宁静通过美妙的乐曲引诱着她，这些乐曲流过她的全身，并且把她支撑起来。它们治愈了她那患病的灵魂。她的灵魂就像一首迷途的乐曲，一条挽联。她的灵魂就像长了翅膀那样在空中兴高采烈地翱翔，然后淹没在纯洁的宇宙之中。

她刚才感到她已经把她身上的枷锁和失去知觉的躯体留在人间，她已经回到家了。是不是有人在哭泣？没有什么要哭泣的。这是她重生的时刻，她的胜利和她的酬报。

这是一笔数量很大的酬报。死亡，你在哪儿等着她呢？

不过，她还不马上就离开人间。她周游了一圈又回来了，回到了这个世界。她又在她的躯体里安顿下来，她想起了她是个微不足道的人物，刚才有一阵子她忘了这点，抛弃了这点。

生活使她感到困惑，因为它太不切合实际了。她对躺在床上这个病入膏肓的小家伙感到惊讶。这是她吗？对她来说，这个小家伙很怪，很陌生，跟另外一个承受生活重担的人一样陌生。

她躺在床上，因长途跋涉而使她疲惫不堪。不过，她是不是刚开始旅行？

"小宝贝儿，"她听到一个来自远方的声音，"你是不是睡着了？"

她太虚弱，连眼睛都睁不开了，她只是说了一声："我睡着了。"这是谁在问？

这是母亲的声音。母亲在问，她是不是睡着了。她是个小不点儿，躺在小床上，她假装睡着了，母亲弯着身子在她上面看着她，她怀疑小宝贝儿是不是真的睡着了。这种小小的把戏使小家伙感到很好玩儿，于是她低声地喊道："妈妈！"

"她认不出你了。"姐姐说。

现在海德维格真正想起来了。这压根儿不是她的母亲。母亲早就死了。她自己也已经老了，而且病入膏肓，快要离开人间。她姐就在那里，等待着她的死亡。

她已经在远方周游了一圈儿，已经访问过她即将去的那个地方，但她姐并不知道，没有人知道，她也不能告诉任何人。

但她竭尽全力地说：

"我认识你。"

"她认出我了。她说：'我认识你。'"

她再次觉得她好像是个小姑娘，曾经病了很长时间。她在一间与世隔绝的黑房间里，现在她的病已经痊愈了。父亲把她抱到阳光灿烂的客厅里，母亲和姐姐正坐着等她。姐姐问她是否认识她，海德维格说："我认识你。"父亲把她放在母亲的怀里。人人都感到高兴，因为她得救了。人人都爱她。

不是吗？不是人人都爱她吗？难道这是她的想象吗？

她经历过这种生活已经有很长时间了，这是很久以前的事了。那些爱她的人早就死去。现在没有一个人——她已经老了，快要离开人间。情况就是这样，不是吗？

为了证实她的话，她就像背诵课文似的对自己说：

"我要死了——很快。"

"她说：'我要死了。'她又恢复知觉了。海德维格，亲爱的，康拉特在这儿。让他向你告别，好吗？"

"好吧。"她轻轻地说。

"康拉特，把手给她，你看，她连手都抬不起来了。"

她竭力想抬起手来，但就是抬不起来，她的手已经瘫痪了。她姐拿起她的手。这只手又冷又小，一下就滑落到床上。此时康拉特拿起了她另一只还没有瘫痪的手，把它放在自己的嘴唇上，亮晶晶的泪水夺眶而出。

海德维格睁开了眼睛，好像责备他似的看着他，然后低声地抽泣起来，她感到浑身一阵颤抖。

她姐看见了她那双美丽的蓝眼睛，它们就像从睡梦中刚醒过来那样睁了开来，一种带有责备之意但温柔体贴的目光看着她，这是爱的目光，纯洁的目光。然后，两行泪水从她那晶莹的眼珠里涌了出来，并且顺着苍白的脸颊滚滚而下。

"小妹妹，小妹妹。"康拉特说。

"让我们不要打扰她。"

海德维格已经闭上了眼睛。她辗转反侧，很不安宁。

"你害怕吗？"姐姐问道。

"不害怕，我可以——死。"

"是啊，人固有一死。你要再勇敢一点儿，行吗？"

"行。"

"你想听的话，那我就告诉你现在这儿的情况。天气很热，阳光灿烂。你的窗下玫瑰正在开花。你的毛巾正放在梯子上晒着，你的床单正晾在绳子上。我马上就认出来了。这是你很早以前在家里时缝的。"

当康拉特把头转过去后，她又继续说：

"事情结果就是这样。你现在已经走完了你的旅程。"

垂死的海德维格想说话，但就是说不出来，她只是含含糊糊地哼了两声，虚弱的嘴唇轻轻地抽动了几下。

"康拉特，她还想说话。"

"小妹妹，你还想说什么吗？"康拉特问道，把她的手握在他的手里。

病人竭力想说几句话，但就是说不清楚。康拉特看着她在绝望地挣扎。

突然，一个强有力而且清晰的念头像从她那双蓝眼睛无底的底部冒出来似的抓住了康特拉的心。

"我们都是来自同一个源头——好像是同一个父亲的孩子——我们是一家人——这是人生的大团结，不是吗？"

她安静下来了。然后她看着她姐，好像要告诉她姐她在从未有人目击的情况下所受的一切折磨和屈辱。现在她姐该知道这一切。

可是她力不从心，她的力气已经消耗完了。一道道光波朝着她滚滚而来，她被卷进去了。有人在向她呼唤，她知道这个声音，她高高兴兴地朝着它跑了过去，嘴里喊着："妈妈！"

她完全理解心中的喜悦。虽然她像个小孩那样独自一人、战战兢兢地在充满荆棘的人生道路上跋涉，但她现在终于安全地走完了全程。这点她是知道的。

她稍微睁开一下眼睛。一对晶莹的、漂亮的眼睛用精明而温柔的目光看着他们，好像要把她心中所有的爱全都表达出来似的。

她轻轻地吸了一口气，眼睛慢慢地闭上了。

她现在离开了她的躯体。

"她死了吗？"

康拉特抓住了他妻子的手，轻轻地说：

"她还听得见。"

就在这个时候，死者的嘴唇抽动了一下，她一歪脑袋就此永远安息了。

"她已经死了。"

"是的，她已经死了。"

他们一动不动地看着她。然后康拉特说：

"她真漂亮啊！"

"在她僵硬之前应该把她摆直了。"

康拉特把她的身子摆直，抬起她的手，把她的双手合十地放在她胸前。

她姐抚摸了一下她的手。她已经死了。冷的物体。她记得很早以前她同样抚摸过她母亲的手。她觉得那跟现在完全一样。现在那只手不再存在了，而这只手也很快就要消失了。现在抚摸着这只手的手——什么时候会轮到它呢？

"人人皆有死亡之日，这是再清楚不过的事。对生者来说，死亡要比出生更清楚，"她心里想，"这只是我们知道的必然会到来的最后阶段而已。为什么要悲伤呢？"

对她来说，死亡已经成为一件简单而自然的事。这件事她以前知道，以前也想过。但死亡是人的体力耗尽的必然结果，这点她以前从未见过。这是必然的阶段，接受它不应该是很困难的。这里就有真理。对她来说，死亡几乎是一种安慰，简直是一件光荣而值得高兴的事。

"人生道路是多么短促，多么简单！死亡是多么自然，多么简单！"她在脑海里不断地思索着，这使她感到心满意足，因为她觉得这里面就有真理。

"与其他家庭作业相比，我们应该更好地学习这个道理，因为我们需要它。"

然而忙碌的一天正在向他们召唤。

"我们必须在这儿做好最后的一切工作。"她对康拉特说。"要把她抬到木板上，然后等医生开具死亡证明后把她放进棺材里。"

她派女佣去订购棺材，邀请医生。

"这太悲惨了。"康拉特说。

"是的。"姐姐说。

"她在世上起的作用是微不足道的。"

"我们必须更坚强地面对生活。"

"她现在看起来很满足，几乎很幸福。她从这里走的时候是多么漂亮啊！"

"也许死亡比我们想象的要容易。"

"当我看她的时候，我觉得她好像还活着，还在侧耳倾听。"

"不，你是在脑子里瞎想。"

"当然是这样，不管怎么样——我不知道，一切都好像不自然。"

"你怕死人。"

"不会吧。我只是有一股恐惧感而已。"

"摸一摸她的手，你的畏惧就会消失了。"

康拉特摸了摸死者的手，低下了脑袋。

"有朝一日我们也会这样躺在这里。"他说。

当医生来了之后，姐姐说：

"应该把她抬到木板上，否则床上被褥就要毁掉了。那些东西现在都是归我们的了。"

"必须这样吗？棺材很快就到。"

"这样热的天气——"

姐姐把地毯卷了起来，给木板腾出地方。

189

"我们俩可以一起来抬，她很轻。"

"她本人会愿意这样做吗？"

"当然会愿意。"

他们把她抬到木板上。

小妹妹就这样躺在地板上，被单盖着的木板上。她的脸已经变了，因为她的脑袋是往后倾斜的，一种像小孩所表现的那种不高兴的表情在她的嘴角上流露了出来。

"她在那里不舒服。"康拉特心情不安地说。

"不过她什么也感觉不到的。"

"她看上去很不耐烦。"

"她的脸只是鼓起来而已。"

然而，康拉特被恐惧所控制了。他看了看死者。她已经变了。不可思议和极不自然的事发生了。刚才还活着说话的人现在却躺在这儿。他们采取行动来处理她，好像她不是一个人，从来也不是一个人似的。这是不是为什么她表情变化的原因？她很不满意。这样的对待让她受罪。

"康拉特，到玫瑰园里去，"他妻子说，"你的脸色十分苍白，这儿太热了。"

"我感到不舒服，"康拉特说，他按了按他的胸口。"我心——痛得厉害。"

"保护你的心脏。你承受不住这样的折腾。"

"有一段时间，你记得吗？——那时候我爱她，"康拉特像个孩子那样简单地说。"要是她能听见就好了！"

"那又怎么啦？你还有什么要说的？"

"别这样冷酷无情。我们曾经订过婚。我现在这样说有什么奇怪吗？"

"好，那你就告诉她吧，她就在那儿。如果我碍事的话，那我就走。”

“你真冷酷无情。”

“你快出去，不然你要生病的。棺材来了我会叫你。”

康拉特走进了玫瑰园，坐在窗户下的长凳上。

现在是白天最亮的时候。夏日的太阳照在花园的小道上，把道上的沙砾晒得热烘烘的。天气很闷热。玫瑰的香气充斥整个花园，给人一种压抑的感觉，这使他想起了陈尸所、葬礼和死亡。

很早，很早以前，同样的香气也曾经充斥过整个花园。

那个时候香气意味着爱情。

年轻的女孩身穿白色连衣裙站在玫瑰园里，手里抱着一束玫瑰花。年轻的男孩把她抱在怀里，发誓要爱她，“直到死亡”。

现在他把白衣姑娘抬到木板上——在这之间过去了整整30年。这是一个人的一生。

他们互相失去了对方。他们互相思念。生活是多么无情啊！

他将永远思念这个姑娘，他的生活将是阴暗的，缺乏欢乐的。他比以往更有把握地说那个小姑娘就是他初恋的姑娘，是他最心爱的姑娘。这点他以前是决不会承认的。

不久他听到了灵车咔嗒咔嗒的声音。棺材是放在黑色车厢里运来的。他妻子叫他进去帮忙。

“要是死者不要我，那怎么办？”

“她不再是人了，即使是死人也需要有人帮助。”

他们俩走了进去。运棺材的工人已经把棺材打开了，正在抖松棺材里的刨花，在上面铺了一条床单。头靠很小，很硬。

死者已经变得越来越黑了。脑袋无依无靠地滑落到一边，脸都肿胀起来了，嘴角依旧流露出小孩子那种不高兴的表情。

"她现在看起来就像一个小孩子。"

"她的脸部变圆了。"

"她好像在责怪我们。"

"难道我们冤枉她了吗？"

他们来到了刚把棺材收拾好的工人跟前。

"尸体快要腐烂了，"一个工人说，"在这样的天气下不能保存很长时间。"

"已经有臭味了。"另一个工人说。

"必须赶快把她送到公墓陈尸所里去。"

"是啊。"姐姐说。

一个工人把死者一条僵硬、颜色发白的腿放在他的膝盖上，另一个工人把一只卷起来的白袜子递给了他，然后这个工人就给死者的脚穿上了袜子。当他不小心一松手，那条腿就掉了下去，扑通一声砸在木板上。

他们像对待一件物品似的处理她的尸体，动作又快又熟练。

"要不要让她穿着寿衣？"一个工人问。

"这件衣服的确很漂亮。"姐姐说。

"就像新娘穿的结婚礼服。"另一个工人说。

"她喜欢漂亮的衣服，"姐姐对姐夫说，"这件寿衣是她自己做的。"

接着死者就被抬进了棺材。康拉特也帮了一下。姐姐发现，尸体散发出的气味使他恶心。这气味也许会折磨他很长时间，她心里想。当他闻到了正在腐烂的尸体所散发出的臭气后，他还会爱她吗？还留下什么东西吗？曾经留下过什么东西吗？即使在他们分手以后，还留下过什么东西吗？康拉特的心谁也不了解，连他自己也不了解。

她的身上盖上了被单，双手合十地放在胸前。

"要不要马上把棺材盖上？"

"不，等一会儿。"康拉特说。

"采一朵玫瑰花放在她的手里，"姐姐说，"这些都是她自己种的玫瑰花。"

康拉特走出去采了一朵刚开的玫瑰花。他在前廊站了一会儿，把花放在他的脸颊旁，吻了它一下，一颗亮晶晶的泪珠滴落在玫瑰花瓣上。然后他走进屋来，把玫瑰花放在死者合十的双手中间。

这双手，这双超自然地安静的，白色的手，就像百合那样安放在棺材里的被单上，手里拿着玫瑰花。一个女人所具有的优美而敏感的动作永远停留在她的手指头上，这个动作不再与生活有关，也不再与血液循环有关。

死了，小妹妹死了。肉体就像她所抛掉的一个空壳。

他们目送死者上路。工人们盖上棺材，把盖子钉死在棺材上。

然后棺材被抬上了灵车。

没有送葬的人，灵车直接驶向墓地。

康拉特走进了玫瑰园，他在那儿等着他的妻子。他妻子和女佣一起还在收拾房间。

"因为她，太太一定是费了不少力。"女佣说。

"她活着的时候并没有添太多的麻烦。不过死的时候，人人都需要帮助。"

"是的，是的。"

"她留下什么书面的东西了吗？她留下遗嘱了吗？"

"没有。她只留下一封纸都发黄的旧信。钱都在梳妆台的抽屉里，钱并不很多，不过都是银币。"

"这是我们老家的银币。我们是作为她房产的一部分给她的。她要这些东西。"

"太太现在可以把它们拿走了。"

把它们带回自己的家，她太高兴了。她早就希望得到这些优美的老古董。

她竭力掩盖她的高兴劲儿，她说：

"死亡的确突然把我们活着的人夺走了，但奇怪的是，我们很快就习惯了——我的意思是，空出来的地方很快就被占了。我常常见到这种情况。"

她姐就在她妹的摇椅上坐了下来休息。从窗户往外望她可以看见康拉特，他正坐在花园里的长凳上呆呆地沉思，无所事事，悲痛万分。他看起来老了，好像也快要离开人间。

女佣还在收拾房间。"这些家具都归我了。"她姐心里想。房间里有几件很好的老式家具，那些都是从老家富裕时起就作为遗产一代一代传下来的，她妹妹一件也没有卖掉。这里面包括一个梳妆台，这是分给妹妹的，在分家时这是唯一没有估价的家具。现在这个东西也是她的了。这个东西好像借来似的放在这里已经差不多有30年了。她的眼睛注视着梳妆台周边凸出来的弧形曲线以及优美的象牙雕刻。

从前她曾经想得到这个梳妆台，现在她终于得到了。

当姐姐并不是白当，她心里真是美滋滋的。

她打开梳妆台最上面的抽屉，一张褐色的纸落到她的手里，这是康拉特年轻时，30年前，写给她妹妹的信：

她念道：

《玫瑰园里的姑娘》

男孩思念的是谁？

玫瑰园里的姑娘。

他爱恋的是谁？

玫瑰园里的姑娘。

没有东西比死亡更强大，但爱情比死亡更坚强。

没有爱情的人在生活中是不幸的。

没有感情的人是会走路的僵尸。

没有心脏的人从来也不会爱，也不会恨。

恨还是爱——是不是都一样？爱培育了恨，但没有恨也就没有真正的爱。

我恨坏的，我爱好的，你是好的，所以我爱你。

我可怜那些花园里没有花的人。他们的日子是灰蒙蒙的，他们对美好生活一无所知。

来吧，我亲爱的，为我打开你的玫瑰园大门，我要给你一盒珠宝，这就是我那颗火热的心。我将为你打开我的心扉，让你看看我心中藏的是什么宝贝。来吧，我亲爱的，我的小朋友，伸出你的手，那只白如百合的手，那只温柔、纯洁的手。

姐姐笑了一声。他们为什么要这样写？他们对于死亡，对于生活，或者对于爱情知道些什么！

她笑得很奇怪，而她自己的笑声却吓得她有点儿哆嗦。

《玫瑰园里的姑娘》，她刚从这儿被送到——自己的玫瑰园里——手里拿着康拉特给的玫瑰花。

（1927）

海尔曼

一

有人在敲门。

爱丽娜一下跳了起来。

她已经等了整整一个晚上——现在终于来了。

"谁呀？"

"开门！"

"你是海尔曼吗？"

"开门吧！"

"等等，稍等一会儿。"

爱丽娜赶紧脱掉连衣裙，解开内衣的纽扣，迅速地披上轻薄的晨衣，用手揉了揉面颊，咬了咬嘴唇，然后照了一下镜子。

她看到了两只明亮的眼睛，一张年轻可爱的脸庞。她对着镜子笑了起来。她看了又看，同时又笑了笑。

但当她抓住门把手准备开启房门的一刹那，她把手缩了回来，扣上内衣的纽扣，用手把飘落在脸颊上的头发向上撩了撩，然后打开房门。

"让你久等了。"

"没有关系。"

"我没有等你，我已经准备睡觉了。"

海尔曼的眼光紧紧地盯着她。

"你真漂亮，今天晚上你真漂亮。"

"我漂亮吗？你说，海尔曼，我真的漂亮吗？"

"当然喽。"

海尔曼搂住她的腰，将她高高举起，而且举着不动。

"弄痛你了？"

"没有，不过我会摔下来的。"

"不会的。"

"我害怕。"

"不用害怕。"

"海尔曼。"

海尔曼举着她在房间里打转转，爱丽娜轻柔得像个小孩子那样躺在他的手臂上。

"海尔曼，把我放下。"

"放到哪儿呢？我要把你扛到天涯海角，你愿意吗？"

"不知道那儿是什么样子，"她咯咯地笑着，"你也不知道的！"

她的声音铿锵有力。

"我知道，因为我一直住在那儿。"

"难道你总是从那儿飞到我身边来的吗？"

"是的，因为那儿没有像你这样的人，那儿一切都不一样，土地不是为了生活而存在，那儿没有人类，没有生命，没有自然，什么也没有。那儿一切都融化成同一个无穷无尽，沉陷于永远的无声无息和无影无踪之中。那儿，那儿是一无所有。"

海尔曼只听到自己的声音，然后他笑着说：

"爱丽娜，你相信我说的吗？"

"亲爱的，要是我不相信你，我还能相信什么人吗？不过，那儿真的是一无所有吗？"

"是的。"

"那就不去那儿。"

"好，不去那儿。"

海尔曼将爱丽娜放到床上，眼睛盯着她看。爱丽娜的头发全都散开了，她的脸庞容光焕发。

"就这样吧，你休息一会儿。"

"我高兴极了。"

"真的吗？"

"一个月可以享受到很多生活，一年可以享受到很多生活。要是我能把一天一天分开来计算，那么每时每刻对我来说都是珍贵的礼物……"

"为此我要感谢你。"

"海尔曼。"

"我要感谢生活，因为它把你赐给了我。"

"等等，让我说吧。"

"我要感谢你，因为你年轻，我要感谢你的秀发和你那双漂亮的眼睛。"

"但愿我能让你永远喜欢我……我一直在等待着你，海尔曼，我整天盼着，你今晚一定会来的，我真希望你能永远待在这儿。我要想方设法征服你，让你完完全全地属于我，我要让你高兴，把你控制在我的手中。我害怕，不过只要我还活着，为了得到你我将全力以赴——我是多么——多么爱你啊——"

海尔曼在自己的脖子上就能感觉到爱丽娜急促的呼吸，他把一只手放在爱丽娜的臂膀上，悄悄地伸进她的晨衣，解开她内衣的纽扣。

"让我脱去你的衣服。"

他双手抓住了爱丽娜温暖光滑的脚。

"让我脱去你的衣服。"

"爱丽娜，让我脱去你的衣服。"

然后，他把灯熄灭了。

夜晚的黑暗温情脉脉地笼罩着大地，这是为了这一对情人。

二

海尔曼睁开眼睛时，灿烂的阳光已经照在房间的墙上。

他想起自己是在什么地方，嘴角上露出了笑容。

他转动了一下脑袋，看到爱丽娜仍然在熟睡之中，脸庞有一半深深地埋在枕头里。阳光把凌乱飘散在枕头上的头发照得熠熠生辉。海尔曼捧起她的一绺头发，缠绕在自己的手指头上，这头发柔软纤细得如同蚕丝一般。他察看着爱丽娜的脸庞，她那细腻嫩滑的皮肤，他端详着她那明显的弓形眉毛。

"她的脑袋里究竟在想些什么？"

"也许没想很多，这有什么关系呢！"

但是，瞧，她张着嘴巴的样子。就是这张嘴巴，虽然没有表情，但它却起了作用。

他把自己的嘴唇紧贴在爱丽娜的嘴上，爱丽娜用她裸露的手臂抱住了他的脖子。

"睡吧，再睡一会儿吧！"

他像搂抱幼小的婴儿那样搂抱着她。

"再睡一会儿吧！"

爱丽娜闭上眼睛睡着了。海尔曼转身从她身旁离开。

这张嘴巴多么神奇呀！现在它闭上了。

海尔曼转过身，伸手从桌上拿了一支雪茄，这支雪茄一直在桌上等待着他呢。

灰色的烟雾慢悠悠地从他头上升起，海尔曼眯着双眼。

"还是想点儿事情吧。"

但是脑袋就是活动不起来。

海尔曼透过眼皮间的缝隙高高兴兴地看着。

他移动一下身子，打算起床。

"你要走了吗？"

"不得不走了。"

"不能走，先把我搂在你的怀里。"

他透过衬衫感到了她身体的温暖。

"你的头发太美了，它光辉夺目。"

"你要把它弄乱了，不能把它弄乱。"

爱丽娜噘着嘴，两眼闪着光芒。

"这一切都凝聚在她的血液之中——太美妙了——希望这一切不要遭到破坏，希望这一切能更长久地吸引着我。"海尔曼一边看她一边想。

"今晚你来，对吗？"

"我不知道，这要看——"

"不许说这要看！"

海尔曼走出去时，充满了青春活力。天穹高悬，天穹下的大地静悄悄地向远方伸展，那儿人们过着的是属于自己的、微不足道的生活。真是微不足道的生活吗？也许是富足而奇特的生活。

大地的表层汹涌澎湃，动荡不安，千变万化。无论在哪里，生命的周期都是一样的。地球深处心脏的跳动传到这儿，与从这儿传到地球深处都是一样的。

他的心脏健壮有力，充满着生命的活力。这太棒了。

是明媚的曙光把生活装点成这个样儿，还是原本就是如此？

健康人心脏的跳动真是那么美丽动人，真是那么美丽动人吗？

还是他又……

天哪！

他总是陷入那种同样的思绪之中——

他搓了搓手，冲着自己会心地笑了起来，就像哥哥冲着他所理解的弟弟笑了起来似的。

三

时间一天天地过去，他感到日子正从他的手中溜走，空空荡荡，无所作为。留下来的只是无聊，把生活愿望全都吸干了的、脆弱无力的无聊。

生活的欢乐没有出现，也无力摆脱无所事事的闲散。他一坐就是好几个小时，原地不动。寂静扼杀了胸中的生命。他再也不能忍受了。头脑里思绪开始涌现，但他把它推在一边。

空虚。空虚在他的胸中筑起了一道坚固得无法搬开的堤坝。有时他觉得它好像还在扩展，要把胸膛挤裂，然后它像一条蛇在胸膛内爬动，盘绕在心脏的周围，慢慢地、有条不紊地挤压，吮吸着血液，吸饱后就躺在那里不动了。

必须以某种方式打破这种令人窒息的单调。

海尔曼站起身来，走上了街头。

雨水清洗了地面，肮脏的泥水溅污了他的双脚，长长的水柱从他的脸上流了下来。泥泞的街道上雨水唰唰地下着，在他的四周形成了成千上万个鬼鬼祟祟的声音，它们好像是隐形的生命从地下钻了出来，在他的周围挤来挤去，嘲讽戏弄，强行钻进他的心灵，加高了他心灵底层中污浊的泥浆。

他被挤压得喘不过气来，但他仍装出若无其事的样子。疼痛上升到了心脏，在那里形成一个坚硬的球状物。

什么，他想干什么？

他不知不觉地走到了爱丽娜家的大门口，上一次他来那儿已经过了很久了。他在那儿干了什么？他对女人已经感到厌倦。

不过他总得有个去处。

他强迫自己走了进去。

四

"我不舒服。"

"你怎么了？"

"我不舒服。"

"你面色苍白，是不是病了？"

"没有。"

爱丽娜的胸脯不停地上下起伏，她的神色是阴郁的，病态的。

"你病了。"

"没有。"

她狂热地抱住海尔曼的脖子。

"海尔曼，海尔曼，把我带走吧！把我带走吧！"

但是海尔曼无能为力。

"要是你知道就好了。"

"什么？"

"这里难受。"

她用手紧压自己的心脏。

"你已经不在乎我了，我清楚，你再也不要我了。"

她把身子向后一扭，闭起了双眼。

"我还年轻，我必须活下去，我心中热血沸腾，热血始终沸腾。"

"爱丽娜。"

"你在看什么？你为什么那么冷酷地看着？走开，走开！"

她使劲绞扭双手。

"既然不需要我了，你还到这里来干什么？——走开，走开！"

她疲惫地倒在沙发上，海尔曼将手放在她的头上。紧张气氛得到了缓和，爱丽娜的哭泣声变得平稳了。

爱丽娜最后的几句话仍然在海尔曼的耳朵里回荡，这些话所表露出来的令人痛苦的紧张中有一点儿不实的味道。爱丽娜夸大了她的感情，她是在演戏，目的是动摇他那均衡的生活，但他没有被战胜。

爱丽娜对他有什么要求呢？她不应该对他有什么要求。海尔曼的心肠硬了起来。

"你就是喜欢演戏似的表现自己，"他说，"尽管我很愿意，但我无法奉陪。"

爱丽娜没有吭声。

"我有什么办法呢！在我躯体的周围也应该放一些冰块，不然的话，如果天气太热，不及时埋葬，什么东西都会腐烂的。"

他看到他的话产生了作用。

他是从什么地方找到这些话的？他是不加思索地说出这些话的，目的是激怒别人。但连他自己也觉得这些话里是有点儿做作，有点儿恶心，因为他现在正是一个喜欢演戏似的表现自己的人。然而他没有找到真正的自我。

他该不该离去？这样做似乎太过分，太不近人情了。

爱丽娜弯着身子坐着，她看起来是多么渺小，多么可怜。

她终究也是人呀！

在海尔曼心中，情感已经分裂成软绵绵的碎片，无依无靠地四处飘荡。

"那我留在这儿吧。"

"留下来吧。"

"如果你有什么喝的，我们就喝一小杯，一切都好解决。有喝的吗？"

"只有白兰地，在那边。"

海尔曼从酒柜中取出酒和酒杯，开始时他们只是闷声不响地喝酒，互相一句话也不说。

"别这样，爱丽娜，这是无济于事的。"

"我知道。"

"让我们就这样度过时光吧。"

"我知道。"

"自己没有的东西，你怎么能施予他人呢？你是不是认为我不愿意，你一开始就看到了，我们是多么的不同啊。现在这已是过去的事儿啦！"

“这是对你而言。”

“对你来说很快也会如此，只要你学会看到这一点。情感总在消逝，剩在底层的不是什么别的，而是赤裸裸的变动而已。”

“现在可别这么说。”

“好，我不说，先干杯，亲爱的。”

“别这样，海尔曼！”

“也许是白兰地的酒劲儿冲上头了——你坐在一边静静等待，你是小姑娘，你见人赤身裸体就吓坏了，你必须习惯于此，这里有其美妙之处。你是女人，是血红的花朵，最纯洁的大自然的一部分，所以你还不懂——对你们已须用不同的方法来对待，必须潇洒地用不同的方法来对待。”

海尔曼往酒杯里添酒。

“别给我添多了！”

“它没有坏处——你的眼神立刻变了样，刚才还那么无神，那么憔悴。”

“现在不再是那样了，对吗？”

“是的，不再是那样了。”

海尔曼的脸上泛起红晕，两眼炯炯有神。

“日子可能过得很劳累，有时候觉得它没有尽头。”

“不管怎么样，现在有尽头了。”

“是的，有尽头了，过来，爱丽娜，”海尔曼的双眼湿润，流下了热泪。“你们女人是多么可爱啊——我在你们中间度过了生命中最美好的时刻，在你们的怀抱里我忘却了许多东西。”

“干杯，海尔曼！”

海尔曼淡淡地笑了一下。

“好吧，让我们为平衡干杯。我说平衡，你懂吗？我的意思是，即使活着走入坟墓，人也必须要挺住，要挺住。"

"亲爱的！"

"我说过你不了解这些，你也用不着了解。每个人都有自己的世界，用不着别人了解。"

"海尔曼，你的声音好奇怪，你发烧了，我帮你脱掉外衣。"

"就这样好了，让我们说说话吧——我刚才说什么来着？哦，对了，我说过每个人都有自己的世界，他的胸中有一个世界，谁都看不到它，谁也猜不透里面是怎样活动的。"

"我压着你的膝盖了吗？"

"没有，把你的头搭在我肩膀上——这样好不好——一个小生命在聆听，另一个人在说话，这是多么安全啊。"

"海尔曼，我一直在听你说话。"

"是的，亲爱的，我感受到你所感受的东西，你很幸福。我总能感受到别人所感受到的东西，我跟他们生活在一起，因此我爱他们。然后我感到疲倦了，回到了自我之中，与外界隔绝，听到的只有孤独时刻那种无声的乐曲，从灵魂深处找到了宝藏，好像生命之物从那里升起，取得了模样，在周围创造了谁也看不见，谁也想象不到的财富——这就是那一面，人的那一面。"

他们继续喝酒。

"你明白吗？"

"我听着呢！"

"听着！你听着，你真好，你像孩子一样地听着，你知道你这样做非常好。日子无声无息地到来，又无声无息地离去，不跟任何人说话，也没有必要这样做。"

"给你再添点儿酒，好吗？"

"谢谢，够了。我说过那是一面，但是还有另外一面，那就是冰冷的理智，像水晶一样冰冷，一样清澈。——当我想起它时，我就感到我好像是在高度赞赏人的这一面——爱丽娜，倒酒，亲爱的。"

"为理智干杯！"

"孩子，你是在说，你不知道你说的是什么，这也许跟为上帝干杯一样，因为你不知道，你才会这么说。像理智这样的力量受挤压之前必然会发生什么情况，你懂吗？这是大自然中的精炼。不，你怎么会理解呢？它是一种把死亡置于一切之上，把太空的极限尽收眼底的力量，它能丈量下至无底的深渊，上达高深莫测的认知——神性。"

她没有吭声。

"那么谁能从那儿看到生命，得到一次美好的享受呢？那儿从整个儿渺小的人类的千姿百态中得到乐趣，没有痛苦，再也没有忧伤。享受这样的冷漠，因为它吹灭了胸膛中颤动的火焰，把脆弱头脑中无用的动作凝结成可笑的图案。展现在面前的只是广阔而冰冷的视野，人们分散成小小的颗粒，凝结在同一个冰冷的整体之中，再也不能引起任何兴趣——"

海尔曼沉默不语，他的眼光停留在远方。现在他已经很清楚地明白他所说的是什么意思了。

"是的，可能是这样……"

他用手抹了抹自己的额头。

爱丽娜一动也不敢动。

"我说了些什么？好吧，再坐一会儿，让我们什么也不要说了。我再也不说话了，你觉得这很无聊，你的眼睛在要求什么别的？"

“海尔曼！”

“不，我不是这个意思，看起来你并不那么舒服，你不过是一个女人，生命——”

“为你的健康干杯！”

“让我们轻松一下吧，爱丽娜。我刚才听到了自己的声音，我觉得这很好玩儿，让声音做文字游戏。为了乐趣而已。让思想如此遥远地活动，让它远不可及，不至于受到干扰。这是孤独者的享受，你懂吗？”

“我懂。”

海尔曼凝视着酒杯，默然无声。

“生命唯一的财富就是能够从自身挤出东西来——不过挤出来的又是什么呢？”

“你已经累了，让我脱掉你的鞋子，好吗？”

爱丽娜给海尔曼脱去他脚上的鞋子，把他扶到床上。

“别管我，爱丽娜，别管我。”

“睡吧，亲爱的。”

海尔曼顷刻睡着了，但是爱丽娜仍然坐着不动。

她知道这一切都已经结束了。

她坐了很长时间，脑子里什么都没有想。

（1907）

弗兰斯·埃米尔·西伦佩

（1888—1964）

弗兰斯·埃米尔·西伦佩（F. E. Sillanpää, 1888—1964），是芬兰唯一获得诺贝尔文学奖的作家。他出生于芬兰坦佩雷市以西汉曼居洛（Hämeenkyrö）教区的一个农民家庭。他的父母是从外地移居而来的，经受过该地移民世世代代通常经受过的种种磨难。西伦佩曾就读于坦佩雷中学，1908 年考入赫尔辛基大学，攻读数学和生物学，后因家庭经济困难，中途辍学，从事文学创作以谋生。他从小了解农村生活，对劳苦大众怀有深厚的同情心，但是他有宿命论的观点，其作品在一定程度上反映了当时重大的历史事件，主人公几乎都是命运的牺牲品。他的作品中，长篇小说有《生命与阳光》（1916）、《行进中的生命》（1917）、《神圣的贫困》（1919）、《海尔杜和兰纳尔》（1923）、《早逝的少女西丽娅》（1931）、《男人的道路》（1932）、《夏夜的人们》（1934）、《八月》（1944）、《人世悲欢》（1945）等，短篇小说有《我亲爱的祖国》（1919）、《天使保护的人》（1923）、《地平线上》（1924）等。1953 年西伦佩发表他的生平自述《这样生活过的孩子》。他的社会政治文章及游记发表于 1956 年，名为《日在中天》。西伦佩擅长人物心理刻画，描绘大自然，寓情于景，使人物和景物水乳交融，互相辉映。由于他成功地描写了农民生活、农民与大自然的关系，于 1939 年获得诺贝尔文学奖。

西伦佩是以生物学家的眼光看待他笔下的人物，把他们看成周围环境的一部分。评论家卡罗·马尔约宁（Kaarlo Marjanen）总结西伦佩的创作手法时说："他通过自然来观察人类，其他人是通过人类的观点来观察自然，而他则用自然的观点来观察人类。"西伦佩认为，人是自然的一部分，人会消失，而自然却不会消失，它是富有生命力的。

《女雇工》选自短篇小说集《行进中的生命》（1917），讲述的是在普通的环境下一个普通女孩子的故事，她的行为服从于大自然的力量，而不是她自身的力量。大自然好像从冬天转向春天，作者给这种变化带上了抒情浪漫的色彩：为了观察自然，他使自然具有生命力，有时候他自己也参与到故事中来了。

女雇工

一

　　莎妮是里乌图农庄的挤奶工，唯一的女雇工。复活节后的星期一，从吃完午饭到晚间挤奶，她可以在这段时间里自由活动。她在厨房帮助该农庄的 16 岁女儿爱丽洗刷盘碟后，便走进了窗明几净的大厅堂，那里只有墙上的挂钟在嘀嘀嗒嗒作响。当房门打开时，在各自位置上打瞌睡的陈设物好像突然惊醒，仿佛它们被发现在胡思乱想似的。莎妮很得意地走过炉灶来到她的床前，她的床就在炉灶旁的角落里。她侧着身子站在窗户边往外张望。

　　窗台全部是她的地盘。窗台的一端放着她的教义问答集和赞美诗集，一本在上，另一本在下，另外还有两根浅红色的发卡、一把梳子和一封已经折叠起来的圣诞贺信。窗台边上还搁着一面方镜子，镜片虽然已经裂成两半，但依旧镶嵌在镜框里。这一切加上有四根帐杆的卧床，以及挂在墙上的衣服和随便放在床下的鞋子，这些东西给人一种像家里那样的感觉。每当她下班后来到这里时，她都觉得她好像回到家里了，她可以从窗户向外看，甚至可以哼哼几声。

　　此时，莎妮看了一会儿正在融化的外面世界便开始梳头发，她的动作非常轻，要是有人从门外走进来，这个人还会以为走进了一间空房间呢。屋里笼罩着浓浓的节日气氛，这种气氛却很奇怪地使她头脑里的痴心妄想黯然失色。慈母般的阳光就像默默吟诵赞美诗似的，这种不出声的声音依旧在刚从教堂回来的人心中悄悄地回荡。从外面传来了一种潺潺的流水声，这肯定是微小的小溪流过时发出的声音，这些小溪就像弯弯曲曲分叉而行的血管一样在黑压压的小路中间不停地向前流着。这种使人欲睡的潺潺声充斥着外面世界，并且随着阳光也传进了厅堂，此时厅堂里只是偶尔能听到梳子梳过莎妮的棕色头发时所发出的轻轻的唰唰声。

莎妮把她的卷发打个结后，便伸伸懒腰打了个哈欠；她的手轻轻地触摸了一下她的两侧，看了一眼她的身材。在节日里，两天来的懒洋洋的休闲生活开始在她身上很有趣地产生了影响。她情不自禁地躺倒在床上，转过身子让她的脸对着墙壁，她感到好像她的血液里充满了午后那种温和的阳光。她躺在床上觉得身上穿着的节日盛装有点儿太紧了，所以她解开胸前的纽扣，她那厚实的白色衬衣就松松散散地露了出来。她又一次沉浸于半真半假的遐想之中。在孤独中，她听任她的头脑考虑自己的事情，她从她脑海中的想象里获得乐趣，而这些形象似乎是从丰满的四肢涌向正在闭合的眼睑。这样的想象在没有邀请、没有许可的情况下纷至沓来，增添了她那松松散散之感。她在似睡非睡的状态下抚摸了一下墙上最靠近她的那个窟窿，就像以往礼拜天夜晚那样，躺在床上听任自己东想西想。

这种情绪首先出现在今年的春天，然后在礼拜天下午，每当她躺在自己床上时，这种情绪往往就会出现，仿佛她要用邪念来挑战礼拜天的严肃性似的。莎妮觉得只有此时此刻她才是一个成年人，一个真正的女佣，有自己的床，可以考虑自己的事。这一切显得更加令人惊奇是因为她已经有一个1岁多一点儿的孩子，她现在正好开始想到这个孩子。同时她开始有点儿不好意思地感到自己很幸运，因为她有了这个儿子，并且她用不着照顾他，还能在这样宽敞的厅堂里自由自在地躺在自己的床上。她偷偷地掩盖她那喜悦的心情，同时闭着眼睛紧紧地抚摸她的乳房。她终于说出来了："让孩子在他姥姥家的茅舍里长大吧，我要到村里去了，我要去——"

挂钟的嘀嗒声从她的耳朵里消失了，取而代之的是模模糊糊的潺潺声。厅堂周围变得越来越安静，到头来完全从她的头脑中撤离了出来。她的头脑晃晃悠悠地越走越远，终于来到了村里那些黑黝黝的角落，香喷喷的常青树丛和牛棚里贮藏牧草的顶棚。末了，她的头脑就在那里游荡，完全离开了她那强壮的躯体，张着嘴巴，伸直了腰板，在节日穿的毛料衣服和健康的肌肤散发出香气的情况下不停地呼吸着。

当莎妮突然醒来时，天色已经朦朦胧胧。她在床上翻了个身，咂了咂嘴，用手摸了摸她的身边。尽管她似睡非睡，但当她发现她在什么地方，模模糊糊地看到了熟悉的窗框以及窗外的一片天空时，她几乎要笑了起来。在她脑海里这个人就在床上翻来翻去，跟她一起扭打，她感到热血沸腾，她觉得这一切好极了。但是，突然有个东西落在她身上，她一扭身子，大声喊叫起来："不行，不行！"她就这样惊醒了。

莎妮轻轻地打了个哈欠，用手擦了擦脸，试图重新打起瞌睡来，以便恢复她的美梦。但她的梦是一去不复返了。

只有午后的遐想还在她的头脑里游荡，由于被她的梦所加强，这会儿正在把一股强烈的满足感传遍她的全身。啊，啊！当个女佣真好啊！

正当莎妮准备起床时，她听到两个人的脚步声，他们正朝着厅堂快速地走来，好像在寻找什么东西似的。他们就在门口停住了脚步，一个男孩的声音说："好吧，现在让我们试试看。"这是一个高中生，他是农庄的客人，另一个是爱丽。一进屋他们就开始跳舞，那个学生上气不接下气地哼着小调。他们停了一会儿，接着又跳了起来，根本没有注意到暮色中的莎妮。他们终于停在屋子中央。那个学生激动地说："你什么也不会。"过了一会儿，爱丽嘻嘻地笑了起来，她低声地说："你什么也不会——难道你会吗？"这会儿他们快步来到莎妮的床边。他们彼此搂着对方的脖子，同时一起坐了下去，结果却坐在莎妮的身上。那个学生兴奋极了，当他跌倒在床上时，他把爱丽也拉了下来。在一场混战中，他开始紧紧地贴着莎妮的身体，狂热地拥抱她。爱丽把头伸到他们中间，并且紧紧地搂抱着他们两人。他们互相缠在一起，接着他们停了一会儿，就在这一刻，爱丽说："莎妮，你是不是该去牛棚了？母亲已经去了。"

此时，莎妮把他们摆脱后便从床上爬了起来，扭了扭她那柔软的身子，扣上她的衬衣扣子，就离开了厅堂。当她哼着舞曲走向牛棚时，她的美梦仍然部分地徘徊在她的脑海里，她的身上还能感到男孩刚才搂抱她时的那种激情。在她熟睡时，一轮形状略为怪异的满月已经出现在天际，它好像要躲避似的从村子里升了起来，月亮像个躲在门后的熟悉的男孩，打手势要莎妮过来———

一股她从未感到过的激情抓住了她的灵魂和躯体。挤完奶回来后，莎妮便前往基维兰农庄去找埃丽娜。

她穿过牛棚的门走了进去。在初升淡淡的月光下，周围的农田和天际相处得非常融洽，好像心中都有着秘而不宣的打算似的。

二

莎妮的堕落大约是在两年前开始的，就在复活节的时候，那年的复活节是在春天，比今年要早一些。她的男朋友是经常来农村度假的大学生中的一个。莎妮到现在还不清楚，那个学生是谁，来自何方，后来又去了哪里。在她脑海里，这件事本身也差不多像是做梦似的。后来她生了个男孩，但这完全是另外一回事，在她的生活道路上这只是一个不幸的遭遇，是她因图一时快乐而付出的代价。她有时候会想起她跟那位学生一起度过的时光，但孩子从未进入过她的脑海。万一她想起她的孩子，她立即就会从梦幻中惊醒过来，马上投入工作，而且越干越有劲儿——

一切发生在一个夜晚。

黄昏时分，她来到了邻近的农庄。此时，复活节的月亮悄悄地从桦树林后的谷仓顶上窥视着，正在融化的大地在晚间的寒气中又冻结了起来。她头上围着毛织头巾，脚上穿着橡胶靴子，她在厨房里一直待到其他女佣下班为止。下班后她们都到邻近的草地去荡秋千。那位大学生也来了。他身穿白色毛衣，很潇洒地站在正在摇摆的秋千旁。在黄昏的遮蔽下，他的眼睛直盯着莎妮。然后他把秋千停住，用极其温柔的口吻问莎妮他能否坐在莎妮旁边。莎妮从来也没有遇到过说话这样温柔的年轻人。但是，当他坐上秋千后，他就不再跟莎妮说话，而是开始摆动秋千，并且跟坐在秋千另一块坐板上的姑娘们有说有笑。他表现得越是热情，莎妮越是明显地感到他的胳膊在使劲地挤压着她的肩膀，他那结实的胸侧在不断地温暖着她的胸部——

就在此时，月亮升起来了，它是又大又宁静，但它像即将来临的幸福时刻那样期待着，盼望着。玩秋千的人很快就消失在黑压压的树林里，在清新的空气中，远处仍能听到秋千发出的叽叽嘎嘎声，一个孤独的旅行者，如果他真的着了魔想侧耳倾听的话，他也可以听到人们之间的谈话声。好像测量时间的长短似的，檐水一滴一滴地落了下来，滴到地上后很快就冻结成冰——

玩秋千的人之间形成了一种特殊的情谊。他们决定到村里去跳舞。大学生从秋千上跳了下来，拉着莎妮就走。他还没想到要把他的胳膊从她的腰部抽回来，他开口问她："我们去跳舞，怎么样？"他们一起走了。

时间已经相当晚了，村内宅院里的人和村旁茅舍里的人都已经上床睡觉，在如此美丽的节日夜晚，他们并不惦记着他们的年轻人。

——当大学生送莎妮回家时，月亮正是最圆的时候，虽然已经过了半夜三更，但月光依旧洒满大地。整个夜晚，天气仍然比较舒适，温度没有太大变化。一切都很温和，很平静，它们观望着和倾听着，它们想知道，檐水是如何总是间隔很长时间才一滴一滴掉了下来，而滴到地上后却马上冻结起来。

莎妮觉得她好像早就认识这位大学生似的——在她出生之前，在无言的过去就认识他了。他们以前没有像今晚那样结合在一起。跳舞这段时间里，他曾经用手推滑雪车带着她在乡间公路上滑行，就在那里他亲吻了她一下。即使是现在，他们互相也没有说话。他们还有什么要向对方说的呢？如果这样做就会像在月光下大声独白似的，太荒唐了。

一路上他们走得很慢，因为莎妮无法控制自己，她不愿意把手从大学生的腰部抽回来。更有甚者，这位学生不时地停住脚步，他要亲吻莎妮，这样一来就需要很长时间。肯定已经是两点多了，他们才走进莎妮家的院子。

到目前为止，莎妮还没有真正的男朋友。她父母很善良，而她是他们的好女儿，性格比较文静，在这样的条件下她长大成人。她有着壮实而优美的身材。她已经搬到院子另一端的小屋里去住了。她父母也不再看着她了，而是很高兴地看见她周末晚上到村里去游玩。尽管她有如此好的条件，邻居们希望她早日找到男朋友，但他们是白等了，还没有一个小伙子来过她的房间呢。

对莎妮来说，虽然这是第一次，但她觉得没有什么奇怪的，也没有什么可怕的。即使他父亲突然走了出来，她也不会感到害怕。她开玩笑地问这位学生："你猜一猜，我住在哪里？"他猜对了，于是她拿出钥匙，把门打开，两人就走了进去。

莎妮觉得现在发生的一切正是她长期以来所期待的。她就跟春天刚出土的嫩草一样渴望得到她从未得到过的雨水。她当然是半推半就，但并不是不让它发生。她反而感到热血沸腾，无比激奋。

莎妮的堕落就这样发生了。从此以后，她再也没有见过这位大学生。后来她偶尔得知这个人的名字。除了他走的时候给她的 10 马克金币外，她从他那里没有得到过其他任何纪念品。噢，后来她生了这个儿子。

那次她到村里去跳舞后，莎妮就再也没有参加过任何晚会或舞会。这个学生走后的最初几周，她完全生活在很奇特的恍惚之中，从其本性来看，她好像变成了一个由于某种原因而突然虔诚起来的、温顺的女人似的。当她注意到自身的变化时——事实上是她母亲注意到了这点——她哪里都不能去，哪里也不想去。她在家里一直待到圣诞节。然后，她把刚生下来的孩子给她母亲来照看，而她就到里乌图农庄去当女佣。里乌图是个孤零零的小农庄，但是个打工的好地方，特别是对像她这样的人非常合适。从此以后，她只回家过几次，那是交孩子的抚养费，她只是偶尔到埃丽娜家去看看。

那年冬天和第二年的夏天她心平气和地生活在静静的农庄里。农庄里这种平淡无事的生活并不打乱她的情绪，那件事发生以后，她就一直处于平静的昏睡状态之中。周围的世界好像也不想打扰这个正在昏睡的人，静悄悄地离她越来越远。而莎妮呢，她谁也不惦记，谁也不想见。当她沿着长满青草的林间小道去接牲畜时，她什么也不希望发生。她也许会感到惊奇的是，夏天里桦树林已经发生了很大的变化。她不理解这是什么变化，她只知道现在跟过去不同了，但她那无精打采的眼睛却并没有觉察到人们已经把眼光从她那里转移了。

然而秋天来了，夜晚越来越黑，在月光下像鬼一样。正如预料的那样，这种情况开始使莎妮忐忑不安，因为有时候当她上床睡觉时，她觉得她好像已经睡了一整天而现在才被凄凉的夜晚叫醒似的。她记得以前从来也没有过这样的夜晚。她感到有点儿寂寞。有时她会一连几个小时睁着眼躺在床上。尽管她没有什么特别要想的，但她注意到她睡的枕头湿了，她一直在流泪。她觉得这很奇怪，因为她在这样好的地方工作什么也不缺。她也没有考虑过那件事，不管怎么样，那件事情也从来没有引起过她的悲伤。然而，现在这种情况却出现得越来越频繁。有时候她想跟埃丽娜谈谈这件事，但是她马上觉得这样做不合适——

接着下雪了，莎妮不知不觉地又昏睡了过去——

然而，正当人们习惯于冬天时，春天却传遍了大地。随着冰雪的融化，鲜嫩的小草悄悄地从地里钻了出来，树柱上的干树皮和桦树上的干树枝在眼睛看不见的微风中轻轻地抖动。莎妮觉得她好像又苏醒过来了，但这种感觉不再出现在她晚上躺在床上的时候，而是出现在她上午把常青树树枝运往牛棚的时候。这种树枝香气扑鼻，牲畜吃得津津有味，母牛的咀嚼声和铜铃的叮当声响彻牛棚，并且穿过敞开着的大门传到了正在融化的蓝色世界。她发现自己在哼唱，在跟爱丽说话，爱丽此时正在牛棚深处喂小动物，牛犊和羊羔。越来越长的白昼很快就过去了，晚上她上床后仍然无法入睡，不过，她现在睡不着却很高兴，有时候眼睛虽然湿润了，但眼泪好像是来自她的内心，很明显，那里有东西正在融化。她那平淡无事的童年和最近的两年慢慢地从她脑海里消失了，她觉得她正在小心翼翼地崛起，新的事物和新的经历正在等着她呢。她那刚开始的梦使她更加靠近这些东西，给她展示了许多新的想象。一想起这一切，她的眼神即使在白天，也变得很羞怯。晚上她赶紧干活，以便腾出时间去基维兰邀埃丽娜外出。然后，她们就长时间地手挽着手在乡间公路上边走边聊。

随着春天的消逝，这种新的情绪越来越强有力地控制了她。她在身体上感觉到了这一点，这使她很难受，不得不扭来扭去，她首次注意起她的体形。当她看着她的身材时，她想起了她童年时的模样，嘴上不得不露出微笑——当节日夜晚来临时，一种不可抗拒的欲望好像把她吸引到床上，她觉得她在床上伸直身子就好像自愿地来到了男人的身旁。不管最近发生的事，她那温顺但略带傲气的性格，到目前为止，仍然保持了她那简朴的家庭精心庇护下所形成的那种状态。她的头脑里现在涌进了一股成年人所拥有的思绪，打破了平衡，逗惹了她——她是个女佣，健康又强壮，正处于她的最佳时期。礼拜天晚上，她是为了谁而躺在高墙后面哭泣，紧紧抱住自己的胸部的？难道这不是她自己的事吗？不管发生什么事，就让它发生吧！

莎妮头脑里想的就是这些东西，当人们看见她在暖洋洋的春日里到处忙碌时，谁也不会相信她头脑里会在想这些东西，因为他们看到的是她的眼睛和面孔。她的外表反映的好像是春日阳光灿烂的一面。

现在是四月底，复活节的第二天，她决定晚上出门，正如前面提到的，她已经有两年没有出来玩儿了。

三

由于这个原因，莎妮和埃丽娜怀着愉快而激动的心情，她们现在正在走向村里的舞厅。她的眼睛闪闪发亮，当她们瞎聊的时候，她常常咯咯地傻笑。

当舞厅的山墙映入眼帘时，这个舞厅就是当时她们跳舞的地方，一种凄凉的感觉突然涌上心头。她觉得她好像兴致高涨时被迫离开她的亲爱的伴侣似的，她不得不到一个可怕的地方去，那里的墙壁，甚至是门框，看起来都是冷酷无情的。甚至连她身旁的埃丽娜都好像变成了陌生人，她好像是被迫跟她同行的。一个奇怪的想法掠过她的心头：此时此刻她真希望她正坐在自己家的小屋里。

然而，她和埃丽娜现在来到了村里的通衢大道，她们已经可以听到音乐声，也可以看见从窗户射出来的参差不齐的灯光。一个男子突然从大门里窜到了院子，伴随着他的是哈哈大笑声，一小束灯光和喊喊喳喳的谈话声。与此同时，沿着台阶又走出来了一个光头男子和两个正在欢笑的女子。这里有音乐声，又有喧闹声。莎妮又一次来到了舞厅——

"她不是基维兰的埃丽娜吗？"其中一个女子低声地说。

"是的，那个是里乌图的莎妮。天哪！我的天哪！"——这两个女人朝着莎妮和埃丽娜走了过来，那两个年轻人紧追不舍，他们千方百计要拉她们回去。"快点儿，姑娘们，赶紧回来，否则华尔兹就要错过了。"这两个男子走回去了，一个女子拉着莎妮的手，问了几个问题，低声地说了一阵，然后就笑了起来。

即使在舞厅里莎妮开始也并不感到愉快。她觉得现在情况跟上一次完全不同了，就好像去年夏天当她穿过桦树林时，虽然没有人特别注意到她，其他一切差不多跟从前一样，但她仍然觉得一切都已经变了。现在是舞间休息，乐师正在后面调音，年轻人正在门口争抢座位。莎妮跟埃丽娜一起站在炉子前面。她们是在一批姑娘们中间。音乐重新开始，一对对表情严肃的青年男女边旋转边出现在舞池的时候，这批姑娘也随之慢慢地散开了。那些动作比较笨拙的男孩跳舞的时候步子常常出错，而那些农庄的少爷和见过世面的人却跳起了波尔卡，他们跳得非常平稳，脑袋挺得很直，从不左右晃动。他们知道该怎么跳舞，从他们的脸上可以看出，他们知道旁边有人在看着他们。

这时候，两个样子粗鲁、头戴皮帽的人从门边蹦蹦跳跳地挤了过来。他们彼此把手放在对方的肩膀上，跳得非常潇洒，比别人都要高明。很明显，他们是在作秀。他们脸上露出了专心致志的样子，因为大伙儿都在看着他们。许多人觉得这一对的确跳得很精彩——两个身高相同的女佣也跟着大伙儿一起跳，而且一个舞都不落。舞间休息时，她们手拉着手站着，一句话也不说。

现在的灯光也许比以前要暗一些，莎妮觉得那年复活节这里的灯光要比现在亮得多。那时候，当她们走进来时，大厅里，坐在长凳上的人们的眼中，到处都是灯光闪闪，好像大家都是一时冲动地决定来跳舞似的，因此不是十分严肃。而现在，这儿除了乐队演奏的音乐外，没有聊天的声音，甚至乐队声音所涉及的也是过去的事情——皎洁的月光下，水珠一滴一滴地落在潮湿的土地上——

站在这儿的是里乌图农庄的莎妮，随着音乐的起伏，她脸上那种又高兴又倔强的表情也消失了。她那温柔的眼光好像在寻找她该同情的对象似的。一个偶尔走过的小伙子注意到了。他叫于尔约，爱娃彼尔第的儿子。他身材修长，长得很帅，有一对蓝色的眼睛，他并没有在门边晃来晃去，而是跳得很起劲儿。他还不到20岁，但已经周游过世界，早就把他母亲都忘了。他向莎妮的发型和肩膀瞥了一眼——她比别的女孩子漂亮——通向莎妮的道路以及沿路经过的地方瞬间掠过他的头脑。现在他不想再跳舞了，他坐在板凳上，愉悦之情油然而生，但他没有告诉任何人——

"跳个集体舞吧！"女人们喊道。

> 母亲以为来的是小偷，
> 却是情郎来找她的女儿。

她们在院子里见到的那个男子一把抓住了莎妮。这个歌结束后另一首就开始了。莎妮注意到了于尔约的蓝眼睛，她就选了他。埃丽娜跟一个男子从外面走了进来，从她的眼睛里还能看出他们之间刚才发生了什么。莎妮和于尔约互相看也不看就参加了集体舞。莎妮感到很高兴，因为她碰巧是在圈子的中间。

大家唱了好几首歌——

> 碎石路平又平，
> 浪子走东又走西，
> 嗨，呼啦，呼啦！
> 于尔约啊于尔约，
> 我的情人年轻又纯洁，
> 我永生永世离不开他，
> 嗨，呼啦，呼啦！

乐队也给他们伴奏，结果引来了一阵掌声。他们跳啊跳，此时此刻其中一人感到好像两年前的那位大学生回来了，他正坐在旁边的房间里，这就是她跳得如此好的原因。于尔约十分平易近人——

到了半夜，大厅里的灯光好像越来越亮了，人们也越跳越好了。那位大学生好像仍然坐在隔壁的房间里，跟别人一起聊天，逗笑。埃丽娜又不见了，她把莎妮彻底抛弃了。莎妮知道这个时候她去干什么了。月亮依旧耀眼地闪烁着——同时莎妮觉得有点儿孤立无援，但她有着自我献身的强烈欲望。她眼睛向下看，不知不觉地把身子越来越近地贴向她的舞伴儿，用左手的手指头使劲捏了一下他那肌肉发达的胳膊，好像她想知道这个胳膊是否结实似的——

时间好像停止了似的，它停在原地不动。现在已经是凌晨时分。

莎妮朝着餐室走去。

"你去哪儿啊？"

"我去找埃丽娜。"

"你找她干什么？"

"回家。"

"现在还不回家。让咱们一起走，好吗？"

没有人说话。华尔兹舞开始了，门口有人用手拍了一下靴筒说：现在轮到女方邀请男方跳舞！

莎妮向于尔约点了点头说："好吧，咱们去跳舞吧！"

四

四月的夜晚，明月当空，万籁俱寂。人们看见有两个人从干草棚里走了出来。先走出来的是一个女的，她朝着公路慢慢地走去，她根本不回头看那个男的，他是晚一点儿才从干草堆里跳了出来，并且停在干草棚前。这个女子继续往前走，那个男子站了一会儿，双手插在夹克衫的口袋里，嘴上叼着一支烟，烟火把他那部分脸庞都照亮了。他好像不知道究竟是跟着那个女人走还是站在原地不动。他好像既不想跟着那个女人走也不想留在原地。他一会儿朝东，一会儿朝西，向四周看了看，烟火越烧越红。看来他们之间的关系还没有真正定下来，尽管他们是一对青年男女，而且在干草棚里已经待了至少有一个小时——在这样一个月光皎洁的夜晚，凌晨时分！

女的已经走得很远了，男的必须当机立断，他的处境相当尴尬。——看来跟那个姑娘分手现在还不合适，这样做就好像把她从雪橇上推下来似的。可是她走自己的路，就好像办完事回家似的，她只顾往前走，连头也不回。他从干草棚里冲出来，结果站在这儿，他真愚蠢！他应该继续躺在干草堆里等她消失后再出来，他为什么不这样做呢？他还没有打算让她走。究竟是什么控制了她？他根本没有勾引过她。他跟她在一起，这是她自愿的，而且她是充满了激情。然后她离开了他，他连抓住她的胳膊让她不要走的机会都没有。既然一切都进展得如此顺利，他们可以继续待在一起。真见鬼！

他开始跟在她的后面走；他起先好像很不在意，但当他走到谷仓前的遮篷时，他就开始跑了起来。他终于赶上了她，他以开玩笑的口吻气急败坏地问道："你到底想去哪里啊？"在月光下，这位女子的脸是红彤彤的，她看起来好像很不在乎但又很满足。尽管男的已经在跑着走，但她压根儿也不改变她的步速。她看着地面，好像她没有听到他的问题似的，也许连声音都没有听见。

他们俩肩并肩地，无声地走着，女的步子短促而平稳，男的步子稍为大一些，黑沉沉的，路面高低不平的道路在他们脚下沙沙作响。男的一直看着女子的脸，但她并没有看他，于是他就哼起波尔卡舞曲来了，昨晚的舞会上，这个舞曲已经演奏好多遍了。这一切压根儿没有打动她的心，她仍然是我行我素。男的发现说话是徒劳的。对他来说，这是最尴尬的，但他又不忍心掉头往回走或者装出生气的样子，他没有理由这样做。于是他继续哼着波尔卡舞曲，假装很满足的样子，好像他们之间发生这样的事情是很自然的。

这片地带，一切都是静悄悄的，道路上的弯道是一个接着一个，直到他们看见了岩石山旁里乌图农庄的木屋群。在晨光熹微中，遮篷下吊着的用餐铃依稀可见，一条狗在汪汪地叫。他们沿着小路往上走，穿过劈柴棚来到了马厩的门口。男的当然知道她要直接从这儿走了进去，但他依旧停在前廊的门口，假装在等女的回头看，这样他可以再一次向她示意让她回到他的身边。

她的确回头看了一眼。她在关门之前朝站在门廊前的小伙子瞥了一眼，但这一瞥并不到此为止。她把门关上了。

男的短暂地笑了一下，然后迈着轻盈的步伐沿着原路走回去了，他点燃了一支烟，并且不时地抬起眼睛遥望着月光照耀下的天空。

莎妮与她夜里的伴侣分手后便走进了厅堂。她非常平静，她的眼睛很快就转向出现在窗户上淡淡的亮光，她的耳朵倾听着静悄悄的黑夜。墙上挂钟发出的缓慢的嘀嗒声就像老人严肃时说话的声音，声音不大但直截了当，很平静。在整个厅堂默默的倾听之下，这种声音向她说了一阵子，然后就消失了，接着莎妮向窗外张望，看了看正在融化的田地和打谷用的谷仓。这儿看不到月亮，但月光却像活着的灵魂那样从窗户底下射了进来。她开始听到了男佣大卫沉重的呼吸声，他睡在靠门边的那张床上。莎妮仔细听了一下，当她发现他的呼吸声很深沉时，她觉得她终于是独自一人了。

她觉得，发生的这一切好像都是在遥远的过去，仿佛是别人所经历的，这个人对她来说是完全陌生的。虽然在神经深处她还能感到今晚她所感到的一切，但她仍然觉得今晚也是来自遥远的过去，好像是偶然接触了她。在她头脑里这一切就像照耀在黑沉沉大地身上的月光那样停止了片刻。

当她朝着熟悉的林带观看时，这样的一张图画突然映入她的眼帘：这座房子，这个村庄，整个世界都是空荡荡的，而她是唯一的居住者。她以前经历过这种情况，而且往往想知道别人是否也有过这样的感觉——像这样的夜晚是无尽头的，她也不会唤醒过来的，她的伴侣不是别的，就是那条林带。她的眼睛始终看着远处的树林，莎妮越来越深地陷入自身的想象之中。她好像站在她自己家的窗前，远处的世界只是隐隐约约地露了出来。虽然那里的每个角落都呈现出一种令人误解的空虚，但看它一眼还是挺安全的，因为它是如此的遥远——

突然她从这样的思绪中惊醒了过来，她很反感地看到了刚刚发生的一切，舞会，这些男人——她差点儿笑了起来，因为她想起了那个男人，他像影子一样跟着她一直到马厩门口，然后就像老鼠钻到洞里那样消失了。——"他们都是一路货色。"她发现她在无声地自言自语。但与此同时她感到大吃一惊，好像有人把这句话灌进她的耳朵似的。是不

229

是这位大学生？他突然从某处冒了出来，现在就站在她前面的黑暗中。他站在那儿看着她。虽然莎妮并没有朝他的方向看，但她还是清楚地看到了他的脸，这是她第一次在想象中看到他的脸。她看见他的眼睛和嘴巴都在笑，并且叫她走进黑暗中去。莎妮感到很反感。她很仔细地把目光投向了谷仓附近的一个角落，接着这个学生的形象就开始被迫在空中翻滚，到头来就消失了。莎妮一动不动地盯着看。

一种极其孤独的感觉终于从她内心深处释放了出来，并且征服了她。她是个10岁的孩子，这是一个乌云密布的夏日，她擅自离开了自己的家，走进了远处的荒山野岭。此时此刻，一种狂叫声正从她的心中迸发出来，就像一个正在陷入沼泽的人所发出的那种呼叫声，她发现她伸出了双手，但抓到手的只是一片空虚。她把双手合十地放在她的胸部上，好像在祈祷得到某种她长期以来所渴望的东西。但宇宙没有任何反应。然后，好像害怕扰乱厅堂里的安宁似的，一股泪水慢慢地出现在她的眼眶里。由于没有受到睁开着的眼睛的阻挠，第一滴眼泪就沿着脸颊流了下来，接着是第二滴，第三滴——那种美丽的静寂被动摇了，被打破了。她眼中的光芒越来越暗淡了，月光分散成了小小的光束。莎妮脱掉衣服，上床后她便在被单下面哭了起来。

她为什么要哭呢？她当然不是为她再次堕落而哭泣，因为此时此刻她觉得这次堕落是微不足道的，因此当她想起它时，她差点儿笑了起来。她也不是为她的初恋而哭泣，因为她对初恋的记忆好像越来越淡薄，越来越模糊了。根本不是这一类的原因，然而她究竟渴望什么，她自己也搞不清楚。在她那越来越热的头脑里，一切都是杂乱无章，其中包括秋天的渴望，今年春天的轻举妄动，结果导致她外出跳舞。——我是谁？——我是莎妮，这是我的手，我是一个女佣。——她抬起了头。——这是里乌图的厅堂，那儿是挂钟，它一直在走。——她抬着头从明亮的窗框中看到了自己的眼泪。清明凉爽的空气里开始闪耀着清晨第一道霞光。莎妮把头放回到枕头上，眼睛开始自动闭合了。

晚上她坐在自己房间前面的台阶上。她不知道这是春天还是夏天，但天空中阴云密布，预示夜间将有一场美好的雨。她感到有人走过来了。她赶紧回到自己房间里，然后躺倒在床上等待着。这个人穿过房门走了进来，在半昏半暗中向她走近，她让他躺在她的身旁。她温柔地拥抱他那修长的身躯，他很年轻，还没有人拥抱过。一股既舒适又刺激的暖流传遍了她的全身，好像把某种痛苦从体内驱散出来似的。这个时候，有人在门后咔嗒咔嗒地作响，他就是那位大学生，手里拿着钞票，但他烂醉如泥。莎妮感到一阵剧痛，她紧紧地依偎在她的伴侣身旁。床上的被单被人揭走了，她浑身发抖，因为她是一丝不挂，于是她赶紧设法遮盖自己。于尔约独自一人在空中飞舞，好像在厅堂上空跳着波尔卡舞似的。

当莎妮回来时，睡在厅堂隔壁房间里的高中生已经醒了，这会儿他摸索着把通往厅堂炉灶旁土坑的门打开，但他是白费力气，因为这道门从来也没有使用过，钥匙也丢了。莎妮再也听不到他的咳嗽声了，于是，从不安宁的睡梦中惊醒一两次后，她终于真正地睡着了。她的思想经过了一阵混乱后，莎妮姑娘终于进入了梦乡。

在外面，月光皎洁的四月夜晚很快就要过去了，空气中充满着冰块融化时所散发出的气味，这预示着春天的到来，我们的世界便不受干扰地从欢乐的节日夜晚进入日常工作的早晨。

（1917）

托依伏·佩卡宁

（1902—1957）

托依伏·佩卡宁（Toivo Pekkanen，1902—1957），出生于科特卡市一个泥水匠家庭，家境贫苦，挨过冻受过饿，当过木匠。他未受过学校正规教育，自学成才。他发表的第一部作品是短篇小说集《钢铁的手》（1927），接着出版的是《港口和大海》（1929）和《不朽的人物》（1931）。1932年他出版了一部描写一个钢铁厂工人成长过程的带有自传体性质的小说《在工厂的阴影下》，这使他一下子成了工人作家，拥有广泛的读者。后来他放弃工厂的工作来到赫尔辛基，投身于创作之中。他是一位多产作家，主要作品有《店主的孩子》（1934）、《人类的春天》（1935）、《祖国的海岸》（1937）、《不祥的沉醉》（1939）、《逝去的岁月》（1940）、《上帝的磨坊》（1946）、小说三部曲《黎明前的昏暗》《同志情》《胜利者和失败者》（1948—1952），剧本《恶魔》（1939），短篇小说集《男人和红胡子的老爷们》（1950）。1953年他出版了他的回忆录《我的童年》。佩卡宁1955年被任命为芬兰科学院院士。

《修桥的故事》选自佩卡宁的短篇小说集《港口和大海》（1917）。

修桥的故事

　　我曾经跟一些人关系很密切，但后来却再也没有见到他们。每当我想起这样一些人时，一种无名的痛苦和思念往往抓住了我的心。这种感觉很有意思但令人苦恼。你想一想，像人这样重要的东西会突然从我们的生活中永远消失，不过，这就是我们人类的命运。

　　这儿我想到两个人，我跟他们的友谊持续了将近一年。我记得整个儿这段时间里我感到很无聊，但当我觉察到我再也见不到他们时，我几乎惊恐失措。他们生活在一个地方，而我生活在另一个地方，但我们在修建一座桥时曾经住在一起，工作在一起。在这以后我们彼此就没有音信。

　　这是一座为铁路公司修建的跨河大桥。整个工程开始于冬天，基建项目必须在春天到来之前完成，这样天气一转暖就可以开始灌浇混凝土。工地周围是农村，工人们就住在离工地大约两公里的村庄里。这是个普通的村庄，它在这块土地上已经沉睡了不知有多少年了，现在突然因人声嘈杂而惊醒过来好像有点儿慌手慌脚，不知所措。不过，当地的老百姓，因为他们具有特别健康和强烈的经济头脑，所以马上接受了这种局面，而且很快就发现他们能从中得到些什么，他们发现他们可以赚钱。于是他们就出租房屋，销售食品给建桥工人，同时他们的女儿在这方面还有其他的好处，而这却使他们的儿子愤愤不平。

他们两个男人住在一间房间里。因为我是人生地不熟，又在他们的铁匠车间当助手，所以就让我跟他们住在一起。这是大房子里面的小房间，几乎没有个人活动的余地，但他们的住所跟许多其他工人相比还是要好一些，因为它是大房子里面的小房间。当然，这样一来我就跟铁匠师傅住在一起了。

在平日，我们从早到晚一直干活。这也是那些日子中最开心的部分，尽管我们希望早日完工。我们希望工作不要过分紧张，以便晚上可以自由支配。但是到了晚上我们干了些什么呢？我们只是感到无聊。我们吃喝，看报纸和书，出去跳舞。然后呢？那些晚上除了感到无聊以外，我们还能干些什么呢？在村里，大街小巷都被白雪所覆盖，天空中远方的星星闪闪发光，周围的树林一片漆黑，一动也不动。我们透过窗户望着这一切，我们一声也不吭，纷纷陷入思念之中。对建桥工人来说，望着冬天的黑夜陷入沉思之中，这样做不好。老是想这想那对他们来说很不合适，因为这只能引起思念和恐惧。但是，我们还能干些什么呢？除非有其他的期望，我们也不想仅仅为了跳舞而连续好几次去参加村里的舞会。那些农村舞会无法提供值得让我们睡觉前很好回想的这样的姑娘。那些姑娘跳舞跳得很好，着装也很漂亮，她们能引起我们的思念，但她们不具备能满足这种思念的本事。因此，最好还是离开她们。

看报要花半个小时。放在那儿的书都是这样的书：很糟糕的小说、农业和家政丛书及有关名人的专集。有时候可以花整整一个晚上看这些书，但绝对不会连着第二个晚上再继续看这些书。我们有许多个晚上，我们有很多时间，有时候我觉得我们好像有无穷无尽的时间。无穷无尽的黑暗和时间。当我们真正感到无聊时，我们就玩纸牌，可是，玩牌虽然能很好地消磨时间，但它绝对不可能让我们摆脱这种无聊的感觉。这两个铁匠中的一个还有一个妙招，晚上他大部分时间到村里去，回来时喝得醉醺醺的。另一个师傅从来也不这样做，因为他特别干净，决不会用毒药来伤害他的身体。第二天他在工作中明显地打败了他的伙伴，因为在现实生活中我们的工资是按照工作的优劣来计算的。

我们感到很无聊。冬天过得很慢，好像没有尽头似的，我们唯一能盼望的就是春天。说实在的，我们压根儿不知道在这样的环境下春天到底会给我们带来些什么。但是，如果一个人没有东西可期待，没有东西可盼望，那么他就完蛋了。当我们没有别的东西可期待时，我们就盼望春天的到来。这样我们在发薪日就可以高高兴兴地玩儿一下，因为那些对赌神并不太顶礼膜拜的人的积蓄开始增加了。人们很容易见钱眼开，但只有当你口袋里的钱持续增加时，你才会认识到钱的价值。到那时候，你就开始想拥有更多的钱，而且越多越好，这样我们就变得很节俭。但是，就是在这种欢乐的下面往往是无聊，好像缺少什么东西似的，所以我们常常想：要是春天马上来了那有多好啊！

春天的确来了，但我们并没有想到它只是一个普普通通的春天而已。有一天河里出现了一个窟窿，火球般的太阳在空中射出光芒，矮矮的屋檐开始滴水。啊！夜里天气还很冷，但没有上星期那样冷了，就是在夜间天也是亮的。天上有成千上万颗星星。小村的上空飘浮着激动人心的光团，一阵阵春风吹来了远方大海的气息。现在，甚至白天的工作也失去了吸引力。工作只是让我们出出汗而已。树林里，泥泞的路上，闪闪发光的雪堆上，有东西在召唤我们。不久前我们感到无聊，而现在我们感到令人苦恼的坐立不安。好像不可避免地要发生什么特别的事情，我们怀着不耐烦的心情随时随地等待着它的到来。

但是会发生什么事情呢？我们这些已经活得够长的人从一开始就抱着怀疑的态度。春天已经欺骗过我们许多次了。它只是使人们凭一时冲动轻率行事，然后它就高高兴兴地走了。那么夏天呢，与我们的愿望相违背，它从来也没有实现过春天的诺言。但是，当春天还在我们血液中沸腾时，我们的疑虑是起不了什么作用的。一生中养成的习惯和严格的纪律使我们发展到这样的地步：我们能够有次序地工作，但很艰苦。不是所有人都能坚持下去的，有的人走了，但他们人数不多。一年又一年这样的人越来越少了，因为现代精神蔑视他们，使他们难以维持生活，更不可能过好日子。流浪汉，马路天使，这样的人快要绝种了——像我们这样留下来的人干活总是干得汗流浃背。不管怎么样，日子还是一天天过去了。不过我们晚上可以干些什么呢？书已经失去了所有的吸引力，报纸也索然无味，因为现在是政治和体育的淡季。连走私者都在等待冰雪融化。现在的晚上比冬天的时候还要长，我们有更多的时间。于是我们在村子里到处转悠，到邻居家串门儿，跳舞，打牌，但是时间仍然太多。那位老师傅晚间越来越频繁地出没于村里的酒店，在工作中则越来越落后于其他人。

冰雪融化后，大桥巨大的弓形结构就开始露出水面。混凝土搅拌机开始搅拌。但是我们是在铁匠车间里工作，所以对此知道得甚少。我们就是把钢铁塞进炼铁炉里，把它们锻造成钻头、钢梁和螺栓。面带怒色的工程师常常来看我们，他带着图纸，就计件工价争论了一会儿，然后就走了。青草地开始泛绿，树上出现了花蕾。

我们习惯于出汗。铁匠师傅停止骂人了。夏天到了。我们的时间也就这样过去了。大桥一天天接近竣工。我们在林子里散步，在河里游泳。我们又读书，打牌，跳舞。爱喝酒的师傅也不常常喝酒了。我们感到无聊，因为我们不知道晚上干什么才好。打牌、跳舞、喝酒和读报并不是什么活儿，也不是什么事情。它们只是自动填补空白的东西，没有别的东西，而生活必须要有内容。大桥没有什么意义，我们只是帮它一下而已，但我们的确看见河水在流动，树林围着村庄和宇宙一动不动地飘浮在我们的头上，可是我们不可能解决它们的问题——有人从事政治，他们要比我们快乐，因为即使在夏天，他们仍有所期待，有所盼望，而我们却不是这样。

大桥快要建成了。9月底大桥几乎接近竣工，铁匠已经不需要了。我们领到钱，收拾好行李，准备去找新的工作。到了最近的火车站我们就分道扬镳。我们回头最后看了大桥一眼。

爱喝酒的师傅说：

"我们又造了一座桥。"

"是啊，是我们造的。"另一个师傅说。

"我们花了6个月造这座桥，这又是我们一生中的6个月。"

"没错。"

"好吧，再见，伙计们！"

"再见！"

从此以后我们彼此再也没有见过面。他们生活在一个地方，而我生活在另一个地方。当我想起"永不"这两个字时，心里就觉得很不舒服。它们就像两条平行的直线——不过，我们——我们这三个人——也许在大桥的螺栓和钢梁上留下了一些东西，尽管它们已经深埋在混凝土里，没人能再见到它们，不管怎么样，能够这样想一想，多多少少也是一种安慰。

（1929）

彭蒂·韩培

（1905—1955）

彭蒂·韩培（Pentti Haanpää，1905—1955），芬兰著名的工人作家，出生于芬兰北部一个农民家庭，未受过正规教育，靠自学成才。他写了许多短篇小说，具有表现主义色彩。作品内容多是对社会进行剖析和批判，是一位十分出色的讽刺家和幽默家。他所写的题材始终是农村，而不与城市发生任何关系。他写的对象都是农村微薄收入者、波赫亚地区的农夫、流浪者等。他发笔于事物细微之端而展现出世界的艰难、社会的不平等。他先后发表了近20部小说和短篇小说集，如《战场和兵营》（1928）、《魔圈》（1931）《主人和影子》（1935）《群体》（1937）、《天边的演员》（1938）、《人生带苦味的理想》（1939）、《林中之战》（1940）、《故事集》（1940）、《摩登时代》（1942）、《9个男人的皮靴》（1945）、《上了年纪的海达·拉赫柯》（1947）、《面粉》（1949）、《原子科学家》（1950）、《祷告的转盘》（1956）。《魔圈》和《面粉》被认为是韩培最佳的作品。1953年他曾随芬兰文化代表团访问中国，回国后写下《中国故事》，介绍新中国。本书中的短篇小说《最后的旅程》描绘了在极端恶劣的环境下劳动的穷苦林木工人，同时也展现了大自然那严酷的一面。

《酗酒》中的主人公军士布克苏是一个嗜酒成癖的人，他把酗酒当作摆脱他生活中陷入死胡同的出路，然而沉迷于酗酒带给他的解脱和快感不过是自欺欺人。他与人们疏远了，他开始厌恶甚至仇恨他们，在他的心目中，甚至自己的孩子和妻子也成了累赘，布克苏正在走向绝境。小说结束时，妻子对丈夫粗鲁话所做的温顺的反驳和布克苏的自问，意味着主人公已在思考自己生命的价值和怎样生活下去的问题。那条谚语"恶有恶报，善有善报，不是不报，时辰未到"说明布克苏是有希望改邪归正的。

最后的旅程

安苏·罗瑞病得很重。他躺在篝火旁一株干枯了的松树底下，呕吐了一阵，接着痛苦地呻吟着，后来干脆像猫一样嗷嗷怪叫起来。

五六个放排工坐在篝火边喝着咖啡。但因为有病人在旁，他们的心情特别抑郁。他们似乎觉得，在这个远离村庄和医院的旷野，生病不仅是坏事，而且简直是犯罪。

"难道伐木工就可以这样死去？"有人愤愤地斜着眼问。

"这有什么，人都已经这个样了，扔掉算了，扔到沟里……"

工头穿着皮上衣在河岸边踱步，后来他走到病人跟前停了下来，弯下身问：

"你觉得怎么样了？你说什么？……怎么病得这样重！"

病人没有明明白白地回答。他断断续续地说了几句胡话，不停地翻滚着身子，也许他已完全昏迷。工头直起腰，一脸晦气，脸上还露出着急的神色。在这荒凉的地方什么事儿都有！反正倒霉和花钱就是了。

"肚子痛，"工头说，"可能是盲肠炎。得送去看病。谁认得他？尤利！你认得？"

"我们一起上岸来的。"被问的人一边点烟一边回答。

"那好吧，你把他带到村子里去住医院。"

"我一个人怎么抬他？"

"另外两人跟你一起去。"工头生气地说。

对方没有作声。过了一会儿，工头补充说：

"你认得路吗？"对方还是不作声，他就转向两个站起来的人，"你们熟悉这一带的路吗？先划船去，然后把病人抬到瓦拉庄园，那里可以搭马车。"

他掏出厚厚的钱包，数了几张钞票，塞到尤利手里。

"花吧！当然是公费。要发票！省得让人说这人是因为穷或者无人照顾才死在我们手里……"说着，工头坐下来喝咖啡。

不一会儿，安苏·罗瑞已躺在一条小船上。剧痛又一次发作了，他哎哟哎哟地叫着，打起滚来，使劲冲撞，几乎要冲出船舷，甚至把小船弄翻。贝卡·尤利紧紧抱住他，抚慰他。另外两人使劲划着桨。

"这次护送很艰难呵！"尤利说。"五十多公里远，三分之一是水路呢。"

荒原上的河水闪闪发亮，一堆堆木材在水上漂流，远方蓝色的北极山峦上，积雪在炽热的阳光照射下闪耀着美丽的银光。

然而安苏·罗瑞，一个垂危的伐木工，在小船底部挣扎着，活像在泥地上蹦跳的大鱼。他张大嘴，大口大口地呕吐，接着不停地打滚。

划船的人叹了口气，开始抽起烟来。

"不会马上断气吧？！"

"嗯，不会那么快……"

河水在船边哗哗作响，微微的风浪拍击着船帮。几个汉子变得沉默了。他们的伙伴，一个伐木工人，男子汉，还在那里像蚯蚓似的翻滚，毫无疑问，这是垂死的挣扎。死亡是司空见惯的事，然而身临其境总还是感到新奇和陌生。

他们也许在想：总有一天，死亡也会降临到自己头上……

这些放排工目睹了眼前发生的这一幕进展缓慢的痛苦悲剧。一个男子汉在那里喘气打滚，疼痛难熬。也许不久他就不存在了，其命运简直不如林中的树枝树梢。

病人又平静了一会儿，贝卡·尤利点了支烟。

"我想起了一句话，叫作'高抬贵手'……"

这时，病人又挣扎起来，尤利试图把他按倒在船底。然而，这次看上去病人不怎么痛苦。他以分外明亮的目光环视周围。

"让我……让我最后一次看看这个世界吧……"

他僵硬地趴在那里，转动着脑袋。他的脸已被痛苦扭歪了，湿漉漉地渗着汗珠，然而眼神是那样奇特。或许他看到了什么?! 四周是荒凉的大地和北极山峦，还有发着亮光的河面和浮动的木材。

后来，安苏·罗瑞终于倒在船底，不再呻吟，不再挣扎和翻滚。他缓慢地喘着气，胸脯艰难地起伏着。没过多久，贝卡·尤利把他放平了说：

"完了! 我们成了送葬队了。"

划船的人停了下来，半举着桨，仿佛向死者表示哀悼。贝卡·尤利坐在船尾，心想，要不是像刚才那么受罪，活像挨刀子似的，那么死在这样的航程上倒是很美的：蓝色的北极山峦，西下的夕阳，小船荡漾在旷野的河面上……

他看了一眼他的两个伙伴，他们像是着了魔似的望着船舱中央的尸体发呆，那人已经不再呻吟，不再动弹。尤利从他们的眼神中看出他们的恐惧和惊慌。他们毕竟是偏远地区的乡下汉哪! 死尸对他们来说是怀有敌意的骇人东西。

"安苏·罗瑞现在可是个安分守己的小伙子喽!" 贝

卡·尤利说。

那两人于是又划起桨来，默默无声地、虔诚地、有力地划着。小船快速地驶在河面上，河水拍打着船头，桨划过的地方出现了一个个漩涡，又迅速地消逝在后面。过了一会儿，小船全速驶向岸边。

河岸上有一所灰色的农舍，它孤单单地坐落在荒无人烟的旷野，使过路人无不惊叹人的勇敢和毅力。

划船人把小船拉上岸，接着向农舍一路小跑过去。

"等一等！"尤利大声叫着。"得弄清楚这人是否还有一口气，喂！听我说……"

两边森林里响起了沉闷的回声并迅速传向河流下方，犹如有一只乌鸦在空中盘旋聒噪。

那两人只好再回到船边。他们把尸体拉到船头，把死者脏衣服的口袋翻过来检查一遍。口袋里有一个钱包，装着一百多马克。接着他们用船上的麻袋片盖住尸体，然后就到农舍去了。

房前有一小块耕过的土地，像是被巨人的爪子抓过似的。

尤利脑子里产生一个疑问：这里的日子不知怎么过下去的？！也许森林里有野鹿可以狩猎，河里有鱼可以捕捉。

主人在家，是一个老头，他非常乐意讲述他当年单独一人来到这里拓荒的情景。那时他把衣服往插在树丛边的木杆尖上一摆，顿时一种孤独感油然而起，但当你往周围看上一眼，就感到轻松多了。人毕竟是万物之灵。

"现在不再寂寞了。"老头讲道。他已有了家，尽管老伴已去世，却留下了几个孩子，帮他料理家务。

几个汉子吃了饭，休息了一下，就准备赶路。他们借了主人的鹿拉雪橇当作担架，用来运尸。这样，便开始了安苏·罗瑞最后的旅程。以前他忍辱负重，受尽了人间折磨，只是死神才使他变成了让人抬着走的老爷。三个汉子，两人抬着担架，一人跟在后面，轮流休息。路非常难走，只能依稀看到一条林间小道。血红的太阳无精打采地照射着山冈，过了一会儿，落到了地平线下，向前平移着，夕阳的余晖给山坡和峡谷中的薄雾染上了一层奇妙的色彩，后来，太阳重新从地平线升起，发出炽热的白色光芒。

从尸体发出的恶臭扑向贝卡·尤利的鼻孔，雪橇杠子磨蹭着他的脖颈。

他们终于找到了一家有马车的农户，从那里还有车道通向教堂村。这时，他们已是筋疲力尽了。他们坐下来吃了一餐，稍事休息后，就跟这人商妥，让他赶着马车把死尸拉到村里。这段路一共付了三百马克。尤利说，这是罗瑞一生中搭车所付的最贵的一次车钱。然而现在他可以破天荒第一次感到自豪，因为这次是国家替他花的车费。

贝卡·尤利这时发现，他那两个沉默寡言和怯懦的伙伴脸色好多了，话也变得多起来。

"俗话说，孩子行洗礼，死人进墓地。"一个伙伴开始聊起天来。"但葬礼是悲哀的，而婚礼是欢乐的。几年前，这一带有几家农户，男人和女人像狼群似的配了对，每个女人都生了孩子。神父最后进行干预，要给他们主持婚礼和施洗礼。我当时替神父赶车，一路上神父口渴了，他问，路边的房子里能不能搞到水喝。我们走过去问，我赶紧先进去说，请给那人一公升家酿'大胡子酒'。我付了钱，只向神父要了一个马克。他咕咚咕咚把酒全灌进了肚子，接着继续赶路。过了一会儿，神父擦了擦额角问，这是什么饮料。后来到了目的地，那里的新郎也备好了'大胡子酒'

准备庆祝一番。他脖子上还系了根领带，毛茸茸的胸前挂了块花布条代替衬衫。举行过婚礼，就开始给孩子们施洗礼。神父问，哪里去找教父？地上躺着一个来参加婚礼的客人。我说，那人倒挺清闲的。醉汉抬起头来说，对！对！对！"

贝卡·尤利打断了他的话头，问现在参加葬礼的客人还能不能喝到这种酒。

"还有吗？"尤利问。

"我去问问，要多少？"

不一会儿，他从主人那里拿来了几公升酒。这酒呈深色，在桶里泛着泡沫往外溢，散发出一种甜甜的醇香味。这就是乡村的美味饮料——"大胡子酒"。贝卡·尤利吮了吮浸了酒沫的手指。

尤利一行离开了农舍又上了路。他的脑袋像大胡子酒的浓浓泡沫那样嗞嗞作响，他想，这是他有生以来见到的最奇特的送葬队。

尸体被绑在车座上，斜着身子，胡子拉碴的，肮脏的帽子歪在耳根前。那农户主人也不愿与死者打交道，他喝了几口酒壮壮胆，然后才坐上车辕，俨然像个大无畏的汉子，吆喝起牲口来。车子开始在坑坑洼洼的路上晃晃悠悠地行进了，每晃一下几乎都要翻车的样子。赶车人脚边挂着个木罐，里面盛着家酿酒，以便路上饮用。

这一行人看上去很像是一个喝醉酒的伐木工神气活现地坐着马车，几个穷伙伴跟在后面走。

他们三人蹒跚地走着，大声说着话，时而还唱起了歌。深色的家酿酒里隐藏着一个强大的精灵，它能使荒野的居民变得勇敢，无所畏惧。

然而，在贝卡·尤利嗞嗞作响的头脑里有时还浮现出他很久以前看到的送葬队和葬礼的景象。有铜管乐队奏哀乐，有庄严的车队，人群穿着节日的黑色礼服，花圈、鲜花、致悼词、唱圣诗，报纸上大大的标题：最后的旅程……

但如果尤利什么时候想起死神、死者和葬礼的话，那么安苏·罗瑞这个伐木工的最后旅程将会首先出现在脑海中。

安苏·罗瑞乘着马车，身子被绑在车座上，在崎岖的道路上颠簸着。这是他最后的旅程，尽管报上不会有任何报道，因为他不是什么重要人物。尤利知道，他出生在一个贫穷的农民家里，是个不受欢迎的人，家里吃饭的嘴已够多的了，面包却很少。他活着是家里的一个烦恼，他经常挨饿，缺衣少穿，长得很矮小，但却很顽强、执拗。他很早就习惯了伐木工人的劳动和生活。他在那里全然过得去，尽管他的模样和干活的节奏不那么英俊、麻利。只有当社会需要他去打仗时，他才成了人们嘲弄的对象。军官们久久地盯着他：这么个家伙，废物一个！似乎这个安苏·罗瑞在神圣的战场上连当炮灰都不够格。他已服过兵役，但还得入伍，现在他在这里也是为了躲避未来的危险……

他们进了村，村子里的道路弯弯曲曲，路面铺了沙子，汽车轮子扬起了尘土，高高耸起的楼房涂了一层颜色。当他们进到村边的墓地时，一个穿着白色长衫的掘墓人迎面走来。他的胡子斑白，红红的眼睛像盛满鲜血的酒盅。

送葬队的人相互议论起来：看啊！伙计，朝前看！他就是个鬼！

他们把安苏·罗瑞扔在停尸间，交给了掘墓人，然后一起跑到村长住处报告说，他们从荒野运来了一个自然死去的安苏·罗瑞。

"如果此人是被人打死的怎么办？！"村长厉声说。

"那我们怎么会走几十里地把他拖到这里来？！早该在那里烧掉了……"

"那好吧！死鬼身上留下了什么东西吗？"

"钱包里有一百多马克，可他有一个穷苦的妈妈。"尤利小心翼翼地说起情来。

"这跟我们没关系，先得交安葬费……"

尤利把沾满泥土的钱包扔到桌上，写了一张字条，说明死者的财物现由公家保管。

"酒味儿这么重！"村长吼着说。"再喝多点儿就可以欢迎你们来这里注销了！"

两个抬尸者消失在药房的黄色大门后面——这时，酒已喝干，血液中酒精的影响已很微弱——贝卡·尤利在屋外抽烟。他似乎感到缺少点什么。是不是安苏·罗瑞安葬得太无声无息了？钟声无疑会增添几分热闹。想到这里，他肃穆地站直了身子，两手紧紧握住腰带，他仿佛听到钟声已经敲响，这是安葬罗瑞的丧钟——心灵的钟声……那高大的钟楼，黄灿灿的铜钟，多么神奇呵！尤利深信，当当的钟声会吓跑恶鬼，替罗瑞安魂。可是，明天，面对这个残酷而不可捉摸的时代，还能有什么欢乐？

贝卡·尤利重新点燃了已经熄灭的烟头，举目向村子望去。

（1937）

酗　酒

　　军士布克苏迈着沉重的步伐登上通向参谋部的台阶。
一个令人烦恼的想法正在他的头脑里慢吞吞地盘旋：那些
魔鬼是不是已经来了？他是不是又会因迟到而受到责骂？
小小的迟到对他来说是家常便饭。他说的"魔鬼"是指他
的上司：营长和营长副官。

　　他们还没有上班，军士布克苏在门厅时似乎就已经感
觉到这一点，因此他带着略为宽慰和轻松的心情推开办公
室的大门。谁知道，军士范利已经坐在办公桌前了！范利
转过头，向他打了个招呼。范利有着一张滑稽可笑的脸，
此时此刻，这张脸让布克苏非常反感。这家伙还以为自己
是个靠笑眯眯就能存活的人呢！难道这种嘻嘻哈哈不是假
装出来的吗？他跟着笨拙的皮球在球场上跑来跑去，当他
的脚踢到球时，他就会觉得自己也成了伟大的英雄啦。简
直像一头发了疯的牛犊——布克苏含混不清地骂了一句。

　　参谋部里两位现役的书记员从打字机旁猛然站了起来，
向他立正敬礼。布克苏不耐烦地向他们摆了摆手说："稍息，
稍息！"然后他气吁吁地脱去大衣，摘下帽子，将它们挂在
衣帽架上，并且在自己的桌子旁一声不吭地坐了下来。

　　他的身躯看起来粗大笨重，像一座大山似的。他的脸
部肿胖，铁青色，有点儿像冻坏了的蘑菇。长在他嘴唇上
的薄薄的黑色胡须则像一条弯弯曲曲的吸血水蛭，一对很

难说是什么颜色的大眼睛懒散而恼人地深嵌在眼窝里，眼珠像木塞似的向外凸出。现在他的视线碰巧落在桌上那台打字机的键盘上。瞧，在他眼里，整部打字机就像一张不寻常的、冷嘲热讽的脸，它正咧着嘴朝着他笑呢。这真使他反感。他真想冲着它的白色牙齿狠狠地揍它一拳。但他做出了让步，他沉重地、轻蔑地喘着气，打开办公桌的抽屉，取出了一沓纸。瞧，在他眼里，这些纸也成了一张张蔑视人的笑脸。文件长得没完了，真是令人害怕！昨天，他就该把文件准备妥当了，他像挥动铁锤似的敲打打字机上那些嘲弄人的牙齿。他已经对文件感到厌恶！整个军队很快就要葬送在文件堆里了，而不仅仅是军士布克苏，看来他所有的权力和领导地位都要被剥夺了。他现在要借助于这些该死的书记员，这些正在服役的士兵，这是不可能的。他们弯着腰坐在椅子上就好像故意折磨他似的，并且噼里啪啦敲打他们的打字机，闹得大家头疼不已。他们都有所谓自己的工作，而这些工作却是更高一级上司越过他而交给他们的。他们没有进行过军队纪律教育，比如说，不能加班工作。军士布克苏好像受到了迫害——

他完全沉浸于自我世界之中，没有注意到门已经打开，营长阿尔托少校已经走了进来，也没有注意到另一位军士和两个士兵已经起立向他敬礼。少校在布克苏的办公桌边停了下来，他用粗哑的声音说：

"您认为这样就可以完成任务了吗，军士？"

军士站了起来，面对着个子矮小的少校他显得像个巨人，岿然不动。他居高临下地看着少校，他的上司观看军士时就不得不抬起头来，看来这多多少少是使少校感到生气的原因。

"少校先生。"军士用响亮的声音企图解释一下。

"什么都不用解释了！"少校气冲冲地说，他那没有胡须的脸因恼怒而涨得通红。"你们人员够多了，但就是干不出活来。对你们并没有很多的要求。你们还剩今天一天时间准备那份文件，不过，要是晚班邮件来到之前还完不成任务，那就请您听着，军士，那时候您是否仍是军士就成问题了，明白吗？"

军士布克苏没有回答，他那蘑菇般的圆脸由于沮丧而变得比以往更加铁青。两只大眼睛气愤而又不甘屈服地向下盯着营长的头顶。营长脑袋上的头发已经稀疏了，虽然经过巧妙的梳理，但下面的秃顶还是隐隐约约地显露出来。军士心里想，要是他高高地举起自己的大拳头，然后落到这个经过细心遮掩的秃顶的正中间，不知道这一拳头会不会砸碎那个脑壳。天哪，那样小的鸟头砸个窟窿是很容易的——但是军士像一块巨大的石头岿然不动，眼睛几乎睁得像两个铜铃似的，朝下紧紧盯着少校那个受到遮盖的秃顶。

"整个一个木头疙瘩！"少校气呼呼地说，然后连蹦带跳地继续走向自己的办公室。

军士布克苏坐回到原处，他坐下时动作很重，弄得椅子咯咯作响。他胸中充满着令人烦恼的愤怒和痛苦。太丢人了！少校说的话他只得忍着听，而且还要当着那些傻瓜蛋士兵的面。高级指挥官也不再考虑维持部队的精神和纪律，发脾气也不看看时间和地点——当他看到士兵们坐在打字机旁假惺惺地忙着干活时，他难受得喉咙发痛。看到他受到羞辱，他们心里当然高兴啰，但是等着瞧吧——他真想大吼一声，在桌上猛击一拳。他的喉咙发痛，这是苦恼造成的，也是口渴的原因——是啊，腭骨好像快要断裂了。

晚上他喝啊喝，一直喝到第二天早晨。酒吧在他头脑里仍然栩栩如生，叮叮当当的碰杯声、乐队的演奏声、叽叽喳喳的交谈声仍在耳中萦绕。只有在那里他才能找到慰藉和宁静，但此时此刻，这一切对他来说都是可望而不可即的，因为他的口袋里只有几个硬币，而且距离发薪日还有一段时间。他真想痛骂一通，用拳头猛击一通。

他将稿纸放进打字机，想从草稿中找出昨天停写的地方。但是稿纸乱七八糟，他无法真正理顺。他的眼睛模糊不清，这是烦恼和其他的事所引起的，也许是宿醉。喉咙胀痛，腭骨好像要断裂似的。非得找些喝的不可，要是找不到什么别的，那就喝些水吧，否则什么也干不成了。他很奇怪，但很高兴地想起——这真像阳光透过云层的缝隙那样——晚上他为了消除痛苦在斗篷口袋里塞了一些东西。

他站起身来，开始在大衣口袋里寻找香烟，嘴里很不满意地嘟囔着。同时他借着斗篷的遮护在裤子口袋里偷偷地装了一只扁平的小瓶子。他当然知道那两个书记员正在监视他的一举一动，军士范利那张恼人的笑脸也在注意着他的动作，但他对这一切假装满不在乎。让他们咧着嘴去嘲笑吧……

他走下台阶，拐进书记员的房间，打开水龙头，贪婪地大喝。然后他从小瓶子里喝了好几口，一直喝到瓶子见底为止，不过开始时他还犹豫了一会儿。在这以后，他恼火地看着空瓶：现在一切都完了，既没有钱花，也没有酒喝了——不过同时他的脑袋和整个身子都感到舒服多了，他觉得他好像多多少少又能忍受这个世界了。

在他清醒过来开始走动之前，他在那儿稍稍站了一会儿。也许是耽搁时间太长了，因为那个可恶的少校营长已经在暗中监视着他了。他急急忙忙、忧心忡忡地登上台阶，走到自己的办公桌旁，装作心不在焉的样子，但一点儿工作也干不了。喝下去的酒快速地冲上他的脑袋，同时酒吧间里夜晚的情景犹如汹涌的洪水滚滚而来，酒吧间里那种沁人心脾的吵闹声好像在他的耳边萦绕。他翻了翻文件，敲打了一下打字机，然后真正地写了起来。但同时当他想到一个人还得在奴役下徘徊时，他怒不可遏。他的脑子乱七八糟，结果按错了打字机键子，弄得错误百出，只得换张纸，从头开始。这进一步增加了他的烦恼和气愤。他气呼呼地环顾四周。他真想砸些东西，用拳头把桌面打穿。他在让自己的心情平静下来的时候却忘了看一下窗户，忘了看一下往下流着水珠的大玻璃窗。外面正下着雨，已经是阴沉沉的秋天。他感到天色越来越昏暗，很快就要点灯了，好，等点灯后他再往下写吧。操练场归来的连队从窗户下走过，他听到了他们在行进中沉重、疲惫的脚步声。他的耳朵里还传来了附近操练场上的口令声，尽管声音极其微弱，含混不清。

没过多久，灯的确亮了，布克苏真的唰唰地开始写了。他毫不松懈地打着，一行接着一行，一页接着一页。工作必须彻底完成，同时他心里也很清楚，在规定时间里，晚班邮件到来之前，任务是不可能完成的。这是绝对无望的，因为剩下的页数太多了。尽管如此，军士布克苏还是拼命地写，什么也不顾。现在他已经能全速前进了。

然而少校阿尔托那种强硬的、带着几分挖苦的声音又一次让他清醒了过来。

"您还没有干完，军士？这简直太可耻了！给了您一天的时间，难道您打算用一个星期……"

军士布克苏快速地站了起来，高大的身躯，脸鼓得胖胖的。他那懒洋洋但恼怒的眼光往下转向少校的头顶，他觉得用来遮盖亮晶晶秃头的头发就好像是象征着阴险，但他不能理解这样做有什么意义。他心里又一次想砸烂那个脑壳——这个决定营里一切事务的小脑壳。

"什么事物都有自己的限度，少校先生，"他说，"打字的速度也有它的限度。"

"您愿意自己确定限度，是吗？"少校讽刺说，"您倒是一位思想开明的人，军士。然而您将看到，一切事物的的确确都有它的限度……"

现在他转向军士范利说：

"现在由您负责这件事，务必要让文件真正赶上晚班邮件。"

少校先生表现得让人觉得站在他身旁的这位高大的军士布克苏好像不复存在似的，好像他已经失去一切权力似的。随后他敬了个礼，以其惯有的、疾风般的速度离开了。

军士布克苏沉重地坐到自己的椅子上，从他那水蛭般的胡须下呼出来的几乎是同样沉重的、轻蔑的粗气。军士范利的笑脸露出了一副尴尬的样子。

"是不是还剩很多？"他问，"孩子们可以干吧！？"

"干还是不干无关紧要，"军士布克苏咆哮着说，"我就打完这一页……"

他的心情感到痛苦。范利是一位比他年轻的低级军官，现在受到上司的器重而满面春风，他还想表现得像个亲密的同事似的，好一个一心想往上爬的家伙。让你春风得意吧，不过，在权力的阶梯上你也爬不了多少级……

他用手指勉强而慢吞吞地打完了这一页，然后靠在椅背上抽起烟来。他阴沉地、闷声不响地瞧着别人工作，凝视着他面前那台好像一座打哑了的炮台似的打字机。是啊，布克苏的炮台已经打哑了，已被载入战争的史册。显而易见，他在这个高级参谋部的日子已经屈指可数，是营长采取行动使他的生活变成地狱般的生活。他将被清洗出去。他清楚地记得，多少个比他灵活、比他更听从上级命令的人，那些一见地位比他高的人就马上唯命是从的人，都被清洗了——而我在乎什么呢？我在乎什么呢？他完全在自言自语，而且挥动着他的手臂——军士范利和书记员惊愕地注视着他。此时布克苏很不自然地笑了起来，讲了一些各军旅中流传的上不了台面的故事，一些关于小个子营长阿尔托少校令人作呕的故事。等他讲完后，两位书记员好像是为了尽职，一边环视四周，一边略感为难地笑了一下，他们不想让这场拿营长取笑的事广为流传。另一方面，他们当下也不该用漫不经心的态度来伤害军士布克苏，他毕竟是这儿仍然能安排这安排那的军士先生……

他们随即就干起活来了。在噼噼啪啪的打字声中，军士布克苏沮丧地坐着，一动不动就像一座雕塑似的。

下班时间到了，军士布克苏走到外面，在参谋部的大门前停住了，他不知所措，非常痛苦。他不想回家，至少目前还不想回家。这样的想法使他感到厌恶，他觉得他那高大的身躯里怀着一种想去城里酒吧的愿望，但他的钱刚够买电车票。他绞尽脑汁想找到一个可以借给他钱的人，但这当然是徒劳的。所有能够借钱给他的朋友和同事显然同他一样倒霉，如果有谁能借钱给他，充其量也只能借给他10马克左右，可是这样也是无济于事的。

布克苏正在如此冥思苦想的时候，他看到六连军械士内尔黑从低级军官俱乐部方向走了过来，同时他记起内尔黑近来无论是赌博还是其他方面都非常走运，他应该有钱。然而，他发现内尔黑肯定是看见了他，因为他在暗淡的灯光的掩护下开始转向没有路灯的偏僻小道，这使他很不高兴。当然啰，那个深知人情的年轻人，在本质上是具有精打细算、冷酷无情的商人性格……

然而，军士布克苏不是有了机遇就肯轻易放过的那种人。他很快迎了上去，跟内尔黑打了个招呼。

"我还在宿醉，"他直言不讳地继续说，"需要人帮助——"

"啊呀，小兄弟！"黑暗中传来了军械士的声音，在这种声音中布克苏好像听出了为了保住马克而暗暗发愁的声音。"求别人帮助是白费力气的，我的钱也因为喝酒和治病而花得一干二净，如果你还在宿醉，最好是去睡觉休息——"但当他刚刚讲完这句话，脑子里好像意识到这样的主意太残酷了，于是他很快就继续说："等一等！还有希望。我们那边有个新入伍的士兵，他正想在参谋部里发展自己而做着雄心勃勃的美梦呢。他考虑的目标是玩弄笔墨，当书记员。请注意，他有一些钱，我想，只要我向他提出建议，为了想得到一些难得的机会他很可能会去搞点儿烈酒来。我对他说我认识在参谋部里有影响的人，等等。我这样做是在为你铺路……"

他们一起朝兵营走去，军械士内尔黑一刻不停地说着话，军士布克苏走在他身边，勉勉强强，同时很少说话。

"我不愿意像乞丐似的乞讨，"他怒气冲天地说，"特别是在新兵中间，你给我 100 马克算了，一发工资你就可以拿回……"

"我到哪里去给你弄来 100 马克？人家给你什么你我拿什么，把那小伙子给的烈酒灌进你的嘴巴吧。我们没有什么可以吹嘘的……"他说，"一个穷困潦倒的军士，既无钱又无职……"

透过昏暗的光线，布克苏向他投去试探性但又徒劳无益的一瞥：是不是已经在流传关于他的流言蜚语，说他在司令部的日子已经屈指可数……

一会儿他们就来到了库房，军械士内尔黑从一个隐藏处掏出一只烈酒瓶子，瓶底里还剩一点点酒。

"把它先喝了，"他说，"我已经储存了很长时间，这样谁想喝酒，不用开口我就可以给他喝……"

然后军械士内尔黑说，他得赶紧去把他们已经谈论过的那个新兵找到这里来，这样他就可以见到这位要帮他安排工作的人。

只有军士布克苏一个人了，他毫不在乎地看了看瓶底里的一点点烈酒。这真令人恶心，但他还是直接从酒瓶把酒一下灌进了他的大嘴。然后，在库房散发出的那种奇特的气味里，小小的灯泡放射出的那种微弱的光线下，他一个人闷闷不乐地坐了很长时间。但从黑乎乎的墙壁上仍能分辨出无穷无尽的悬挂制服和装备的挂钩，同时看到天花板上还挂着一大排一大排军靴。

军械士终于带着新兵回来了。那个新兵已经有了成年男子的身材，但布克苏觉得他的脸还是稚气十足，一副傻乎乎的样子。内尔黑若无其事地，但又像逗笑似的做了一番介绍，然后就忙乎起来，或者假装忙着干他自己军械士的事。新兵开始羞怯地、笨拙地接近他未来的保护神，那位将为他成为高级参谋部成员铺平道路的人。很明显，布克苏是一个难以接近的人。他气呼呼地、没精打采地坐在那儿，很少说话。布克苏对自己这种表现也很反感，因为他的本性并非如此。

新兵很快就动用他的法宝。他从裤兜里取出一瓶烈酒，既小心翼翼，但同时又盛气凌人。

"要是对军士先生合适的话……"

这对军士先生非常合适。他举起杯子一饮而尽，那是满满的一瓷杯，不知道那只瓷杯是从什么地方找来的，看起来满是灰尘，肮脏得很。这一举动使他活跃了起来，他还特意提了几个问题，新兵适合不适合当参谋部的书记员，他的打字能力如何，等等。后来军械士内尔黑也走了过来凑个热闹，并且喝了好几口酒。但是，布克苏却乘机表现出比以前更加愁眉不展的样子。他觉得自卑，因为他在向一个傻乎乎的现役新兵讨酒喝，而且是在这样一个地方，在一间没有清扫干净，到处散发着怪味的库房里。他并未因喝酒而感到快活，他甚至不觉得酒劲儿冲上他的头。他觉得自己心里总有着一种难以抑制的愿望，那就是去酒吧，回到那个灯火通明、笑语喧哗的地方去，回到志同道合的哥们儿中间去。

新兵看起来也感到困惑，犹豫不决。他越来越勉强地抓起酒瓶，他吝啬地朝着快要喝完的酒看了几眼。他想：他们喝光了他的酒，而他要办的事也许根本就没有什么进展，那个军士也不过是一尊木头神像而已——但他同时安慰自己，他毕竟正在或者说已经与低级军官先生们交上了朋友，这对他来说在许多方面是会有好处的。

当酒瓶见底时，军械士说：

"你大概还有吧？"

"有一瓶。"新兵承认说，但有点儿为难和犹豫。

"好啊，快去拿来！你的事情当然会安办好的。你将成为书记员。你可以不上战场而过上好日子了……"

新兵果断地站了起来。既然开了头，那就应该坚持到底。在现在的情况下，该打开第二瓶了。军械士又给布克苏出了一些点子，告诉他如何表现才能不引起别人注意。

现在剩下他们两人了。军士布克苏愁眉不展，一言不发。他心里想，在这样的情况下喝的酒，这是一次不光彩的喝酒。他那没精打采的目光落在自己的手上。无名指上的金戒指闪闪发光，但这种闪光却使他烦恼。他压根儿不想看见有可能让他想起他的妻子和家庭的任何东西。把这个闪亮的东西处理掉。这就是解决的办法，不是吗？！他好像有了重大发明似的感到高兴，于是他从手指上脱下了戒指。

"把这个拿去当掉，给我 200 马克。我在城里有事。"

"你有什么事？这儿有酒足够让你灌满脑袋的。傻小子正在拿酒……"

"我在城里有什么事，跟你没有关系！你是不会受损失的，一发工资我就把它赎回来……"

"给你 100 吧。还我的时候也得是这个数……"

"200！"布克苏坚定地说，"我买的时候就付了这么多钱，也许我记不清了。即使我不把它赎回来，你也不会损失……"

军械士内尔黑紧绷着脸，一声不吭地从兜里掏出钞票。然后他把戒指放在手心里，让它转来转去。布克苏痛苦地注视着他的一举一动。他觉得同伴的脸上流露出一种斤斤计较、精打细算的表情：戒指是沉甸甸的，内尔黑将从中受益，因为毫无疑问他是不会把它赎回来的。正如人们担心的那样，军士自己也承认这一点。这种戒指能有什么用处呢？

新兵回来了，从裤子口袋里取出一瓶刚刚弄到手的烈酒。军士带着心烦意乱的心情看着他。他觉得那个士兵的性格中有着一种对长辈的不尊重，他以为自己是个了不起的养活别人的人，一个向穷困的低级军官提供酒喝的人——他那左裤兜里塞窣作响的100马克钞票给了他力量，他觉得他再也不能忍受同这类新兵做伴了。喝下两杯酒后，他说城里有重要的事等着他，随即他起身走了，只字未提那个新兵到参谋部工作的事情，既没许诺，也没给希望。新兵的脸上流露出失望的神情，不过健谈的军械士内尔黑当然知道怎样安慰他了。

安慰也等待着军士布克苏，几分钟后安慰就已经在城里等待着他了。当他看到街道上的灯光，喧闹的人群，车辆从旁开过时车身反射出的亮光时，他感到自己神奇地复活了。尤其是当他推开熟悉的酒吧大门，看到自己的伙伴伊里、马蒂拉和孔蒂奥同往常一样坐在那儿，面前摆着酒杯的时候，安慰就像上天的祝福那样从天而降。在他看到他们的同时，他感觉到烈酒的酒劲儿冲上了他的脑袋，使他乐不可支。在库房里时，他觉得喝下去的那几杯酒没有作用，毫无用处，至今一直潜藏在他的体内，一动也不动就像一潭死水。

他们大声地向他问候，瞎聊了一通，然后问他前一天过得怎么样。除了布克苏外，他们中间只有马蒂拉仍在工作。布克苏讲述了他一天的活动。

"我同营长有些麻烦。"他说。他觉得有必要吹一下自己，于是他从自己的笑话库里找出一些材料仓促地编了这样一个故事：营长说了些什么，他又向营长说了些什么。这些话都是像营长这样的人很少有机会听到的，当然是带着很客气的口气说的——

大家都哄堂大笑，甚至笑得前俯后仰，但军士布克苏觉得他没有真正成功。哥们儿好像在怀疑他撒谎骗人，至少认为他给营长的回答并不是独创的，不是出自他自己的头脑，也许源自他们所熟悉的……

"看来你们旅里缺乏值得夸耀的纪律。"孔蒂奥说。

"我才不在乎呢！"军士布克苏说，用手重重地拍了一下一个喝得烂醉的家伙。然后他开始抱怨当时所喝啤酒的味道，给桌上又要了半瓶朗姆酒。这一举措毫无疑问成了世上最精彩的逸事。一切都得到了弥补。他立即注意到他已经产生了对他有利的影响。当他从裤兜里掏出钞票时，它们就毫无顾忌地塞窣作响。热饮料冒着香喷喷的热气，话匣子打开了，军士布克苏有一段时间感觉很舒服，简直好极了，就好像伊里递给他的雪茄燃到最好火候那样。但当酒瓶一空，不晓得来自何方，那些恼人的念头又出现在他的脑海里。他觉得好像只有孔蒂奥有钱，别人是一无所有，对此他清楚得很，这是无法解释的，但是绝对肯定的，就好像他已经看透了他们的全身，翻遍了他们的口袋。他觉得他们穷到这个地步简直是犯罪。他们把别人的朗姆酒倒入自己的嘴巴，他们确实有这样的本事——然而使他恼火的是，他怎么会像款待王公贵族那样款待如此糟糕的人呢？

伊里擅长交际，尽管他自己也许也很拮据，但他还是想给大家做一些好事，做一些有益的事。他让他们结识了一位当时正在城里访问演出的杂技演员。不过布克苏觉得那位新来的人并没有带来什么乐趣。这个人匆匆地喝下最后一杯朗姆酒，说他如何和杂技团一起到国外去演出，而他说的是到欧洲大陆，对于这种事情布克苏并不感兴趣。然后他答应晚上再与他们见面，要让他们在后台结识漂亮的姑娘。这一下大家有了与布克苏开玩笑的话题，说那样对他不合适，因为他已经结了婚，是个有家小的人。布克苏灰黑的脸孔变得阴沉了，他对闲谈已经厌倦，只用一只耳朵在听。他专心地看着坐在邻桌的两个女人，也许这两个女人正是杂技演员提到的姑娘。一个姑娘已经注意到军士的目光，那位光着圆滚滚的臂膀，有点儿肥胖的女人向他打了一下招呼，此时军士感觉到一种恼人的欲望冲击着他那庞大的身躯。啊，该死的贫困，它让他无法生活！他的钱实在太少了，他总得填饱自己的肚子。现在那只见了底的朗姆酒瓶才真正使他恼火。酒瓶上黝黑的黑人面孔正亲切地朝着他笑呢。

幸运的是孔蒂奥又给布克苏要了一份酒，热酒的香气在布克苏的鼻子下弥漫。杂技演员喝完酒后准备离去，他感谢盛情款待，答应以后再见面。他走了，那两个坐在邻桌的女人也跟着走了。那位圆臂膀的女人走过时离他很近，几乎碰到了他。她聪明地斜歪着脑袋，斜视了他一阵。布克苏舒了口气，两眼闷闷不乐地盯着空酒杯。所有的酒杯已经空了，所有的人开始喝醉了，但还站得起来，支撑得住。桌子上已经没有酒了，过了一会儿，大家就站起身来离开了酒吧。

在街上，他们来了一次小小的步行比赛，瞎聊了一些假的消息或者认为是假的消息，然后只留下了军士和孔蒂奥两人。别的人，那些没有钱的人，都只能听天由命了。

但军士和孔蒂奥却心领神会地互相看了一眼，然后急匆匆地走了一小会儿，推开另一家酒吧的大门走了进去。酒吧间里，滚滚的烟云和嘈杂声，就像一位高大而热情的人物，张开双臂欢迎他们投入其温暖的怀抱。

过了一两个小时，他们来到大广场上的杂技演出棚前。孔蒂奥是个快活的小伙子，他不停地跟人聊天闲谈，而布克苏又重新变得阴沉郁闷，他一言不发。熙熙攘攘的人们在帐篷四周走动着，无忧无虑、快活无比，但麻木迟钝，那些好像正在期待有什么奇迹发生的脸孔使他反感。他觉得整个生活实在是太无聊了。

"这一切真太有意思了——他妈的，不是吗？"他带着讽刺的口气对他的伙伴说。

然后他们见到了那位年轻的杂技演员，这位动作敏捷、头脑灵活的家伙。他说他已经做完他的工作，又有点儿空余时间。让布克苏感到头痛的是，伊里和马蒂拉以及一位年轻的售货员也许是仓库管理员已经同他在一起了，由仓库管理员付钱，那些不修边幅的穷光蛋毫无疑问已经喝到酒了，而那个仓库管理员却在吹嘘说他还有烈酒。他在店铺里藏了一瓶酒，他是个可以信任的人，只要先生们肯赏脸，他可以去把酒拿来。夜晚很阴沉，又是秋天，正是喝酒的好时候……

先生们表示愿意这样做，特别是听说藏匿那瓶酒的地方近在咫尺，他们更是愿意了。他们很像一小群奇特的飞鸟，非常敏捷，啼鸣起来很欢快，但傻乎乎的。布克苏绷着脸，一声不吭地跟在他们后面。他把手插在裤兜里，数着里面的硬币。他非常后悔，白白浪费了钱，但却没有真正地醉上一通，他特别后悔的是，他请那些家伙喝酒……

他完全沉浸于后悔的情绪之中，以至于到了目的地他都没有觉察到。当轮到他喝酒，他接过酒瓶看到电筒光下发亮的酒瓶时，他才醒悟过来。借着这一微光，他也注意到他们现在在一个库房里。"又是一个库房！"他思忖着。他厌恶地看了看四周，看了看他的伙伴们，他觉得他们很奇怪地开始像一只只大耗子，在阴暗的仓库角落里徘徊，发出吱吱叽叽的声音。他们的声音不也是这种奇特的吱吱声和叽叽声吗？——他注意到，他们正在议论举重的功夫和技巧。

"那需要训练，训练，"年轻的杂技演员正在说话，"比如说那个玩意儿，"他指了指一个小铁砣，"没有经过训练的人很难用一只手把它举起……"

"你打算吹嘘你的力气，这是一种什么职业！"布克苏怒气冲冲地想道。

"是不是那一个？"他突然插话说，"谁都能把它举起……"

"那我们倒想看一看，"杂技演员笑眯眯地说，"不妨试一下吧。"

军士布克苏脱掉大衣。他在他朋友的圈子里一直以大力士著称，青年时他爱好体育运动。他气呼呼地走向铁砣，但他马上发现他很难抓住那铁砣光滑的顶部。他吸了一口气，用手紧紧抓住铁砣，一使劲就举了起来。太阳穴上的血管鼓了出来，他那铁青色的脸比平时更铁青了。他把铁砣越举越高，但当他把它举到一米来高时，手指再也不听使唤了，砰的一声铁砣重重地落到了地上。

266

"瞧！"杂技演员高兴地说，"不管怎么说总算举起来了，但举得不高……"

他脱下大衣，抓住铁砣，一转眼工夫就毫不费劲地把它举过了头顶，然后挥舞铁砣，朝着不同的方向上下左右转动。他的动作看起来非常轻巧，但他的脸部绷得很紧，涨得通红。当他还想说些什么吹嘘一下时，断断续续的、不断颤抖的声音更清楚地表明他已经使出了多么大的力气了。

"就是这样举的……"

他一边说，一边很潇洒地把铁砣放到地上。

军士布克苏非常激动，他还想再做一次无望的尝试。他满腔怒火一把抓住铁砣，但结果并不比上一次好。他喘着气，只得放下铁砣，并且着手为自己寻找借口。他说，他的手指太短，抓不住那样的东西，再说，手上的汗已经把铁砣的表面弄得太滑溜了……

"另外，他是个杂技演员，受过训练的人，而你不过是一个酒鬼，一个懒懒散散的军人。"伊里讥讽地说。

军士布克苏严肃地转向伊里问道：

"你是不是想让你的牙齿掉到喉咙里去!?"

眼看一场争吵一触即发，大家赶紧上前调解，请他们喝酒。酒瓶全都喝得见底，剩下来的只是这个小小的库房和铁砣，而铸造这颗铁砣好像就是专门为了使布克苏生活痛苦不堪似的。

接近午夜时分，他站在车站上等候最后一班电车，他是一个凄惨无比的人。他痛苦地感到让他酩酊大醉的酒劲儿好像被深夜吹拂的寒风带走似的正在消失。多么悲惨的一天啊！他先是让自己在参谋部里越来越待不下去，也许彻底丢掉饭碗。他至少已经丢掉了戒指，钱是被自己和别人喝得精光，但他自己却并没有真正喝醉。除此之外，他还因为那个外来的小流氓而丢掉了大力士的名声……

他终于来到了家门口，但他还不急于进去。家，家庭——这是个地坑！这是个陷阱！鬼才知道像他这样的男人是如何掉进这样的陷阱的——一个又瘦又矮、面容衰老的女人给他开了门，这个闷声不响、谨小慎微的女人布克苏压根儿不想看她一眼。她的脸部怎么成了那个样子，好像她很平静，眼睛里隐藏着一种宽容的仁慈，但在丈夫看来，这种仁慈就像魔鬼的邪恶，这是假装出来的，目的是使他的生活越来越像地狱中的生活……

布克苏沉重地坐到椅子上，妻子开始把饭菜端到桌上。孩子们已经睡觉了，像所有其他的东西那样，孩子也是为了折磨他而安排的。不管孩子们是醒着，不管他们是听话还是调皮捣蛋，他总是挥动着藤杖……

他开始东一口西一口地吃了起来。像往常一样，饭菜自然做得非常蹩脚，一盆冰凉的、乱七八糟的大杂烩。饭菜质量总是提高不了。他在一口一口地吃饭，而妻子坐着在做针线活儿。布克苏觉得像其他东西那样，这种寂静同样令人厌恶。

"你在盯着看什么，老太婆？"他问道。

"既然活着，总得有所表现嘛。"妻子回答说。

跟寂静相比，布克苏更不喜欢这种腔调，它像啄木鸟在树上啄洞一样，就是这样啄啊啄，——她是想用那种听起来和蔼的腔调在他的头顶上啄出一个洞来。他狠狠地咒骂了一通。然后他还是克制住了自己，把食物塞进嘴里，开始慢吞吞地、懒洋洋地移动他的下巴。在脑海里思绪也同样慢慢地转悠。——总得有所表现嘛——难道不是吗？

他那巨大的下巴缓慢地移动着。不知是什么原因，在他那睡梦般的脑海里出现了这样一句谚语，就像一句一动不动地刻在脑门儿上的字句那样，深深地留在记忆之中：上帝的磨盘正在缓慢地转动着。[1]

（1939）

---

① 这句谚语的意思与汉语俗语"恶有恶报，善有善报，不是不报，时辰未到"语义相同，有时可互译。

埃尔薇·西奈尔沃

（1912—1986）

埃尔薇·西奈尔沃（Elvi Sinervo, 1912—1986），出生于赫尔辛基一个木匠家庭，进过女子中学，芬兰左翼作家组织"基拉社"成员。20世纪30年代积极参加反战和反法西斯运动，曾被捕入狱。第二次世界大战后，她继续从事文学创作。西奈尔沃深受高尔基等作家的影响。她发表过小说、剧本和短篇小说、故事等。作品选材大多是描写城市工人生活、感受和理想，以及监狱的状况。主要作品有诗集《燃烧的村庄的铁匠》（1939）、《云》（1944）、剧本《讲师》（1945）、小说《换来儿瘸腿威廉》（1946）、小说《同志，不要叛变》（1947）、短篇小说集《上山》（1948）、剧本《五月最后一个晚上》（1951）和《世界尚年轻》（1952），以及《我的诗歌》（1962）。1957年她随芬兰文化代表团访问中国，回国后翻译出版了鲁迅的《祝福》《阿Q正传》等作品。

本书中的《痛苦的夏天》和《两个伊尔玛》均选自西奈尔沃短篇小说集《上山》。《痛苦的夏天》讲述的是一个青春期少女的思想活动。《两个伊尔玛》描写了一个善良的妇女，当她发现已故丈夫另有外遇后，最终还是冲破精神上的枷锁而重新走向新的生活。

痛苦的夏天

那年夏天我是在芬兰海曼省跟我亲戚一起度过的。他们夏天来这里做客，接待他们的主人是老爷爷和老奶奶。他们也有孩子，但数十年来他们的孩子一直漂流在外，好像已经把父母都忘了。

主人家里乱了套。个子瘦小的母牛出奶很差，而马儿则得了肺结核病。晚上我躺在床上时听到它的咳嗽声，在静静的夏日夜晚，好像有病人在呻吟似的。这样凄凉的境况是由于爷爷在这个家里既是主人又是主妇。他们家没有用人，一切事情都由他亲自处理，只是在播种和收割季节才请塔尔卡①来帮忙。奶奶因病躺在卧房的床上，春天时当夏日客人②到来后，爷爷也搬进了卧房。奶奶全身瘫痪已经有十年了。

爷爷的双手已经衰老，他也不再考虑将来了。因此，爷爷身强力壮时与他妻子一起所争得的东西，大自然渐渐地把它们夺了回来。随着时光的消逝，农场败落，沟壑长满了杂草，篱笆全都倒了，院里小屋的墙上布满了苔藓。风儿把桦树种子吹到了棚屋顶上，现已长成了一棵树，但长在屋顶上的树是注定要枯死的。

---

① 在芬兰农村，塔尔卡是一种互助合作的形式，为了收获或者建房等，村民们集中到一个主人家干活，通常以酒宴或舞会形式结束。

② 夏日客人，指的是参加塔尔卡的客人。

尽管如此，这儿可没有忧伤。没有想到过死，甚至在狭窄的萨乌那屋里，在奶奶的病床旁也没有想到过死。老人躺在床上，一双圆圆的、明亮得出奇的眼睛不停地眨巴着。窗户旁的墙上挂着一口钟，它的表面开裂，分针已经断掉，但它仍然带着破裂的声音嘀嗒嘀嗒地报着时间。奶奶孤独地躺着时，她望着窗框所切割出来的那一小块天地，这里成了她的壁画。透过窗户她看到了院子里一小片草地，一两棵树和三角形的天空。太阳照耀的时候，这幅画很亮，天气阴沉的时候，它就变得比较暗淡。但它总是活着，风儿吹动了树上的树杈，鸟儿或者蝴蝶从图画上飞过，主屋里的夏日客人穿过图画朝着湖边走去——

　　爷爷来回走动，忙得不亦乐乎。他的脸庞好像慢慢地埋入了泥土里，苔藓般的胡须盖住了他的脸，鼻孔全是黑的。然而他戴的眼镜儿后面那双眼睛却是非常明亮，使人忘记了他的邋遢。你不可能想到把一般人的死亡跟这些人连在一起，好像这是很自然的，他们是不受人注意地衰竭，犹如他们周围的建筑物，他们是一起慢慢地、很潇洒地变成了黄土。

　　"爷爷是个好人，"当我坐在她旁边时，奶奶说，"即使我们这样躺着已经有十年了，但他从来也没有对她说过一句不好听的话。"阳光明媚的夏日所带来的蔚蓝色天空好像全都集中在她的眼睛里了，她瞪着双眼，一眨也不眨地盯着我看，而我却受不了了，只得往别处看。墙上挂着马具和旧衣服，还有一张爷爷和奶奶年轻时拍的放大照片，窗户上苍蝇在嗡嗡作响。床的旁边有一把椅子，椅子上有一个空的搪瓷杯。

　　"奶奶想吃点儿什么吗？"我无用地问道。

"爷爷回来时会带来的。他真好。他总要到这儿坐在我旁边吃饭。我对他说过：'你就坐在桌子边吃吧，那儿舒服一些'，而他却说，我们一起吃饭已经有53年了，以后还要在一起吃——"

奶奶说得很开心，但说的时候要不停地喘气，然后她就只得躺下，很长时间一言不发。

"我曾经有5个月在贫民院里，但那里照顾得不好，不让我们起床去用便盆——"她的声音变得有力了，"我已经这样躺了十年，我从来也没有把床弄脏过。"

天花板上挂着一根绳子。奶奶用左手拽住绳子使自己坐起来，然后慢慢地把身子挪到放在床边的便盆上。她每天就活动这么多，但这显示了她身上那种坚韧不拔的精神，这样做使她成为真正的人。有朝一日，当她不再能这样做了，她也就不再存在了。

盛夏，白天炎热、明亮。晚间，黑暗来临，天气就变得很湿热。我感到很无聊，这种无聊既令人烦闷，但又令人高兴。那年夏天性爱问题开始在我的头脑里盘旋。

白天我坐在打谷场后的树荫处，膝盖上放着一本书。我该读点儿书，尽可能早一点儿独立生活。蚂蚁沿着我的大腿、胳膊忙碌地奔跑，它们飞快地穿过书本，穿过历史上著名的名字和年代，而记忆这些名字和年代是通过大学入学考试的条件之一。随着午后时间的消逝，打谷场后的树荫变得越来越长、越来越斜。我的手冒出了汗，在书页上留下了痕迹。关于爱情，人们大谈大写，但爱情究竟是什么样的？

爷爷手里拿着铲粪用的木权从我旁边走过。他停了下来，眼睛看着我说：

"小姑娘，别看书啦。你的头脑会搞乱的。"

他把木杈插在地上，把胳膊肘搁在木杈柄上。

"于里奴加利家有个女儿，她上了大学，但她读书读得头痛，结果她现在变成了疯子。读书有什么好处？她没有男人，以后也不会有了。"

"我要男人干什么？"

爷爷的眼镜反射出太阳的光芒。

"你的脑袋也许能经得住考验——天晓得——"

他拔出木杈就走了。屁股上的裤子快耷拉到小腿啦。

有些时候我完全陷入无思想状态之中。我躺在草地上，听着蟋蟀的唧唧声，闻着青草的香味儿，眼睛看着天空中的云彩。我希望我能永远这样。我不想自身发生变化，我不想长大成人。

家里没有其他跟我同年的人。我的堂兄妹都很小，我感到自己太依赖这家人了，所以我把我自己跟伯父和伯母尽量隔离开来。伯父是个中年男子，看起来很温和。但我对他很陌生，我怕见他，因为我怕我待在他们家他会觉得是个负担。我的伯母还年轻，我既怕她又羡慕她。我羡慕她的外貌，她那高高的额头、深色的眼睛，她的聪慧，她的活力。但是我觉得她很生疏，我从来也不敢公开跟她说话，我只敢听她讲。我从来也没有见过像她那样能够控制其周围的女人。她发号施令，很自然，人们都听从她的吩咐。乡间静悄悄的生活有时候好像使她心烦。她身上那种使不尽的活力好像无处消耗似的，这一点从她脸部的表情和一举一动中流露了出来。家里的一切都是按照她内心的节奏而运作的。孩子们的笑声，他们玩游戏时的欢快程度，都取决于母亲脸上的表情。

伯父喜欢舒适。对他来说，最幸福的时刻就是，洗完萨乌那后好好吃一顿，然后坐在门廊里的藤椅上，怀里抱着一本杂志。他有时候从杂志上抬起眼睛，好像要把周围的景色、渐渐黑下来的夜晚、太阳西沉时红彤彤的树林以及波光粼粼的湖泊，全都收入眼底，尽情享受。

可是，有几天夜晚伯母有点儿坐立不安。盛夏时那种无所事事使她心烦。她走到伯父跟前，把杂志从他手里夺了过来，要他跟她一起到树林里去散步，或者到湖上去划船。有时候我跟他们一起走，有时候在那样的夜晚，我被一个人留了下来，心情不安地陷入忧郁之中。屋里渐渐地被黑暗所笼罩，有时候传来孩子在梦中的呓语声。病马在咳嗽。我坐在门廊里，眼睛望着前方湖边的码头，写下了这样的一首诗：

> 夜里客轮嘟嘟叫，
> 有人靠在窗边，
> 如饥似渴地张望着，
> 盼望早日走向世界。

夏天快完的时候，伯父假期已经结束，他只有星期六才来乡下。每次他都带来了新的留声机唱片。星期六洗完萨乌那我们就坐在门廊里听唱片，听那些优美动人的抒情歌曲，这已经成了习惯。

八月初一个星期六，我们就这样坐在门廊里。伯父刚洗完萨乌那，他坐在藤椅上，身穿一件带方格图案的浴衣，脚上穿着拖鞋。留声机正响着。一个男声低声地呼唤着他心爱的人的名字。

伯母走来走去，深色的眼睛里露出了不安的神情，她用手摸了一下湿溜溜的黑发。然后她突然停在窗户旁边，盯着前面的湖，此时湖面也铁砭般地纹丝不动。

"这真要让人发疯啦！"她生气地说。

"噢，你又怎么啦？"伯父亲切地说。他常常对待他妻子就像对待任性的孩子那样。

伯母没有马上回答。然后她慢慢地，但恫吓地说：

"我知道这是什么。别人也知道，但他们不敢承认。"

伯父冲着他妻子看了一会儿。从他的表情可以看出他是既生气又丧气。伯母眼睛一眨不眨地也盯着他看。

我弯着身子坐在椅子上。我怕，伯母也会要我承认我想有所作为，我渴望有所作为，我怕，静悄悄但沉重的夏日夜晚会像影响她一样影响我。难以形容的恐惧紧紧地抓住了我。留声机、人们、夜晚、整个生活只重复着这样一个词。

"难道这不是最重要的事吗？"我突然问道。

"你说什么？"伯父亲切地问道。

"性爱。"

我真想把我的舌头咬断。现在已经说出来了。他们现在看到我在想些什么。我从来也不能对任何人说说心里话，我只能把那些令人烦恼的问题偷偷地写进我的日记里。

但是他们俩谁也没有笑。

"是的，没错，"伯父过了一会儿说，几乎抱有歉意地说，"这是最重要的事。"他的声音很美，像语文教师那样说得非常仔细。

我觉得我应该感谢他，因为他直截了当地回答了我的问题。不过，此时此刻我是绝对信任他，而他并不知道这样做使我多么痛苦啊。

我偷偷地溜了出去。大家是不是都是这样想的？大家是不是都是这样认为的？

母牛在篱笆门旁哞哞叫。

"可怜啊，可怜！"我一边说一边拍了拍它的脖子。它那温柔悲惨的眼睛注视着前方。

爷爷正在湖边剖鱼肚刮鱼鳞。我走到他的跟前，坐在他的旁边。

"该把鱼都洗干净，否则会腐烂的。夜间有雷阵雨。你看那边。"

湖对岸的天空一片深蓝色。湖上传来了马达的声音。小船上坐满了年轻人。他们欢快的呼喊声沿着平静的湖面传播开来。我的眼睛看着爷爷的双手，他的手指就像杜松的树根。

"他们是去跳舞的。"爷爷说。接着他盯着我看。他的眼睛没有奶奶的眼睛那样蓝，不过也很好看。

"爷爷，您在看什么？"

"我在看你，小姑娘。你在城里跳舞吗？"

"不跳。"

"跳舞也会走火入魔的。你记住这是我说的。"他的表情变得很狡诈。"在你的婚礼上当大家跳舞的时候，我能跟新郎的新娘一起跳吗？"

"我是不会结婚的。"

"你会结婚的。你会找到你的白马王子——"

"瞎说，不会的。"

"但情况不会像你年轻时想的那样——"

鱼鳞飞溅到爷爷的脸上和眼镜上。他用衬衣的袖子慢慢地擦他的眼镜。

"我年轻时当雇工的时候，那家同时也有个女佣——她叫爱尔玛。她长得漂亮，脾气很好。我们之间玩弄了一阵子——这是很普通的——"

"当我们离开主人家去市场时，我对爱尔玛说，咱们去买戒指好吗？"

但是她却说，现在还不买——

爷爷从我的肩膀上亲切地朝前看。我盯着码头的平台。远处传来牛的哞哞声。

"这次就没有任何结果——，后来也没有结果。这是好还是坏？我后来遇见了这位奶奶。她对我一直很好。我们已经一起生活了50多年，从来也没有吵过嘴。我们是同甘共苦。她是上帝赐予我的——"

"后来我又一次见到了她，是在15年前，在坦佩雷市场上。她已经是个寡妇——我们两人都老了。她还认得我，她走过来跟我交谈。我只问她过得怎么样——当她回忆往事时，她不停地哭——"

湖的对岸雷声隆隆。银白色的燕鸥在层层乌云中翱翔。

"真美啊！"我说。

"大概是吧。"爷爷回答说。

然后他说：

"小姑娘，你也有像她那样的模样。——我谈到的那个人，因此这使我想起她来了——夜间要下雷雨了。"

他用手把鱼的内脏扫到湖里，洗了洗手，沿着小道往回走。我跟在后面，脑袋里装满了许多悬而未决的问题。

（1948）

280

两个伊尔玛

母亲和女儿，两人的名字都叫伊尔玛。她们一家两口，没有别人，只是在书架上还摆着一帧镶有镜框的照片——一个英雄的遗像，在女儿的抽屉里收藏着一包叠得整整齐齐、盖有军邮戳的信件。这些信的开头不是"我亲爱的伊尔玛俩"，就是"我的两个伊尔玛"。她们尽管两年前就收到一封笔迹陌生的信，说以后再也不会有写给两个伊尔玛的共同信件了，女儿仍然经常翻阅着那些信件，不过母亲已一年多没碰它了。有一天小伊尔玛放学回家，发现父亲的照片从书桌挪到自己的桌子上，同时这些信件也挪放到自己的抽屉里，她不由得一怔，本想张口问她母亲这究竟是怎么回事，但一见母亲的脸色，话到嘴边又咽下去了。

伊尔玛也像任何女人一样，曾经为失去生活中唯一的伴侣而悲痛过。她结婚时还只是个 18 岁的少女，一年后就生下小伊尔玛——他们的独生女。他们一家过得非常幸福，至少她是这样想的。理想的妻子——这是丈夫对她的许多爱称之一。事后伊尔玛也觉得自己是个理想的妻子：忠诚，温顺，很容易满足——只是现在她才明白自己当时是多么容易满足啊！

当丈夫牺牲时，她感到一切都完啦。当然，她原先也知道丈夫的环境是有危险的，可根本没有想到他竟会牺牲。她觉得这跟生活有朝一日会终止同样是不可能的。但是当这种不可能的事竟然发生时，她就全然听凭其支配，如同她的丈夫要求她顺从时便欣然接受他的支配一样。她一连几个月完全陷于悲痛之中，连女儿小伊尔玛都忘掉了。当时小伊尔玛才 15 岁。她也敬爱和崇拜自己的父亲，因而心中也非常悲伤。不过她的悲伤和成年人不同，只是人生无数忧患中的一小部分。当时小伊尔玛在上学，她比较接近的同学中，许多人的父亲也像自己的父亲一样牺牲了。她当时正在读中学的最后一年，比父亲的牺牲使她更担心的还是求学问题：今后将怎么办？

后来有一天，她终于和母亲谈了这个问题，但口气已不像孩子有问题请教母亲那样充满着信赖，而是十分自信，似乎这是她自己分内的事情。现在也应当解决她们——两个伊尔玛今后的生活安排了，无论如何总得活下去！

"妈妈，现在我们怎么办！我也许应该停学去工作啦。"

伊尔玛听了心里咯噔一下，感到非常惭愧。女儿比自己聪明，她绝不能停学，应该成为大学生，成为硕士。这是她父亲的希望，也是他们历来的打算。小伊尔玛是死者留给她的唯一亲人，她过去一直按照丈夫的意志办事，今后她仍将这样做。

于是伊尔玛开始出去上班。她起初在一家夏季小餐厅当招待员，但秋天就转到城里一个二等餐厅当总管。此外，她还能领取抚恤金，因此小伊尔玛上学有了保障。

伊尔玛 34 岁就成了寡妇，她抛头露面，大半时间在家庭外生活还是第一次。整个战争期间，她一直深居简出，她的生活就是等待丈夫来信，等待丈夫休假归来，茫然地等待战争结束。此外还发生了什么事情，她都不甚了了。现在战争终于结束，正像她在工作地点见到的那样，战后的生活在她周围开始活跃起来。她的丈夫虽然不可能回来，但其他男人却回来了。他们借酒消愁，竭力想把过去的事忘掉，对将来却无动于衷。他们操着酒后那种含混不清的声调，以猥亵的眼神向她做出种种暗示和挑逗。对此，她过了很长时间才慢慢习惯，不再像女学生那样一见这种亲热动作就脸红耳热和惶恐不安。

下班以后，她除去料理家务和照顾女儿，就没有时间干别的事。生活的确艰苦，但她依旧以缅怀往事和崇敬亡夫来摆脱艰苦的生活。她对丈夫的思念越强烈，就越感到生活中的一切是命中注定的。两个伊尔玛经常在一起谈论父亲，当今的现实越冷漠可憎，就越感到他们三人在一起的那段光阴是多么温馨。她不得不把其他男人在她心中燃起的痛苦向女儿倾诉，并且不由自主地将所有男人都描绘成低下的动物，而唯有她的丈夫才是真正的人。

小伊尔玛正从童年进入青年时期。她的学校里只有女生，因此异性的形象她除了从书本上得到之外，别无其他。她接受了母亲的看法，当她开始怀着忐忑不安的心情，朦朦胧胧地憧憬爱情时，臆想中的情人形象就是她父亲那样。但她事实上对父亲的了解并不多。父亲参加战争差不多有三个年头。战前，父亲在她印象中也只是一个来去匆匆的人。但他在家的时候总是风度翩翩，笑容可掬，举止随和。他常常把两个伊尔玛搂在怀里，并一同去电影院或剧场。每当小伊尔玛在学校得到好分数，或者他尝到伊尔玛亲手做的甜食时，他总笑得嘴也合不拢。他在来信中不是写他们三人的事情，便是带着令人心酸但又幽默的笔触描述战壕中的可怕情景。他的来信小伊尔玛总是读了一遍又一遍，每封信的内容她都记得一清二楚。她从信中看出来，写信人总是把他的妻子和女儿当作局外人，从不将她们和自己经历的可怕的一切联系在一起，他在这方面从不指望得到她们的帮助和支持。作为一个男人，他独自承担一切是理所当然的。

小伊尔玛就是这样理解的，这更增添了她想象中的父亲身上所焕发出来的英雄光辉。

可是伊尔玛改变她旧日看法的日子终于来临了。丈夫去世后一年，邮局突然给她寄来一沓信。她始终弄不明白，干吗要把这些信退给她，难道退信人不知道这些信会完全改变另一个人的观念，包括对她丈夫，对伟大的爱情以及整个生活的看法吗？一天，这些信退回来了，既没有附带说明，也没有退信人的姓名和地址。这些信是退给她死去的丈夫的，而且也像女儿抽屉里的信件一样叠得整整齐齐。

这些信都是她丈夫写给另一个女人的，6 年之间一共写了 19 封，最后几封还是在前线写的。但这些信同以"我的两个伊尔玛"开头的信迥然不同，可这确实是她丈夫的亲笔信，笔迹也是她曾经喜爱的。然而，这些信的内容所反映出的这个男人却是她非常陌生的。在这些信中可以看到一个内心充满矛盾的人在尽情地、强烈地发泄自己的绝望情绪，字里行间充塞着情欲、思念以及有关道德和爱情的诡辩。信中还流露出对情人的赞美和崇敬，好像除了他所爱的人以外，其他人都是乏味的和滑稽可笑的。

那天，伊尔玛第二次失去了她的丈夫。在她眼前揭露出一个可怕的真相：她从来都不是她丈夫唯一的妻子。从这些信中隐约地、令人可憎地浮现出另一个女人。这个女人与她完全不同，是个受到男人倾心膜拜的仙女。而这个男人不是别人，正是她丈夫。他像旋风似的来去，想得到的一切都死死地抓住，从不释手。

"……你干吗不来？为什么如此狠心？为何对我如此疏远？"这简直像小说中的话。她丈夫怎能写出这种乌七八糟的东西？

"……你说要忠诚，无条件。但我办不到！你知道吗？我不能毁坏她们的生活……"（原来如此，这个女人要求男方抛弃他的家庭。）"她幼稚得像个孩子，并且靠我生活。我有时觉得她俩都是我的女儿，只要把她们搂在怀里，她们就会眉开眼笑，心满意足。"

伊尔玛现在简直像个争风吃醋的女人，将信捏成一团，但扔掉后又捡了起来，她憎恨那个女人，骂她是荡妇和婊子。她的怒气像暴风雨在胸中翻腾，但又无处发泄。丈夫已经死了，那个不知姓名而又素不相识的女人也无法找到。她恨透了那些信，同时也怨恨自己。她太容易满足，一生从来没有尝到丈夫向那女人表达的那种感情。只是现在，她才从那些信上明白丈夫给她的是多么少，而当时这一点点对她来说已经足够了。现在伊尔玛才认识到，她所得到的爱情只是别人留下的残羹剩饭，结果还闹了个精神上幼稚的罪名。她只得到一个外壳——家，在这个家里，丈夫把她看作理想的妻子，无非是要她替他铺床叠被，烧茶做饭而已。但是这一切跟她丈夫在信中对那女人说的话相比，真是微不足道。由于憎恨和痛苦，伊尔玛禁不住放声大哭起来。她把过去砸成碎片，把过去的一切都否定了。她感到仿佛受了伤，生命的汁液都挤干了。现在她才认识到，她从来没有尝过她本来可以尝到的生活滋味。

但她不想让女儿知道这一切。那几天，小伊尔玛见到她母亲脸色苍白，心事重重，闷闷不乐，并且发现她夜间常常在床上辗转反侧，不能入睡。但是因为她自己有时也失眠，母亲的痛苦并没有往她心上去。她觉得母亲毕竟是上了年纪的人，而上年纪的人总会有些伤心事，何况她母亲很幸福，一直怀念着父亲对她的恩爱，倘若她感到痛苦，那完全是正常的。小伊尔玛就这样陷入自己的想象之中，直到发现父亲的照片挪到她的书桌上那天为止，她丝毫未察觉母亲的痛苦，不过她发现母亲从此不再愿意谈论父亲了。

有一次，当她小心翼翼但带着责备的口气问母亲为什么不愿再谈论父亲时，母亲冷冰冰地回答道："硬要抓住不复存在的东西是无益的，人应当按照生活的本来面目去生活！"

小伊尔玛对此一点儿也不懂。对她来说，生活就是学校和幻想。父亲属于幻想世界。她发现母亲不再愿意和她一起进入父亲这个幻想世界，感到十分孤独。每当她感到精神痛苦时就躲进自己的幻想世界。

至于伊尔玛，她可再也不能躲进幻想世界了。她已经是35岁的人，何况幻想世界已经破灭，早已被她抛在脑后。但她不愿意像丈夫牺牲时那样深深埋在悲痛之中。现在她觉得丈夫是个卑鄙的人，不愿再去想他。但是她在白天恨不得把她丈夫踩在脚底下，而在夜深人静，孤零零一个人时，心中又不能忘却往事，甚至渴望她丈夫能回到人间。这时，假如她丈夫还活着，她也会委曲求全，即使跟另一个女人分享爱情，哪怕是残羹剩饭也心甘情愿。

她的自尊心很强，轻易不愿把自己的耻辱和烦恼告诉人。但她又很想倾吐一下满腹的苦衷，急切地渴望有个人能够听她诉说，又能理解她的心情。她虽然说过今后绝不信任也绝不去爱任何男人，但她仍然想找个男人，因为她毕竟是个女人。

这个男人出现了。

房管所要她把另一间房子租出去，真是无巧不成书，经过同事的介绍和自己的挑选，她挑中了一个房客。

伊尔玛挑选房客也许是无意的，但给人的印象却是有意的。她孤单，无依无靠，心境凄凉，非常需要友谊、力量和温暖，而这个男人充分具备着这一切。有一天他出现在前厅，从此就留在她的生活之中了。

这个男人是个木匠，有一双灵巧的大手，拿东西的姿势都与众不同，但他已年过四十，身材粗壮，显得有点儿笨拙，跟伊尔玛的丈夫比，完全是另一种类型。

尽管伊尔玛事后感到他们是一见钟情的，但他俩在很长一段时间内并没有任何关系。这个男人既没有主动向她做过任何表示，也没有像现在这样来看她。过去她常常怀疑，也许自己身上有什么东西引起男人注目，因而她尽量装出一副戒备的样子。可是这位房客一点儿也没有流露出要接近她的意图。开始，他们只是在前厅里或者在他到厨房取水的时候打个照面。后来是伊尔玛自己慢慢地把他带进她的生活圈子中来的。她煮咖啡的时候，如果他在家的话，就请他来喝杯咖啡。她还常常请他做些屋里必不可少的修修补补的活儿。丈夫去世两年后的一个春天，她发现自己坠入了情网，他们彼此爱上了。她多年来从未像现在那样感到春天的降临。她照镜子时看到自己变漂亮了。当她发现这一点时，不禁像年轻姑娘一样感到幸福和惶恐。　.

要是没有小伊尔玛，这一切本来会像冰封的大地解冻那样自然而又顺理成章的。

自从这位房客来到她们家——这是亡父，英雄的父亲建立起来的家——小伊尔玛就恨他。她把母亲早些时候跟她说的有关男人的话都用在他身上。她以厌恶的、挑剔的眼光看着这个男人，嘲笑他的笨拙身材、他的外貌和大手。母亲并非没注意到她新爱上的人在容貌方面的缺陷，因为她过去就是根据小伊尔玛的父亲来塑造她理想中的男人形象的。可是小伊尔玛的厌恶态度却反而使她站到房客一边，为他辩护，并且更加爱他。她喜欢的正是小伊尔玛父亲身上所缺少的那种老成持重和笨拙劲儿，还有那双大手，虽然那双手还没有拥抱过她。

　　有一次房客刚进屋，小伊尔玛就用僵硬的语气说道："真讨厌，他那双眼睛瞅你的样子活像畜生！"

　　母亲听了气得浑身发抖，瞅了女儿一眼，一腔愤怒之情止不住涌上她的心头，她从女儿苍白而带歇斯底里表情的脸上，又看到那个曾经占有她的人。他难道还不满足？还要从坟墓里伸出手来通过他女儿继续把她攫为己有吗？

　　她们互相怒视了一阵，而后女儿忍气吞声地嘟哝了一句："父亲从来不这样瞅人！"

　　"不对！"母亲声色俱厉地说道，她想起还在自己抽屉里的信，心想小伊尔玛的父亲在瞅退信人的时候肯定也是这个样子，跟别的男人窥看并不属于他的情人一样，不会有什么区别的。

　　她的手紧紧地抓住桌子角，生怕自己会走过去把那堆信扔在女儿面前："瞧，这就是你的父亲！"

　　但是当她再次瞥了女儿一眼时，看到女儿眼睛里充满着恐惧，心想女儿毕竟还是个孩子，是她的亲生女儿。一股钟爱的舐犊之情不由自主地涌上她的心头，她感到内疚。

她走到女儿身边，但女儿却没有理睬她。

"有朝一日你会明白的。"她叹了口气说。她觉得早晚必须把问题说清楚，她俩之间的关系不能这样继续下去。但是她现在不想这样做，还没有勇气这样做。

女儿独自一人留在房里，望着父亲的照片，而后又把它拿在手里，按在胸前。母亲怎么会变成这副样子！那样一个聪明而善良的人曾经爱过她，而她现在竟把他忘得一干二净。就是为了这样一个又丑又笨拙的男人！小伊尔玛也许在剧院里看过《哈姆雷特》，但这些话并没有说出声来，她心中对母亲充满着仇恨和鄙夷，觉得世上没有一个人像自己这样痛苦。这使她感到很自豪。

先前她有时也跟母亲和房客一道出去看看电影，现在坚决不干了，宁可待在家里做功课。母亲晚上一有空，几乎总跟那个人出门，他们不仅一道看电影，从他们谈话中可以听出，房客还把她带到别的地方参加什么集会，回家后有时还久久地热烈谈论着集会的情景。母亲跟她越来越疏远，简直变成一个陌生人。

母亲的外貌也发生了变化，最近几个星期，她变得漂亮和高兴起来。但是小伊尔玛一见她含情脉脉地跟那个男人说话，并准备一同外出的模样儿，心里又恨又恼。

每当母亲和那个男人坐在一起闲聊时，小伊尔玛为了表示对他们的藐视，用手捂着自己的耳朵，继续看书。不过她仍然能听到他们的谈话声和母亲咯咯的笑声。要是说话声停止了，那更糟糕。那时，她知道要发生什么事了。事实上，那些看得见的事情，如母亲给那男人的杯子里斟咖啡或添几块糖倒没什么，而在无声中他们之间所发生的事足以把她俩以及整个家庭，包括小伊尔玛推向可怕的深渊。

小伊尔玛推开窗扉，但是从街上传来的也都是同样的声音。脚步声、嘶哑的喊叫声、女人刺耳的尖笑声，以及附近餐厅里的靡靡之音。她不得不从床上跳起来，重新关上窗扉。她想独自一人待着，孤零零地和父亲在一起。她想死，像她父亲那样变成一抔黄土。她一想到死就感到安慰。假如生活就是如此，她真不想活下去了。但是她希望生活并非如此，希望生活中能有不同于眼前这些人的人，譬如像她的父亲，她的父亲就从来不这样瞅人。父亲……父亲……

一天清晨她突然被一阵声音惊醒。当她醒过来时，那声音已经停止。她抬头一看，春天的曙光已泻进房内。

"妈妈！"她轻轻地唤了一声。

这时母亲打开了灯，站立在房客住的那间房门口。一切都显得有点儿蹊跷，首先反映在母亲的脸上。当她抬头望着女儿时，她的脸在灯光照耀下容光焕发。

此时女儿明白了，为什么母亲穿着如此单薄的衣裳站在那儿，她从什么地方走出来……

小伊尔玛支起身子，圆睁两眼，瞪视着母亲说：

"妈妈，你是个荡妇！"

要是昨天，要是在昨天晚上，伊尔玛还没有跟她所爱的男人一同出去之前，这句话一定会在女儿和母亲之间引起一场悲剧。但是现在她并没有感到痛苦。她刚才的经历使其他一切都变得无关紧要了。她没有跟女儿争吵，她在女儿面前丝毫不感到内疚或羞耻。在她看来，恶毒的言语就像无力的孩子扔出的石头。她只觉得生活是丰富多彩和无限美好的，她自己蛮有资格享受这美好的生活。

她慢慢走到女儿床前。小伊尔玛说完话以后就啜泣起来，身子微微颤动。

"别哭……别哭！"伊尔玛看了看正在哭泣的女儿，心中又怜悯又同情。但她感到怜悯和同情现在对女儿是多余的。她模模糊糊地知道，这一切都是必然的。女儿哭泣，因为她还不懂。这也难怪，人人碰到这类问题都会如此，要懂得一件事必须付出痛苦的代价。

"哦……我明白了，你是在思念你的父亲。你认为我对他不忠诚。可是他已经死啦，也许……也许我们根本就不了解他。也许对他来说，我们并不是最……也许他还有别的女人！"

她想起那沓信还在抽屉里，她完全可以伸手把信交给女儿。

"但是这又有什么意义呢！当某件事跟原来想象的全然不同时，的确会使人感到痛苦，但这一切会很快过去的……"

小伊尔玛静静地躺着，母亲的话迫使她不得不思考。她不再争辩，她感到空虚、疲倦。"也许他还有别的女人。"父亲难道也会这样吗？母亲说的是"也许"。但是小伊尔玛不用瞧就明白，这里面根本没有"也许"的意思。母亲一定是知道的。就是说父亲也是这样。在这个世界上，父亲都不存在了，还存在什么呢？

"我一直觉得我们伊尔玛母女俩（她已有很长时间没用这个字眼了，因为她一想起这个字眼就心酸）总是互相了解的，但是我发现自己无法向你解释……事实上也无须解释。我仿佛有了一双新的眼睛，看到这样的生活是美好的，可是你却不能用我的眼睛来观察这种美好的生活。"

小伊尔玛又放声哭了起来。她觉得母亲说的话是事实，是正确的。然而母亲丝毫也没注意她说得那样抽象，那样轻松，谁也听不明白，谁也抓不住她说的是什么意思。现在就剩下自己一个人了。母亲说完也要和她分手，跟着那个陌生人走啦。四周是那样安静，仿佛什么事也没有发生，只有她一个人生活在痛苦和空虚之中。唯一能给她安慰的是大人常常用来哄小孩的那句话："这一切很快就会过去的！"

事实上也正是这样。她觉得，自己昨晚一直抓住不放而且认为至关重要的东西已经消失了。今天她必须重新加以认识，一个人，无牵无挂地去生活！

"你去睡吧！"她压住哭声说道，但说话声中已没有仇恨。

伊尔玛瞥了女儿一眼，见她满脸痛苦的样子，可是伊尔玛自己一点儿也不痛苦，她身上有的只是欢乐。当伊尔玛走向自己床头时，觉得春天的早晨已来到她的身边，嗅到了春天的气息。这是一个轻松，阳光明媚的精神上的春天！

（1948）

玛丽特·凡洛宁

（1965— ）

玛丽特·凡洛宁（Maarit Verronen, 1965—　），1965 年出生于卡拉约基（Kalajoki）。1989 年她在奥卢大学攻读天文学，获得学士学位。1991 年她获得文学硕士学位。此后她在奥卢大学天文学研究所从事教学与研究工作，并且学习思想史和教育史。她从 1994 年起成为专职作家。她现在居住在赫尔辛基。

　　凡洛宁曾两次（1993、1995）被提名为芬兰地亚（Finlandia）文学奖的候选人，她获得过许多种文学奖：1992 年卡列维·耶蒂奖，1996 年奥维基金会文学奖，2005 年年轻阿历克西斯奖和 2011 年天文学家奖。

　　凡洛宁的主要作品:《别付给渡轮员》（1992）、《孤独的山》（1993）、《黑暗的大地》（1995）、《洞穴年代》（1998）、《冰冻岛上的勇士》（2001）、《小小的生存空间》（2004）、《参与感》（2006）、《淘汰阶段》（2008）、《破晓》（2010）和短篇小说集《古老的图案》（2012）。

恐　惧

谈到这个女人时，人们说她是在棉花里长大的。这并不是善妒的人所说的坏话，因为她的父亲也这样说——而且很自豪地说。

这个女人学会害怕普通人，乡巴佬儿，而他们的生活她却知道得甚少。她怕一个人在城里走路，特别是夜间，即使在白天她也怕在僻静的街上和陌生的城区里走路。在乡下，如果没有可靠的人陪同，她也不同意出行，在国外也是如此。只有很少几个地方，一般情况下她会同意出行。

当父亲给她买了一套房子后，她却开始害怕破门贼，因为这些人，如果他们突然被发现，他们可能强奸她或者对她拳打脚踢。她买了安全锁、保险柜和复杂的报警系统。她24小时打电话作弄保安公司的工作人员。她常常醒来时觉得家里有不该来的外人。

尽管如此，但她并不是一个妄想狂。当保安公司的工作人员彻底检查她的住所时，她就准备承认家里没有别人，也没有人企图进来。这次她又错了——不过99次虚惊一场总还是比由于疏忽而真的发生一次这样的事情要好。

保安公司的工作人员往往承认这个女人是正确的。她是他们公司最佳客户之一。

这个女人跟门当户对的男人结了婚，她以为这个男人会开始保护她。然而，他并不理解这个女人的恐惧。他有时忘记注意家里的安全，甚至夜里忘了关窗，这差点儿使她成了神经质。

　　她最终还是抛弃了这个马马虎虎的家伙，对她来说，这是一次伟大的解脱。这个男人暗示她是歇斯底里，也许需要帮助，但这没有任何意义。再说，这个男人对她精神健康的怀疑涉及的范围并不广。比如说，他并不打算否认她有资格当母亲，却反而同意把他们共同的孩子交给她抚养。

　　这个孩子是个男孩儿，因此不是让他在棉花里长大，而是把他送到可靠的亲戚家去锻炼，至少有时候是这样。

　　显然，这种做法很成功，因为这个孩子后来成了一个勇敢的小伙子，再说，他很帅，聪明，有礼貌，很好玩儿。他得到了成功实业家应得到的一切帮助，因此他也开始成为这样的人：他依赖家族借贷的资本20岁还不到就成了私营业主。这个女人很自豪地说，这个孩子干什么都能成功，不管什么人，他都能将他玩弄于股掌之间。他也深深热爱他母亲。

　　有一天儿子回来告诉他母亲说，他已经给她安排了保镖。儿子说有一些他认识的在危险地区经商的人，他们欠了他一个人情，他问他们能不能从他们的保安人员中抽调出几个人来从事一项比较轻松的保安工作。他们达成了协议，价格也非常合理。保镖6小时或者8小时一班，母亲走到哪里，他们就跟到哪里——绝对是看不见的。

　　母亲拥抱了一下儿子说，他这样做太好了，他真会体贴别人，他真是个小宝贝儿。雇保镖当然要浪费很多钱，但他们的确可以减轻她的恐惧。

　　从此以后，这个女人夜里睡觉就很踏实。有时候在街上人群中走动时，她就会想起朝着反光的窗户或者镜子瞥上一眼，她想知道她周围的人群中谁可能是她的保镖。一般情况下她不会刨根问底儿。除了最亲密的女友外她是不会告诉别人的。

当她有了儿媳妇后，她跟她谈了关于保镖的事。她对她儿子的选择并不十分满意，但是儿子看起来很幸福，因此她不忍心使他扫兴。儿媳妇很漂亮，但并不十分聪明，有点儿土里土气，嗓门儿很大，不过她显然能适应环境。

这就是这个女人最初的印象，但是她很快就觉察到儿媳妇是个挥金如土的人，是个乡巴佬儿。有一次儿媳妇毫不掩饰地大声说道，她觉得如果不向别人显示自己有多少财富，财富就没有任何意义。这种说法真是令人毛骨悚然，母亲开始简直不能相信自己的耳朵。她大惊失色地说，这种暴发户式的摆阔是过去几十年前的做法，或者也许干脆是一种神话，一种蹩脚的笑话。

儿媳妇反驳说，婆婆本人就是个蹩脚的笑话，几十年前的遗物，由于患妄想症应该受到监护，她还好意思从儿子那儿扣出钱来支付保镖的工资。是的，钱当然是儿子主动付的，因为她从小就教他要崇拜他母亲和她的神经病。这是病态，彻头彻尾的病态！

这次较量之后不久，儿子和他妻子的关系就开始破裂。互相争吵，儿媳妇把贵重的东西摔在地上，儿子脸上出现青一块紫一块。

这个女人仍然保持沉默，她在等待着。儿子终于搬到他母亲那儿去住了，并且在提出离婚的同时开始寻找新的住所。儿子说他犯了一个错误，他想努力改正，他说过一段时间后他会讲他的错误，但现在还不会。

母亲宽慰地舒了一口气。

大约一星期以后，儿媳妇打电话问她儿子搬家的事，她不想跟她丈夫谈，而是跟他母亲谈。"就是跟您亲爱的母亲谈，因为您相信监护天使已经有几年了。"儿媳妇查看了几年来的账目，压根儿没有找到支付保镖工资这样的费用。"有一次您的儿子几乎承认保镖根本不存在。请您好好听一下真实情况吧。您这个老糊涂，您不择手段地强行破坏了您儿子的婚姻。"儿媳妇说完就把电话挂断了。

起先这个女人拒绝相信儿媳妇的话。她觉得儿媳妇当然是自以为受了委屈而想报复罢了。然而儿媳妇很精明，很谨慎，她是不会直接撒谎的。

这太丢脸了。先是丈夫，然后是儿子，纯粹是无知，是嘲弄。这还没有完。父亲曾经也嘲笑过她——尽管他总是很自豪地向大家说，他女儿用不着做这做那。"你就是不敢"，父亲曾经哈哈大笑地说。这里往往包括令人安慰的谎言："窗户已经关了，你可以相信我。"尽管在现实中说话的人根本不记得情况如何。

这些自高自大的男人好像相信罪犯都是故事中的人物。这个女人虽然每天都给他们大声地读报上有关犯罪的新闻，但这并没有使他们转过身来。另外，她还向他们介绍和引用统计数字和调查研究成果，但这也不行。她几乎觉得这些男人是没有能力进行抽象思维的。

当她朝着这种可恶的想法微笑时，她已经知道她该怎么做了。

她并不对儿子说她知道关于保镖的事是个骗局。她却参加了一个志愿者的组织，其成员到监狱帮助释放了的犯人重新适应社会的环境。这样做当然是很可怕的，使人厌恶的，但是她这样做却增强了她的意志，这样也教育了她的儿子和她的前夫，也许她已故的父亲也需要上这样一堂课。

这个女人花了一段时间后才找到一个合适的流氓——然后她还要想出一个合适的办法来表现这件事，使这个家伙相信她是认真的。用钱来引诱好像太愚蠢，也太土气，但是还能干别的什么呢？这样的人还会懂得别的什么呢？

儿子一搬进新房子，母亲就马上安排了一次入室盗窃。她出钱雇了一个她挑选的刚从监狱释放的男犯，让他捣毁家里的不动产，拿走金银首饰。另外这个家伙还要打她一顿，不过是轻轻地打。

这是一个很好的计划，但事实上并没有全都按计划进行。

第二天早晨，儿子在几乎洗劫一空的房子里找到了被毒打过的母亲，他马上报警，呼了一辆救护车，但再也没有许多事情要做了。只能减轻痛苦，只能让她暂时恢复知觉一阵子。

她儿子极其后悔，因为他就保镖的事向他母亲撒了谎，也许这样就让她有了虚假的安全感。她的前夫匆匆忙忙来到病房，说了该说的话，他表示遗憾，但是带有一点儿辩护的意思。当这个女人短暂睡着的时候，连已故的父亲也显灵了，他好像也很后悔。

这个女人很仁慈地表示她原谅他们，她原谅所有的人。此后不久，她就离开了人间，脸上带着幸灾乐祸的表情。

（1999）

拥抱石头的人

　　他习惯于跑到一块巨大的卵石向阳的那一面，把他的脸颊贴在暖融融的石头上。有时候他还想伸出双手拥抱石头，但是，当他发现石头太大时，他就会高高兴兴地笑了起来。

　　为了用这块石头建造教堂新钟楼的基座，村民们搞来了炸药，准备把这块卵石炸成碎片。当这个孩子得知这一消息后，他就在夜里纵火把炸药库烧了。一声巨响传遍全村。他怕有人会发现他有罪。但这种害怕是徒劳的。现在涉及的是一起极其严重的事件，村里没有人会有如此高明的想象力，以至于想到这个拥抱石头的小家伙。

　　到头来钟楼基座的石材是从小河边上挖来的，这样卵石就保存下来了，但小河却被挖得乱七八糟，变得很难看。不过没有人抱怨，因为挖出来的石头还是得到了很好的利用。

　　这个孩子听到有人说他很特别，因为他拥抱树林里那块纹丝不动的卵石。有时候，一些比他稍为大一些的孩子藏身在卵石附近等着他，当他走过来时，他们冲着他讥笑。他们往往互相手拉着手，形成半个圆圈，把这位石头拥抱者团团围住，因为他的背后就是那块大卵石。这个孩子在原地蹲了下来，把两个手掌压在石头上，一个手掌在脸部前面，一个手掌在耳朵后面，但石头并没有把这个孩子抓住，因此那帮讨厌的家伙有时候能够成功地把他从石头旁拉出来，并且把他推倒在地。他们不敢打他或者踢他，因为这样做会留下痕迹，然而他们就把他推来推去，在他身上扔青蛙和一把把带土的草根。

晚上，这个拥抱石头的小家伙总是长时间地睁着眼睛躺在床上，因为他不得不很早就上床。要是比他的妹妹还要晚，他还不一动不动地躺在床上的被单下，她们就会生气。这个小家伙是家里最大的孩子，他必须理解，必须让步。家里人就是这样对他说的。

在等待睡梦到来的时候，他就在头脑里编故事，故事是连续的，每个晚上都往前延续一段。他在头脑里臆造出一些地方，那里什么东西都不富余但刚够。他想得最多的就是卵石的表土层：很小很小的颗粒，上面可以生长任何人为了生存所需要的一切，鸟儿会特地飞来下蛋，风儿会把树枝吹过来作为取暖和盖房的材料，老天会下雨下得很多，以至于不会缺少洗涤和饮用的水。在这样的土地上不用发生很多事情，因为最重要的是要考虑清楚，怎样才能活下来。

在现实中，这个拥抱石头的小家伙或者任何其他人都从未到过卵石的顶上。没有特殊的工具是不可能爬上去的。没有人会傻到这样的地步，以至于为了爬到顶上去而费九牛二虎之力把东西拖到树林里来。当他试着请求他父母帮助时，他听到他们就是这样说的。他们向他明确表示，谁也不会帮助他，要是他自作主张，凭自己力量试图往上爬的话，那么他就要受到惩罚。

当这个拥抱石头的小家伙 12 岁的时候，村民们公开嘲讽他，说他拥抱石头。他已经不小了，所以幼稚和无知不能作为理由，人们这样对他说。嘲笑他的人是那些他不认识的成人，而他们据说比普通村民要略为重要一些。这是最近向所有熟悉他的人发出的信号，因此他们让这个小家伙永远不可能窜到卵石那儿去。如果有人发现他朝那个方向走的话，这意味着他们可以命令他回来。如果他不立即服从命令的话，下命令的人可以抓住他的头发把他揪回来。不久，凡是熟悉他的人都对他的目的提出疑问，因为他们压根儿也不知道他的目的是什么。

夏天，村里来了3个陌生人，他们说他们希望在卵石中找到金子，要不是这个孩子偶然听到的话，谁也不会把这个消息告诉他的。据说，这3个人已经很精确地测算过卵石上万年来的行迹。他们知道传说中金子的母石在哪个地区，他们也知道村子旁边树林里的那块大石头就是发源于那个地区。当然他们对于这种说法并没有提出论据，也没有进行详细的解释。他们说，淘金者要保守秘密，不能什么都说，因为黄金数量有限，而想要得到黄金的人很多。

"卵石是我们的，里面的金子也是我们的。你们出多少钱？"村民们问道，淘金者向他们笑了笑。

"谁也没有这块石头的拥有权。我们有开采权，我们对石头想干什么就可以干什么。法律在我们这一边。"

村里的人不能容忍这样的讲话，他们把淘金者痛打一顿后，就把他们驱逐出村。然而他们讲的话却并没有被遗忘。村民们拿着锤子和凿子很快就对卵石下了手。

凿石者极其惊讶地发现他们的工具在石头上根本不起作用，锤子开裂，凿子都变钝，而卵石却仍然完好无损。许多人从林子里回来时手指头都压断了，因为他们一气之下就蛮干乱干。不久，除了石头拥抱者和不懂事的小不点

302

儿以外，所有的村民都开始痛恨这块巨石，因为它竟敢如此对抗他们。

"这块石头有自己的愿望，而且是坏愿望。"他们说。

有人认为正是因为这种坏愿望才让炸药提前爆炸。而且在一些好人身上还发生了许多毫无目的、无法解释的怪事，他们压根儿不该受到惩罚。很明显他们是在跟一股极其神秘的力量打交道，什么事情都可能发生。

大家也没有忘记，这个小家伙曾经在石头旁花费了很多时间，很明显他是得到石头的宠爱，因为他一点儿也没有受到伤害。大家禁止别的孩子跟他说话，大人们遇到他时就会冲着他挥动拳头。

"把石头拖到村中央来，找个钻探工把它敲开，"有人建议说，"这样就可以让它屈服。世界上各式各样的探险家也无法要求开采权，因为石头是在我们的土地上，这再也明显不过了。"

把石头拖到村里来需要大型机械，所以机器经过的地方不得不把树林都砍光，另外租用机器也花了很多钱。同时村里最好的蓝莓也被连根拔起，两名搬运石头的工人终身残疾，因为他们被机车碾过了。机器后来还出了故障，根本无法修理，这样一来村民们因换机器而背了一身的债。末了，因为石头竖立在村中央，而且就在村的中心，阻碍了交通，使人们无法去商店、教堂、邮局等许多地方。

钻探工来到村里，他爬上了石头，并且开始钻探。过了一会儿他停住了——就在这个时刻，他已经躺在地上，边骂边大声喊叫，说救护车到来之前绝对不能搬动他。他说他掉下来时他的脖子碰在石头的棱角上，因此他怕他已经瘫痪了。

虽然后来证明他受的伤并不严重，但是谁也不想再去钻石头了，就是志愿来搬石头的人也找不到了。

村民们慢慢地认识到，他们现在只得与石头和平共处，除非把村子挪到别处去，否则他们对石头想视而不见是不可能的。他们惊恐万状，要么想办法不朝石头看，要么凶狠狠地冲着石头，向它扔各种脏东西。不久石头上就涂满了很难看的字和画，边上扔满了各式各样的垃圾。

这位拥抱石头的小家伙觉得这一切好像都是针对他的。

他已经长大了，应该跟其他成人一样相互交谈，因为他看起来几乎跟其他人没有什么区别，他是他们中的一员。但是他仍然保持沉默，他身上好像有一把锁似的，他无法为石头说话，也无法为自己说话。当他想起很久以前他曾经敢于为石头说话时，他心里就感到很惊奇。他关于这一点还没有把握，他这样做是不是需要勇气，还是偷偷地把炸药库摧毁是很了不起的，尽管当时被抓的危险几乎是不存在的。

他并不觉得自己勇敢。他只是在睡梦中干那些惊天动地的事情，而且他也知道如何把这些事情跟现实区分开来——现实通常看起来是丑的，令人绝望的。他开始希望世界上总是刮风下雨，因为这样可以至少有片刻时间把石头清洗干净。

当外地来客谈起石头时，他总是激动地侧耳倾听。他还为此创造条件：他开始在商店里打工，学会高高兴兴地跟不认识的人进行长时间的交谈。

"这的确有点儿荒唐，"来客们会这样说，"但这是谁想出来要把它拖到村里来的呢！情况就是这样。"

有人承认他们从来也不了解石头，他们觉得，只要石头见得越少他们就越感到安宁。这当然指的是那些巨大而没有经过加工的石头，并不包括那些经过有规则的切刻并堆砌而成的建筑物。

这个石头拥抱者渐渐地不爱看石头了。他没有力气这样做，因为每次看过石头他总得哭个通宵。

他离开了那个村子，他发现，如果不要求发生不可能的事，对他来说，别的地方就更容易生活。在一切都是陌生的情况下，那么会兴致勃勃地长谈也就够了。同样地，跟不认识的石头打交道也要容易一些。当然这样的石头不能拥抱，在大多数情况下不可能知道它们的来源。然而，有些石头已经被切刻成很漂亮的石材，有些石头通过精心装饰已经再也看不出它们是石头了。

时间又过去了。有一天石头拥抱者听到两个行人在聊天。

"就是为了那块石头我才拐到那里去的，"其中一人说，"我听到了有关这块石头的事情，这比它的名声还要有价值。价值要大得多。我看见那块石头了——我碰了它一下。我拥抱了它一下。我以前从来也没有拥抱过石头。我也许失去了什么东西。不过，这样的石头不是什么地方都有的。"

一个阳光明媚的下午，这个拥抱石头的人回到了卵石的身边。

当他老远见到石头时，他就大惊失色，因为它现在很干净。随着雨水一切可以洗掉的垃圾全都冲刷掉了，一切沾在上面的污物在阳光下也都晒干了，烧掉了，随着风吹走了。

这位拥抱石头的人再次拥抱了一下这块石头，它跟很久以前在树林里时一样散发出同样的香味。他觉察到石头表面起了一点儿变化。它被磨光了，但仍然留下了无数个粗糙的棱角。当阳光照射在光滑的表层时，表层里好像有小小的反光镜似的发出柔软的光芒。这是石头拥抱者从来也没有看见过的。他想，像许多人相信的那样，也许石头里真的有金子。不过，对他来说，这是没有任何意义的，因为他始终认为石头是非常贵重的。

这位拥抱石头的人最后抬起眼睛环视四周。那里是一片寂静，只有树木在风中沙沙作响。耸立着石头的广场也比过去小了，因为树林越长越近，好像大树小树都想念石头似的，只要一有机会，它们就慢慢地向它们的老朋友倾斜。

它们的确抓住了机会，因为村子和村民都消失了，瓦解了，随风吹散了。

（2000）

墙上的名字

汉娜在一个意想不到的地方偶然看见了戴姆的名字，她马上明白，这就是她在大学学习时的同学。戴姆的姓很少见，所以不可能有同名同姓的。

名字是在双人跳伞证书的跳伞员姓名那一栏里。证书中其他该填的项目都是空的，没有跳伞教练的名字和签名，没有日期，没有跳伞的高度，以及自由滑落持续的时间。只有名字，此外还有一个词：VITTU[①]！这是用大写字母斜写在名字的旁边。这张证书是贴在墙上较显眼的地方，好像这是与所有来到跳伞俱乐部装备间的人有关的事，不管来者是经常跳伞员、家属，还是像汉娜这样的非经常跳伞员。

就是这样一点儿情况就足以使汉娜感到好奇。

汉娜对正式跳伞员并不十分熟悉，她只是在她唯一的一次跳伞中有机会认识了他们。她的印象是，他们个个都很快乐，充满活力，小心谨慎，但很冷静，至少在跳伞这方面是可以信赖的。她觉得这样的人必定有充分的理由才会去羞辱某人。

汉娜对戴姆只有一星半点的回忆线索。最先的感觉是他是不可信赖的。他是这样的一个人，有一次他答应在国外旅行时给大家购买廉价的书籍，但他什么也没有干，结果

---

① 骂人话，相当于中文的"他妈的"。

对有些人来说，这样就耽误了复习考试，而对另一些人来说则仅仅是失望而已。他就是这样的一个人，让人觉得他是他们的干儿子，全家的朋友，至少是邻居，对众多的教授、管子工和翻译工作者来说，他是见面就寒暄的人。他很愿意把同学的短信转发给那些同行专家，但是他本人却一无所成。戴姆不断地这样做，他总是有一大套借口，他不停地为自己辩解。那些并不是什么了不起的事，很多人觉得用同样的功夫也能处理得很好，可是戴姆就是不干。

在遭到一两次失望和听了几次风传后，汉娜就停止跟戴姆联系了。他们曾经上过同样的课，有时他们在聚会上碰到了一起。在学校的餐厅里，汉娜不再跟戴姆坐到同一张咖啡桌旁，甚至在视野里没有别的熟人时，她也不再这样做。

她本来想问一下别人有关贴在墙上的那张奖状的情况。不过她不愿意破坏这个美好的跳伞日，也不想让人记住她是这个被人藐视的家伙的朋友，因此她没有问人家。

第二天她在谷歌上跟戴姆联系。

戴姆有个公司，经营程序编制。它经过企业注册，因为公司有企业的编号和街道地址，主页和电子邮件地址。汉娜单击主页的链接，她的面前就马上出现一页冷蓝色的网页，中间有大写字母写的公司名称。街道地址就在较偏僻的私人住宅区里。

搜索引擎所提供的链接大部分都是各式各样的征集网页，寻找工作的人可以把自己的信息传送到那里。戴姆在网页上用芬兰文和英文吹嘘自己。他对一切与计算机和电子电讯有关的东西都特别感兴趣。近十年来，他在许多名声显赫的工作单位里几乎什么都干过：培训、策划、编制程序、行政管理、后勤保障。他每天都想学点儿新东西，使自己的脑袋变得生气勃勃。

这些都是纯粹的令人恼火的瞎说。

戴姆不在脸书（Facebook）里，但他有秘密的电话号码和地址保密的服务。这就太奇怪了，于是这一切引起了汉娜的好奇心。

由于戴姆的姓是少有的，搜索有关他的信息很容易。根据旧的电话簿，有一对跟他的姓一样的夫妇，他们有一部老式电话，住在戴姆公司地址的地方。显然，他们是他的父母。

第二天汉娜乘公共汽车来到邻近的那座城市。离开车站往前走，穿过一个小树林，就朝着由一排排舒适的平房组成的私人住宅区走去，然后往左，不久再往右，这时候就已经到了目的地的主要街道。这条街很短，街上的门牌号只到 8 为止。这对夫妇和戴姆公司的地址就在这一段的中间。

当汉娜看见这对夫妇跟报纸、咖啡杯和放点心的盘子一起坐在庭院里的秋千上时，她决定采取行动。在一二十米步行的过程中，她有时间制订出一个相当不错的计划。

"你们好！"她从大门口就打招呼，"我没有找错地方，对吗？我找一家程序编制公司。"

"请进来吧。"男主人很友好、很熟练地说。

"请坐，"夫人说，"这是我们儿子的公司，但是他现在不在家。他不住在这儿，他把公司安在这儿，因为这儿的地方比较大，或者是因为他有较宽敞的住房，而又不想住在工作的地方。"

"很多人就是这样想的。"汉娜承认说。她来这里跟他们俩聊了起来，她感到惊讶，同时她又感到紧张，但这是令人高兴的紧张：这样的情况没有太多的道理，听其自然，现在也无法再后退了。她接着说："事实上我是给一个朋友办点儿事情。他一开始就跟公司有接触，或者说跟戴姆有联系。我知道他们达成了某种协议，但突然出现这样的问题，以至于他跟公司失去了联系。他忙得不可开交，因此我答应想方设法找到这位程序设计师，很明显他也是一个大忙人。"

"如果您愿意的话，我们可以收下您的信，"男主人说，"戴姆经常来这儿取信。不过这可能要花点儿时间，不管怎么样，他这样在短时间里还是能收到给他的信件。然而我不知道，电子邮件是不是更快一些。听说，这个方面也有问题，垃圾邮件太多，不管你如何阻挡，你也真的阻挡不了。"

"电子邮件试过了，"汉娜很流利地撒谎说，"这是最后的办法。我现在手头上没有材料，因为这是什么地方我不能肯定，不过把电子邮件发到这儿，这样行吗？"

"行，当然行。"

他们互相都很友好，那又怎么啦？他们都不是当事人，他们只是想帮助别人而已。他们有的是时间，这跟忙忙碌碌的程序设计师不一样。

"他多长时间来这儿？"汉娜打听说。

"这要看情况。有时候好几个星期出国，或者由于工作把所有时间都占了。不过有时候，他一连好几天都在这儿，在院子里割草，或者干些别的事情。从来也无法预先知道他的时间表。"

这对夫妇没有请她喝咖啡或者吃点心。桌子上没有多余的杯子，他们也不打算去拿杯子。汉娜考虑该不该告辞了。

这时候狗解决了这一问题。

这是一条粗毛达克斯狗，大部分是深灰色，狗鼻和脚爪处有点儿棕褐色。它从房子后面窜了出来，看来它好像需要抚摸似的。

"哦，真好玩儿！"汉娜说，好像每次可爱的小动物出现时她总是这样说的。

用不着假惺惺的。如果她真的急着要走，她完全可以不这样说。

"这是我们家的鸣图，"夫人说，"我们在这儿住下后就一直有这种样子的狗。有时候甚至有两条，一个是母亲，一个是女儿。年老的总是被送上西天，而年轻的则生下狗崽，我们只养一头，其他的都送人。跟它们做伴很有意思。"

汉娜抚摸了一下狗，而狗则抬起前爪，碰了碰她的大腿。

"这次因为程序的事情找戴姆没有见到他，但我觉得他就是我从前在同学晚会上碰到的那个人，"她开始聊了起来，"他的姓是很少见的。"

汉娜又谈到了她的学校，以及在校时的岁月。她还记得，他们共同的朋友的家是在城里哪个地方，那里举行过什么样的聚会，不过她记得不是非常清楚，因为已经过去很长时间了。

"戴姆很少跟我们谈他的事情，"夫人说，很明显，她对此很感兴趣，"现在仍不经常谈他的事情。他一直是独来独往。干吗什么都得告诉别人呢？不过要是遇到挫折，那么多多少少也可以得到一些安慰。现在不会再有问题了，但那时候还没有经验，不知道世界是怎么样的。"

汉娜发现男主人好像若有所思，皱起了额头上的皱纹——但他保持沉默。

当汉娜最终不得不告辞时，男主人也同时站了起来，并且说他要出去遛狗，他可以送客人到公共汽车站，他叫夫人跟他一起走，但他并没有很明显地等着她走过来。

汉娜猜想他是要告诉她一些东西。男主人不浪费一分一秒。

"人们会到这儿来找戴姆，大家通常都是这样想的，"他们一到别人听不见的地方男主人就对她说，"很多人很生气，这点我完全理解。戴姆就是这样的一个人，把别人的系统搞乱了，他就感到高兴。"

"是啊，人们对程序设计师会有更高的要求。"汉娜说。

"他没有学会对乱象负责，"男主人叹气说，"他是独生子。我们是不是对他太娇生惯养了？他的地址和电话号码是不是对你会有所帮助？"

他们一直走到小树林旁，然后他把狗放了，让它自由奔跑，并且从口袋里取出记事本。他很潦草地把地址和电话号码写在一张空页上，地址和号码他是从另一页抄过来的。他把这一页撕了下来，并且交给了汉娜。

"我从来也没有去过那里，"男主人说，"戴姆说那里乱七八糟，到处都是电线。母亲不准来打扫，她会把电线弄乱的。他不好意思请我们到他的电线堆里去。这是他的秘密电话号码。戴姆还有别的号码，但这是让我们使用的号码，也许别人也——我不知道，这个号码他是不告诉医生和官方的，不告诉估税员的。"

多少给人这样的感觉：戴姆有几次好像使他父亲感到低人一等。

汉娜急急忙忙回到家里，在地图和网页上寻找她拿到的地址，亲自到现场去找。她可以肯定，那里没有住房。有街道和楼座，但没有楼门口。

她看见过戴姆的父亲记事本上那一页，男主人抄地址没有抄错。在记事本里的地址就是错的，汉娜无法相信这会是更早的抄写错误。

她用她拿到手的电话号码再打了一次，打的时候当然不让对方看到她的号码。如果戴姆东躲西躲，那么别人也会这样做的。

"我是答话机，"电话答话机的声音说，"听到响声后请留言。"

汉娜没有留言。她接着拨通了他父母的电话。

男主人接电话。

"喂，"汉娜自我介绍，"我昨天到你们那里找戴姆。我再一次谢谢你们，你们对我太客气了。我给您打电话是因为这里突然出现了麻烦——"

男主人听着她说。传来了沉闷的敲击声和翻动纸片的声音。他在核对什么东西。

"——这样看来我们无从获得正确的地址喽，"汉娜最后说，"我很抱歉，打扰您了，但我没有别的办法。"

"没有关系，你打电话来我很高兴，"男主人说，"对我们来说，知道这个情况也是有用的。万一我要打电话找他呢。当然戴姆通常都会接的。"

"没有给你们添麻烦就好。谢谢。"

男主人同意汉娜十几分钟后再给他打电话。男主人说他夫人正在串门儿，好像事情最好快点儿处理。

当汉娜再给他打电话时，显然男主人很激动。他已经找到了戴姆，并且编了一个故事告诉了戴姆：当戴姆朋友的女儿搬家到戴姆本来应该住的那个地盘附近时，戴姆是怎样帮她搬家的，戴姆又是怎样灵机一动去看了一下戴姆的房子，戴姆当然并没有希望戴姆在家里，另外戴姆坐的是别人的汽车，不能让司机等太长的时间。戴姆只是想看一看那座房子而已。

"戴姆又把整个事情搅乱了，"男主人说，"就像以往那样。从他说的话里，听起来好像我们两个老家伙在现代化的住宅区里迷了路，看到的一定是邻居家的门洞，因为我们搞不清楚，哪个门洞是哪家的。"

"那太遗憾了，"汉娜说，她也的确是这个意思，"这儿我们只能决定停止跟这种公司合作了。在这方面并没有发生什么违法的事情，也没有出现什么损失。不过，对您来说，这又是另外一回事了。"

"是——是啊——"男主人有点儿犹豫。

接着他开始说话了。他首先谈到的是戴姆，然后是他的妻子，以及他跟这两个人之间的生活。他说，他们之间在原则上过得还挺好的，但是有时候会出现各式各样的问题。事情都给掩盖了。开始听起来还很清楚，很好，但是接着使人感到不是一切都很顺利。压根儿不是这样。

汉娜很有礼貌地应声，并且提了一些表示同情的问题。她完全无法知道该如何结束谈话——只能听这位友好的男子敞开心扉谈自己的生活，因为他可以有人听他说话了——这样做也是很自然的。

当男主人从窗户看见他妻子回来时，他就结束了谈话。

在这之前，他很快把他的手机号码告诉了汉娜。

汉娜觉得她是不应该用这个号码的。她现在还不想结束谈话，她还想继续聊呢。

戴姆并没有住在那些计算机行业里暴发起来的年轻成功人士所居住的地区。他不是一个暴发起来的计算机行家，他也并不年轻了。他显然有一个工作，也有钱。他多多少少了解计算机。他学过这个专业，尽管并不像他的主页上所说的那样精通。他肯定不是靠他那个乱七八糟的公司所获得的利润生活的。

汉娜开始给那些销售和维修电脑的商店打电话。

"喂，戴姆在吗？我有急事。"

然后她必须告诉对方她找的是哪一个戴姆。要是整个儿店里就没有名叫戴姆这样的人，她就会感到惊讶。

但是她终于成功了。

"他在后面的房间里，我把话筒交给他。"

汉娜已经做好了准备，不过她知道，她编的为了掩盖事实的故事比较单薄。但是不管怎么样，这比电话被挂断要好。

"喂？"戴姆问道。

"我是代表这样一个新的独家公司打电话，因为我们现在有这样一个活动——"

"不感兴趣，"戴姆说，"你为什么给我打电话？"

"哦，我们有一张表，上面是被选中的这三年里出生的独生子女。经过内务部人口登记处的特许——"

"噢，是这样的，请向内务部长致意。我什么也不买，我不加入任何组织，我不参加调查。"

咔嗒一声，电话挂上了。戴姆结束了讲话。汉娜仅仅是松了口气。

电子信息技术公司下班的时候快到了，汉娜就到街旁的一家小咖啡馆里坐了下来。戴姆已经老了，但还能认得出来。6点一刻，他推着自行车从大门里走了出来。他飞快地骑着自行车走了，而汉娜徒步跟在后面。她有个简单的计划，她并不着急。要是她的对象消失了，那么她下次就从他消失的地方再继续寻找。

但是汉娜很幸运，她猜得完全正确。看来戴姆好像是朝着某个区骑着车而去的，那里有许多小型的出租屋。汉娜就朝着那个方向走去，仔细打量街的两旁。戴姆找到了，他拐进了市场。当汉娜走到那里时，他在市场前面正准备跨上自行车。只要她站在街道的拐角处，判断一下，猜测一番就行了：那个方向他不应该一下子就不见了，而另一个方向呢，他应该是从另一条路离开市场的。在一座楼房的后院戴姆的自行车终于被紧紧地锁在用来拍打地毯的铁架旁。

楼座和门洞现在都知道了。汉娜给戴姆父亲自己的电话号打了个电话。当电话接到自动答话机后，汉娜就把她所打听清楚的情况一五一十地叙述一遍。

24小时后，戴姆父亲打电话来了。

"今天早晨我到那座房子那边去了一趟，"男主人开始说，"你有时间听我说吗？"

汉娜有时间。

男主人告诉她说，他没有确切的计划就去找汉娜给他的那个地址。在楼门外他遇见了住在门洞里的那位男子，并且聊了起来，同时编造了一个故事，但里面没有太多的谎言。他联系不上他的儿子，他心里很着急。他儿子总是制造各式各样的混乱。虽然他们互相之间并不十分亲近，可是什么情况都会发生啊，所以心里总是忐忑不安。邻居认为该年轻人有点儿不好对付。接着邻居说，如果房客的父亲承担一切责任，并且永不承认曾经遇到过他，那么当然可以让父亲进入住户的房间。最后就这样商定了。邻居给他的朋友打了个电话，他马上就来开门。给了他一小笔钱，没有提出什么问题。

"我把房间腾空了，"戴姆父亲说，"我租了一辆送货车和几个纸箱子，在儿子下班回家之前，我很快就把一切处理妥当。"

"哦，就是啦！"汉娜很惊讶地说。

"东西现在都在一个小仓库里，"男主人进一步解释说，"我租了个地方放这些东西。这是恶作剧。有时候当他无路可走时，戴姆总是这样说的。房间里没有太多的东西：家具不多，锅碗瓢匙也不多，只有一套床单。当然有的是电脑。"

"下一步是什么？"汉娜想知道。

"我看了一下那些电脑。关于那两个好像是他的同事的家伙有些很尴尬的传言。他们是你说的那家公司的人。我觉得，假如我让他们看那些电脑，并且问他们知道不知道里面有什么东西，那会怎么样呢，因为我怀疑里面有不该有的东西。"

这样很明显意味着戴姆会被炒鱿鱼了。父亲认为，如果对他们有用，他会把这些装置送给计算机公司的工作人员。他觉得储藏间他不想租用太长时间，而是要把他扛到那里的垃圾全都扔掉。这些都是废物，也绝对不可能再退货了。

一切都很简单。当汉娜周末经过戴姆的住所时，她发现戴姆的自行车已经从后院消失了。他的房子门上贴着出租的广告。她给房东打了个电话，她得知，前面一个住户已经突然搬走，房子现在是空的。

汉娜不知道下一步该怎么办，如果要行动的话。这种无所事事的状态持续了整整一周。然后戴姆父亲给她打来了电话。

戴姆用一个新的外国的电话号码打来电话。他说他在布罗塞尔从事一个秘密的欧盟计算机项目。

这不可能是真的，但是汉娜决定现在该结束了。她不想要新的电话号码。她也不想跟这家人打交道了，他们互相隐藏自己住所的地址，互相腾空别人的房子。

她略为惊讶地觉得，整个儿故事就像双人跳伞，其中没有太多的道理，也没有什么了不起的地方，但是这件事她是应该做的，事后好像觉得，不管怎么样，这件事还是值得做的。

（2012）

贝特利·塔米宁

（1966— ）

贝特利·塔米宁（Petri Tamminen, 1966—　）是芬兰21世纪新一代的作家。1985年他在大学时就开始文学创作。1995年他在坦佩雷大学获得社会科学硕士学位。1995—1997年他担任记者。现在坦米宁在坦佩雷大学讲授文学创作。他的写作风格简练，他是所谓极简主义作家，擅长采用简短的句子以及多次重复同一种句子结构。他除了短篇小说外还写了很多短篇散文。他发表了4部小说:《错误的立场》《舅舅的教导》《什么是幸福》《侦探小说》。2006年《舅舅的教导》获得了芬兰地亚国家文学奖。塔米宁的作品已被译成多种外文，其中包括瑞典语、德语、拉脱维亚语、波兰语和日语。塔米宁说，在文学上对他影响最大的兰作家有维约·梅里、安蒂·许吕和安第·图里。

追　逐

　　星期五开始下雪了，根据天气预报，夜里将出现今年第一股寒流，于是我就走了出去把我的汽车收拾一下，准备让它过冬。

　　我拥有一辆第一批进口的标致404型汽车。汽车保的是所谓博物馆类的保险，这就是说，这辆车一年可以开30天。我在夏天最好的晴朗季节开这辆车。冬季车子就套上车罩停放在院子里，因为在我们的楼里我没有车位。

　　我检查和添加了汽车发动机所需的汽油。在车轴两端我到处都抹上了润滑剂，在车里的控制板上涂上了保护蜡。我开动发动机，它就像充满活力似的轰隆轰隆响了起来。一切都正常。当夜色降临时，我已经准备把蓄电池拔掉，把车子用布掩盖起来，让它平平安安地冬眠。当我趴在车头下时，一条邻居家的黑狗突然窜到我的身边。

　　狗的主人是一个嗜酒如命的退休老妇。去年她身体很糟糕，所以让狗单独跑到院子里来。我跟这条狗关系不好。有一次我提着垃圾袋去掷垃圾时，它汪汪地叫，把我赶出院子，我不得不到加油站的咖啡厅里去。

　　狗静悄悄地看着我。我尽量表现得很平静，关上车盖，很谨慎地放下手上的工具，但是当我举步朝着保护罩走来时，这条狗露出了牙齿，开始吼了两声。我不得不把身子靠在车旁。狗发现我害怕了，于是就放声嗥叫起来。我举

321

起手来，防止它咬我，并且侧过身子。狗开始在我前面蹦跳，它的下巴就在我的脸旁咔吱咔吱作响，脚爪使劲抓我的外套。我的眼睛朝着楼里的窗户张望，希望有人来救助。我想开口喊叫，然而由于狗本能地怒吼狂叫，因此我不敢喊叫。我悄悄地向车门移动。狗边吼边跟了过来，同时一次又一次地蹦跳，而且跳得很高。我打开车门，慢慢地挤了进去，然后关上车门。

我坐在乘客的位置上，看了看我那双颤抖的脚。直到这时候我才明白我害怕得够呛。我用手蒙住了脸，开始哭了起来。我像个孩子哭得泪水滚滚。恐惧之感不断地袭上心头，使我皱起面孔，陷入无可奈何的哭泣之中。

狗已经停止吼叫。我终于控制住了自己，哭泣声也停止住了，此时我发现它蹲在门后盯着我看。我们互相对视了一阵。在暮色朦胧之中，雪花好像从黑狗毛茸茸的身上洒落了下来。狗把身子蜷缩在一起，然后抖动了一下。

我把身子挪到驾驶员的位置上，我想实事求是地考虑一下。这条狗迟早会到车里来的。在这之前我可以舒舒服服地坐在车里，把车里打扫一下，研究一下保养手册或者了解一下有关这辆汽车的资料。我从手套箱里把书取了出来，打开车里的灯，开始阅读这本保养手册。

我感到两脚开始发冷。我脱掉了鞋子，用手搓脚，让血液加快循环。寒气越来越厉害，我很长时间一动不动地坐在原地，冻得浑身颤抖。我决定启动汽车，但同时我发现这样做会惊动这条狗。它会受到惊吓或者它的主人会从窗口看见我们，这样一来我就可以回家了。

我长时间地按车上的喇叭。狗惊吓得竖立起来，然后汪汪地吼叫。各种声音混杂在一起，并且在楼房之间回荡。

从窗户里可以看出有人在走动，窗帘在晃动，背着灯光可以看见人影。我引起了人们的注意，我感到害怕。我想离开这儿。我用脚把踏板一踩到底，换到第一挡后，车就开动了。

寒气袭人，路面都结冰了，冰面上覆盖着一层薄薄的白雪。当汽车转弯行驶到街上时，车后面太轻，我差一点儿失去控制。汽车并不听从方向盘的指挥，而是仍然按照夏天时轮胎的重量旋转。我开得像步行那样慢，经过加油站后，我在后视镜里看见狗正跟在后面。

我不敢开到市中心那些热闹的街道上去，而是朝着郊区方向开。当我开到第一条空荡荡的直道时，我准备提高速度，但是车轮失控，汽车滑到了路边。惊恐之下我马上减速，让汽车把方向调整过来。

狗一直顺利地跟在后面。当我把车停在路旁时，它就坐在车的后面。当我倒车时，它就像经过训练似的很快挪到一边。当我小心翼翼地打开车窗，对它说话或者以抚慰的口吻唱歌时，它就伸出舌头瞪着双眼看着我。

10点半的时候，我开车经过一家烧烤店。我顿时喜不自胜。我紧靠着墙开到柜台旁边，买了两条烤香肠。我把车开到路边，把香肠掷在狗的前面，然后开着车走了。

狗就留在了烧烤店的院子里。我从它旁边经过后就开车回家了。我从一个个街区开了过去，中间的路程越来越长。我感到我的情绪开始放松了，我拍了一下方向盘，高高兴兴地喊了起来："啊，啊，啊！"我继续往前开，在十字路口红绿灯处停了下来，我静静地等着，准备继续上路。

交通灯变成绿色，但我的汽车无法开动，车轮在空转。我加大油门，用手刹，换到二挡，甚至往后倒车，汽车轰隆轰隆作响，但就是原地不动。我开始摆动我的身子，想给它加上一把力。汽车晃动一下，但仍然原地不动。当我看见狗从车后蹿到街上时，我那有节奏的摆动就成了绝望的摇晃。我大声怒吼，开始踩踏车里的地板。

两个醉醺醺的年轻人穿过马路走了过来。他们看见我在不停地晃动。其中一人绕到车后。他对他的伙伴说："你，他妈的，快过来推一下。"

我开车开了整整一夜。我沿着砾石小路开到了乡下，那些道路都被白雪所覆盖。我想起了夏天。就像过去那样，我沿着小路不停地开，根本不理睬后面跟着的那条狗。我把车停在庄稼地的边上，让发动机继续转动，让前面的车灯照亮沟渠上已经干枯的牧草。我记起了遥远的往事，不过面孔我却记不清了，但我还是记得一些东西。我关掉车灯，放下座位，一躺下就睡着了。我睡了很久，而且睡得很香。

汽车一熄火，我就苏醒过来。我重新启动发动机。狗从路旁树林里一棵云杉树下蹿了出来，跑到了汽车旁边。我们就朝着市区开去。

早晨，街上很安静，除了几个遛狗的人以外就没有什么人了。他们很疲惫地往后看了看我们。有一个人敲了一下太阳穴，用手指了指我的车和那条狗。我把车开到一家路边服务式的烧烤店，买了两条香肠。我把一条掷给狗吃，另一条我自己吃了。我坐在车子里，遥望着旭日东升。

8点钟，我开到了码头，我直接从亭子里售票员手中买了一张汽车轮渡车票。我跟着第一批汽车开过梯板进入张着大嘴的船舱。

我来到甲板上观看渡轮离开码头。轮船郑重其事地在原地掉了个头，很快就把码头和城市甩在后面。天气很冷，旅客们急急忙忙地走进了船舱。我还在外面待了一会儿。

我现在正在去瑞典的路上。

（1994）

在医院里

我一走进急救室的走廊，身上的疼痛就减轻了。我感觉呼吸很平稳，心情也很好。要不是护士打招呼让我到窗口边来，我本来打算离开医院回家去了。

我给了她有关我个人的信息，回答了她提出的问题。因为我的病痛已经消失了，所以我就尽量不谈这些症状，我告诉她说事实上我的病已经好了。但护士却递给我一个盛尿用的小瓶子。

我尿不出来。我敞开着外套坐在便桶上，把脑袋埋在膝盖中间。我伸手去抓厕所的门，强行把它打开，结果一下子就滑倒在地板上。两条腿横在门槛上，脑袋掉在洗脸盆下面，脖子撞在一块湿溜溜的地方。我整夜没有合眼，身子感到疲惫不堪。护士出现在厕所门口，就在我的上方。

护士架住我的腋窝把我扶了起来，搀着我走到走廊里的病床旁。因为我没有病，所以就坐在床边，晃动着悬在床边的两条腿，然而护士却强行把我推倒在床上。

在值班室里，一个用布帘子围起来的角落就成了我的地盘。从护士的谈话声中，我了解到，旁边那张床上躺着的病人是小腿外侧的腓骨被钢丝绳打断了，对面床上的是因驾驶轻骑撞上桥上的栏杆而受伤的，他的旁边是个胃溃疡患者，躺在窗户旁边的两个人，一个是胰腺炎，另一个是急性胆结石。

我是一个健康的人。我坐了起来，我想在医生进来之前就走出去，但是我的动作太猛，两眼突然发黑，一下子就横倒在床上。我张着嘴，紧贴在纸床单上躺着，两条腿就悬在床边上。夜里没有睡好觉对我的影响太大了。

医生把帘子拉到一边。他看起来很厌倦，好像他是代别人上班似的，现在要加班他感到很生气。我决定马上让他知道，对我治疗是白费力气。检查越深入，事情就越糊涂。我伸出手，表示道歉，我告诉他，我读到过这样的消息：在满月的时候，到医院看病的疑病症患者比平时增加了两倍。

"而我呢，我是临近社区的人，我来这儿干什么？！"我大声地笑了起来。

医生浏览了一下手里拿着的报表等材料，很熟练地用手挤压我的腹部。他让我翻过身来，听了听我的背部。我知道，现在要后悔太晚了。我是自愿到急救室去看病的。如果我不需要接受治疗，那么我需要接受教育。

医生走了，在帘子后面跟护士说话。护士很快就给我拿来了患者在医院里穿的病号服。护士把我连人带床从值班室推了出来。

护士推着我的床沿着走廊来到了候诊大厅。护士通知我，她要越过长长的队列带我直接去做胃镜检查。我看了看大厅里的人，并且彬彬有礼地点了点头。人们很严肃地看着我。他们可能觉得我穿着病号服躺在病床上还很自豪呢，于是我很敏捷地坐了起来，很灵活地挥动我的双手。周围的人都感到很惊讶。他们发现我一点儿毛病都没有，由于我受到这样的优待，他们开始生气起来了。其中一人好像表示抗议似的看了看手表，另外一人边叹气边抓起报纸，他开始看报。

我被带进了检查室。我侧身躺在房间中央的钢丝床上。

护士把一块塑料板塞在我的牙齿中间，医生就开始穿过塑料板把一根黑色的管子塞进我的嘴里。我一弯腰把它吐了出来，但当有人以怒气冲冲的声音讲述屏幕上所显示的图像，并且管子继续在我体内毫无止境地活动时，我就哇哇大哭起来。我不明白，为什么我在医院所接受的教育要发展到这个地步。

管子抽了出来。医生一下子坐在桌子边上。他疲惫不堪地卷起手套，用责骂的眼光看着我。他不想掩盖由于徒劳而引起的那种神情。我的胃很正常。我是通过加塞儿提前进入胃镜室的，现在证明我的病完全是歇斯底里的产物。护士们很有分寸地抓住了我的肩膀。我跟着她们走到门口，但我还是心有余悸地转过身来，并且开口说道：

"你觉得对付这样的病人肯定不是你的本行，不是吗？"

医生的脸色一下子变得很奇怪。他把我的同情当成了责怪。我瞪着他，他瞪着我。这就出现了僵局。大家从我脸上那种惊恐的表情可以清楚地看出，我们两人到底谁是输家。

我被送到住院部进行检查。我马上发现，护士们已经接到有关我的病情的通知。她们企图通过各种小动作、傲慢的眼光和厌恶的表情来把我轰走。病人们见到我也转过身去。那些能下地走路的病人故意远远地绕开我的床，其他的病人模仿我那种懒散地躺在病床上的样子。当我自己检查自己时，我不得不承认这样的讽刺挖苦的确击中了我的要害。

我老抬着头觉得太疲倦了，于是眯了一会儿眼睛。然而我很快就惊醒过来，用手擦掉流到下巴的吐沫。病人们都活跃起来了。一个年轻小伙子若有所指地嘴角一翘，一个中年男子很明显地打开一张外国报纸，而我自己却雾里看花，不知所云。

　　我怀疑这是个陷阱。这种挖苦人的表情是很随意的，令人误解的。这种表情掩盖了一件更大的事情。病人们肯定知道即将发生的事，所以他们都表现得很耐心。我预测下午医生查房时最终结局将会到来。

　　护士站在门口把守。医生到来时后面跟着4个医科大学的学生。这支队伍在屋子里转了一圈。他们走动时，身上的白大褂就发出唰唰的响声。他们终于停在我的床脚边。我双手紧紧抓住床沿。大学生屏住了呼吸。医生仔细看了看手上的报表。他重复了一下我的检查结果，并且气势汹汹地说要进一步检查，但他好像突然变温和了，盯着我的眼睛看，然后对我说，这次我可以出院了。大学生们互相瞥了一眼。医院一下子给我松绑了。

　　我穿上自己的衣服，走进了电梯。在楼下大厅里，我看见人们正在餐厅玻璃窗后面喝咖啡，这是下午喝咖啡的时候。一个女人正在咬一块点心，并且热情地向她的同伴点头。一对父子正在撕开他们手上的巧克力冰激凌。一个老人正在用勺喝夏日风味豆汤。我一边看一边不停地把口水往肚子里咽。

　　大门的自动装置失灵了。我抬头看了看监视器。我挺起胸膛往前走去。大门在我的请求下开启了，我走了出去，外面的空气是多么清新啊！

（1997）

329

图书在版编目（CIP）数据

最后的旅程：芬兰短篇小说选集 /（芬）阿历克西斯·基维等著；余志远译.
北京：中国国际广播出版社，2019.8（2024.1重印）
（北欧文学译丛）
ISBN 978-7-5078-4434-4

I.① 最… Ⅱ.①阿… ②余… Ⅲ.① 短篇小说－小说集－芬兰－现代 Ⅳ.①I531.45

中国版本图书馆CIP数据核字（2020）第136774号

最后的旅程：芬兰短篇小说选集

出 品 人	宇 清
总 策 划	田利平
策 划	张娟平 凭 林
著 者	［芬兰］阿历克西斯·基维 明娜·康特 等
译 者	余志远
责任编辑	张娟平
装帧设计	Guangfu Design丨张 晖
校 对	张 娜

出版发行	中国国际广播出版社有限公司 ［010-89508207（传真）］
社 址	北京市丰台区榴乡路88号石榴中心2号楼1701
	邮编：100079
印 刷	天津鑫恒彩印刷有限公司

开 本	880×1230 1/32
字 数	243千字
印 张	11.25
版 次	2020 年 9 月 北京第一版
印 次	2024 年 1 月 第三次印刷
定 价	59.00元